多元视域下的英美文学研究

孟佳莹◎著

新华出版社

图书在版编目（CIP）数据

多元视域下的英美文学研究 / 孟佳莹著 .
–– 北京：新华出版社 , 2023.9
ISBN 978-7-5166-7023-1

Ⅰ . ①多… Ⅱ . ①孟… Ⅲ . ①英国文学—文学研究②
文学研究—美国 Ⅳ . ① I561.06 ② I712

中国国家版本馆 CIP 数据核字 (2023) 第 174029 号

多元视域下的英美文学研究

作者：孟佳莹
出版发行：新华出版社有限责任公司
　　　　　（北京市石景山区京原路 8 号　邮编：100040）
印刷：天津和萱印刷有限公司

成品尺寸：170mm×240mm　1/16　　　印张：11.25　字数：206 千字
版次：2024 年 8 月第 1 版　　　　　印次：2024 年 8 月第 1 次印刷
书号：ISBN 978-7-5166-7023-1　　　定价：72.00 元

微店　　视频号小店　　抖店　　京东旗舰店

微信公众号　　喜马拉雅　　小红书　　淘宝旗舰店　　扫码添加专属客服

作者简介

孟佳莹 渤海大学教师，毕业于辽宁大学外国语学院。任教期间讲授"新编实用英语""新视野大学英语"等多门课程，发表期刊及会议论文共 19 篇，主持及参与多项省级课题。教学成果曾获得 2012 年辽宁省教育软件大赛高教组一等奖及锦州市第十六届哲学社会科学成果奖三等奖。

前　言

文学是对日常生活以及世间百态的记录方式，研究文学关注的不仅是写作手法、语言风格等方面的特征，更要关注该文学作品的时代内涵。在跨文化视角下，对于英美文学作品而言，无论是诗歌、小说还是散文，都带有现代英美文化的影子，为后世的历史研究和经验总结提供了参考。

在人类生活的早期，文学就以各种形式存在（如原始的号子、歌唱等），并成为我们生活中的组成部分。人的一生如果没有文学的润泽，那么将是干涸的。当我们游弋在或庄重典雅或诙谐幽默或辛辣尖刻或俏皮夸张的文学作品中，不仅可以感受到文学作品的思想美、语言美、形象美、气韵美、意境美，还可以跟随作者进入不同的国度及不同的社会时期，在脑海中重构当时的楼阁建筑，体味各地的风土人情，感受不同的文化差异，提高我们的文学素养，陶冶我们的情操，增长我们的知识。

在文学作家的作品中，社会形态多种多样，即使我们不是那个时代或地区的人，也可以从作家的描写中看出当时的情形，每个国家的民风民俗、价值观念不一样，文学作品也各有特色。西方文学，特别是英美文学反映的是西方的文化观念、文化态度以及文化角度，对英美文学作品的研究是对西方世界的一次深入探索。

随着全球化的发展、互联网的普及，世界各国的交流变得越来越频繁。文学从来都是生活和时代的写照，以英美为代表的西方文学，一直是西方文化发展的重要推动力量，在现代更是主导世界文化的发展。系统地分析研究英美文学的发展情况，有利于我们更好地了解西方文化，并吸收借鉴有利的部分，促进中西方文化的交流融合。

全书共分为六大章节，第一章为英美文学的初探，包括英美文学的概念、英美文学的价值意义、英美文学的思潮、英美文学的风格演变以及英美文学的研究趋势。第二章为英美文学的发展历程，第一节为英国文学的发展，第二节为美国文学的发展。第三章为生态视域下的英美文学，包括西方的生态观、生态文学的思想内涵、英美生态文学的主要意象以及生态视域下的英美经典文学。第四章为女性视域下的英美文学，分别从女性主义文学理论、英国女性文学、美国女性文学、女性视角与英美文学审美四个方面进行阐述。第五章为翻译视域下的英美文学，包括英美文学翻译的基本理论、英美文学中常见文化词与翻译以及英汉思维差异与语言翻译策略。第六章为教育视域下的英美文学，从五个方面进行阐述，分别是英美文学教育方法、语言研究与英美文学教育、文化语言学与英美文学教育、认知语言学与英美文学教育、英美文学教育实践。

在撰写本书的过程中，作者得到了许多专家学者的帮助和指导，参考了大量的学术文献，在此表示真诚的感谢。本书内容系统全面，论述条理清晰、深入浅出，但由于作者水平有限，书中难免会有疏漏之处，希望广大同行及时指正。

孟佳莹

2023 年 1 月

目 录

第一章 英美文学初探

英美文学源远流长，经历了长期、复杂的发展演变。本章为英美文学的初探，一共包括五个方面，分别是英美文学的概念、英美文学的价值意义、英美文学的思潮、英美文学的风格演变以及英美文学的研究趋势。

第一节 英美文学概述

一、英国文学

英国文学在漫长的发展历史中经历了复杂的发展和演变过程。在其发展过程中，除文学本身的影响之外，还受到社会现实因素、历史因素、政治因素、文化发展因素等方面的影响。文学本身遵循自身的发展规律，经历了盎格鲁 - 撒克逊、文艺复兴、新古典主义、浪漫主义、现实主义、现代主义等不同历史阶段。在战后历史时期，英国文学经历了从写实到实验和多元的发展过程。

早期生活在英格兰岛的不同部族的居民们缺少文学方面的记录，并没有留下书面文学作品。直到公元 449 年，来自北欧的三个日耳曼部落通过入侵居住在英国，留下了一部史诗《贝奥武甫》（*Beowulf*）。从现存一本来自 10 世纪的《贝奥武甫》手抄本中可以看出，这部史诗拥有完整的结构，写作手法生动，其中头韵、重读字等特点均展现了古英语诗歌的特色。

14 世纪下半叶，中古英语文学迎来了发展的巅峰时期。在这段时间里英国文学展现出了鲜明的自信。这一点从诗人乔叟（Chaucer）的创作历程中能够看出。早期乔叟的作品是对法国和意大利文学作品的仿效，之后他逐渐开始在作品中描写英国本色。《坎特伯雷故事集》（*The Canterbury Tales*）是乔叟的代表作。这部作品采用韵文的形式，用语优美活泼，故事中描写了一群来自不同阶层和行业的人去坎特伯雷朝圣时所讲的故事，这些故事风格迥异，但都从不同的角度揭露了当时的社会现实。头韵体长诗《农夫皮尔斯》（*Piers Plowman*）也是非常具有代表性的作品。其作者是教会的小职员兰格伦。这部作品的写作形式十分梦幻，采用寓意和象征的写作手法，其创作背景是 1381 年的农民暴动，反映了暴动前后农村的现实生活，笔锋严峻。在这一时期许多宣泄底层人民情感的民间歌谣作品现世。歌谣诞生在人民的口耳相传之中，在经历了长时间的传播之后被写成书面形式。例如，现存于 15 世纪手抄本上的罗宾汉歌谣，它讲述了一群农民劫富济贫、与教会僧侣和执法官吏对抗的故事，这部作品深受人民喜爱，并传诵至今。

到了 16 世纪，英国的国力逐渐强大，这是因为新航路的发现促进了海外贸易的发展。这一时期，英国民族主义高涨，1588 年，英国击败了当时的大陆强国西班牙派出的"无敌舰队"，阻止了西班牙的入侵。受社会和国际形势的积极影响，英国文学也表现出了繁荣的局面，文学活动频繁，优秀的文学作品层出不穷。诗歌的创作也十分活跃，大量诗集出版，同时也有大量的诗选问世，其中部分重要的诗选更是为英国文学发展带来了新的风气。16 世纪 90 年代，锡德尼（Sidney）等著名诗人创作的十四行诗集出现，虽然内容上仍是以歌颂爱情为主，但在格局上有所突破，为英国诗歌文学注入了活力。在这一时期，英国也出现了许多新的诗体，在英国诗歌文学发展史上起着很重要的作用。它们有不同的内容和主题，如叙事、抒情、讽刺时势、探讨哲理等。因此也出现了很多优秀的具有代表性的诗人，其中最为著名的是斯宾塞（Spenser）。斯宾塞的代表作当属《仙后》（*The Faerie Queene*）（1590—1596），作品规模宏大，内容丰富，选用了中古骑士传奇的体裁，采取寓言的写作手法，歌颂当时被当成英国民族象征的伊丽莎白（Elizabeth）女王。这部作品有非常优美且多变的韵文，它的出现让斯宾塞成了当时非常著名的诗人。

16 世纪末 17 世纪初，英国国内的政治经济矛盾进一步加深，这使得当时的人民内心动荡不定，从而导致英国文学的发展受到打击。诗歌创作中出现了玄学派诗和爱情诗。玄学派诗多用新奇的形象和节奏表达作者或者世人内心的怀疑以及信念转变的复杂心情，这也体现了社会变革对传统文化的影响，其代表人物是多恩（Dorne）。爱情诗是当时的一些被称为骑士派的贵族青年创作的，表达出了一种末世情调。

17 世纪 40 年代，英国爆发了革命。国王查理一世被公开审判，经过了激烈的内战，英国建立了资产阶级政权。革命对文学的影响主要体现在两方面。第一，当时社会出现了许多发表政见的传单和小册子。这些作品多是各种集团、革命阵营的不同派系所发行的。第二，革命大诗人约翰·弥尔顿（John Milton）出现了。

18 世纪上半叶，英国社会趋于稳定。文学方面也出现了崇尚新古典主义的趋势。当时新古典主义文学的代表者是蒲柏（Pope）。他的散文作品表现出了极强的启蒙主义精神，推进了散文艺术的发展。蒲柏还开拓出了两个新的文学领域——期刊随笔和现实主义小说。

到了 19 世纪，文学史上不得不提的人是布莱克（Blake）。他是浪漫主义诗歌发展中出现的第一个大诗人。布莱克靠镌版谋生，他是法国革命的忠实拥护者，但同时他又反对法国革命中的哲学基础理性主义。他的诗歌作品与前一世纪优雅含蓄的诗歌风格不同，其中蕴含着丰富的想象力。

浪漫主义文学中也出现了著名的散文作家，哈兹里特（William Hazlitt）和兰姆（Lamb）就是其中的代表人物。哈兹里特的代表作品《时代的精神》（The Spirit of the Age）以文论精辟著称。兰姆的《伊利亚随笔集》（1823）文风风趣典雅，受到了英国和世界范围的读者的喜爱。

19 世纪中期，英国小说的发展也十分迅速，当时英国正处于阶级斗争激化的时期。当时世界上出现了第一次广泛的、群众性的、政治性的无产阶级运动——宪章运动。受宪章运动的影响，列宁开创了宪章派文学。与此同时，世界范围内的科学技术也在不断发展，达尔文（Charles Darwin）提出的进化论是划时代的，它让传统信仰受到了猛烈的冲击。政界和舆论界也在围绕谷物法和"英国现状"的问题进行论争，这场论争持续了很长时间。大范围的论争让散文文学得到了在实践中锻炼的机会。因为论争不断，大量的优秀散文作品出现，散文的读者群体也在不断增加，许多散文刊物被创造出来，长篇作品在期刊上逐期连载的形式也应运而生。总之，19 世纪英国出现了许多作家，他们的创作让英国小说文学迎来了巅峰发展时期。

20 世纪，英国文学发展的第一个成就来自戏剧创作。爱尔兰人乔治·伯纳德·萧（George Bernard Shaw）到了英国伦敦。他的剧评风格泼辣，开辟了欧洲现实主义新戏剧的发展新天地。之后，他在自己的创作中融入了阿里斯托芬以来的欧洲古典喜剧传统的元素，创作出了 51 个剧本。在过去的一百多年里，英国戏剧的发展十分低迷，乔治·伯纳德·萧及其作品的出现改变了英国戏剧当时的发展状况。1945 年前后，英国文坛也处于繁荣时期，出现了许多名作。例如，由艾略特（Elliott）创作的《四个四重奏》（*Four Quartets*）（1944）表达了一名诗人在残酷的战争年代对生死和历史的思考，在这部作品中已经看不出多少现代派创作手法的痕迹，其诗句变得素净且深挚。又如，乔治·奥威尔（George Orwell）在其作品中通过寓言的形式展现了自己对高度集中的社会的恐惧。这一时期也出现了许多才华横溢的女作家。例如，多丽斯·莱辛（Doris Lessing）和艾丽斯·默多克（Iris Murdoch），前者以南非的白人妇女的日常生活为素材创作了一系列小说，后来又创作出了表达当时知识妇女的幻灭心情的小说《金色笔记》（*The Golden Notebook*）（1962），她的作品鲜活且有力，深受读者喜爱；后者才思敏捷，擅长从存在主义的角度来看待人生。

英国戏剧文学乃至整个英国文学发展中都存在一个连续的传统。而各个时期不断涌现出的优秀作家都在努力进行创新，这也进一步推进了这个传统的发展。

二、美国文学

在美国文学发展的早期，文学形式仅包含诗歌、散文等。虽然北美印第安文学也包含很多文学类型，但是其依然是最初的文学形式，小说、戏剧等文学形式尚未萌芽。从内容方面分析，北美印第安文学的主要内容是部落信仰和部落英雄。其内容着重于从侧面反映沦为殖民地之前的北美印第安部落生活的几个方面。

美国浪漫主义文学的诞生和发展源于欧洲浪漫主义文学。欧洲浪漫主义文学是从反古典主义的斗争中发展起来的，它强调自我和自由，是基于新的历史条件的人文主义精神重生。浪漫主义文学诞生后席卷了整个欧洲，也对 19 世纪的早期美国文学的成长造成了很大影响。早期美国的浪漫主义文学沿袭了欧洲浪漫主义文学的内容和形式。在这一时期出现了许多作家，如惠特曼（Whitman），他创作的《草叶集》（*Leaves of Grass*）成了 19 世纪美国最具影响力的诗歌作品。这一时期，美国的小说也展现了独创性和多样性的特点，其种类包括寓言体小说、歌德式惊险故事、边疆历险故事、社会现实小说等。

19 世纪下半叶，美国文学中出现了一股现实主义风潮，从某个角度上来讲，现实主义风潮是对当时极端浪漫主义的反思，它的出现让美国文学的民族性文明进一步发展。对于美国文学史而言，现实主义的出现表现出了 1860 年以后爱国精神和科学思维的胜利。文学是社会和时代的反映，因此文学的表现形式必然会受到社会变化的影响。对于当时的美国社会而言，战前流行的对战前社会的缅怀、理想的浪漫主义文学已经不被社会所需要。社会要求文学重新聚焦于当前的社会和生活现状，因此现实主义文学开始受到读者们的喜爱。这时的美国文坛出现了许多优秀的作家，他们以理智的眼光和批判的角度看待美国社会，他们的作品反映了社会现实状况，也让现实主义文学成了当时的潮流。

19 世纪在美国文学史上出现的现实主义文学广泛且真实地揭露了美国社会的方方面面，记录了当时美国社会不同方面、不同角度的历史画面，形成了丰富且深刻的社会史画卷。现实主义文学展示了文学服务于现实社会的功能。美国现实主义作家们用作品刻画了当时人们生活的本来面貌，在他们的作品中，百姓、土著、上层社会、来自远方的欧洲人被平等地对待，各个阶层的人都能成为他们创作的对象。

19 世纪美国文学史上的现实主义文学还揭露了当时社会的黑暗面，批判了现实社会中的罪恶。作家们在现实主义作品当中展现出了一个充满活力、充满矛盾、竞争激烈、崇尚物质享受的真实社会，同时也揭露了现实社会中的阴暗面，批判社会的黑暗之处。当时的现实主义作家重视社会环境对人的影响，喜欢塑造典型环境及在典型环境中生存的人物。作家们对生活的观察十分细致，对社会的分析十分深入，他们会选择典型的社会事件，通过集中的事件情节展现社会生活的不同细节。现实主义作家的自身的背景也是影响他们创作的因素。他们大多出生在中小资产阶级家庭，既没有大资产阶级的资本积累，也不像无产阶级一样贫穷。这就导致他们谴责贵族和大资产阶级的经济掠夺和政治垄断，也对劳动人民遭受的压迫和痛苦生活感到同情和怜悯。

20 世纪，美国文学发展进入了空前繁荣的阶段。这一阶段美国文学发展的主要特征是多元化。美国小说自诞生之后经历了五十多年的发展，逐渐演变成了独立的具有强大生命力的民族文学。国家民族文学的发展与国家的政治、经济、社会发展状况密切相关。20 世纪初期，美国现实主义文学在延续的同时衍生出了一股新的文学思潮——现代主义。现代主义文学将社会现实状况直接且客观地展现出来，真实地反映了自我与现实社会的对立，其表现对象从外部的客观世界转向了人的内部主观精神世界。在 20 世纪初期到 20 年代之间，现代主义几乎成了美国文学的主流趋势，但是现实主义文学也并未就此消失。它与现代主义文学一直处于并行状态。

如今，美国文学成了世界文学中重要的组成部分，其地位的确立与美国的国际经济、政治和军事地位分不开。战后时期，美国文学中出现了许多既具深刻的思想内涵，又有新颖的艺术表现手法的作品，这些作品以自身的优秀吸引了众多国外读者的喜爱。在这一时期美国文学也经历了复杂的发展阶段。受到外部因素，如 20 世纪 50 年代的新旧交替、60 年代实验主义精神、多元化社会发展等的影响，以及文学自身的发展规律的影响，美国文学形成了鲜明的时代特征和自身特色。

第二节　英美文学的价值意义

一、英美文学的语言审美性和艺术性

英美文学在当今世界文学中占据重要的地位，其发展对世界文学的发展潮流、文学创新形式等方面有十分重要的促进作用。因此对英美文学语言的特色、审美与艺术、发展背景等进行研究有助于世界文学的发展。

（一）英美文学语言艺术的源头及发展

欧洲历史发展过程中，古希腊罗马文化是其中一颗璀璨的明珠。古希腊罗马文化中的故事和传说具有丰富的内容，人物具有鲜明的特征，故事情节也离奇曲折，因此这些艺术十分受人喜爱。例如，斯芬克斯之谜、潘多拉打开魔盒等故事流传至今，在世界范围内都被人们所熟知。古希腊罗马故事和传说中包含思想、哲学、科学等多个方面的内容。这些内容有完整的故事情节，它们被众多作家应用到自己的文学作品中去，促进了英美文学的发展。古希腊文学史上著名的三位悲剧作家埃斯库罗斯（Aeschylus）、欧里庇得斯（Euripides）、索福克勒斯（Sophocles），他们在创作中也常使用古希腊故事。古希腊罗马故事有十分明显的特征，它们注重刻画人物的形象与个性，并且力求塑造出完美的人物形象。这些特征在相关的文学作品中能够看出。也正因如此，英美文学才展现出了鲜明的特征和主旨：追求自然和谐、弘扬个人英雄主义、追求自我。

（二）英美文学语言艺术的特点

1.语言取向：语言凸显较强的社会性

从语言取向的角度进行分析，英美文学语言有较强的社会性特征。英美文学语言的内容与风格都是受社会背景的影响而形成的。例如，古希腊罗马文化是根植于社会中个人英雄主义崇拜而发展出的。此外，社会局势也会影响文学作品语言基调的色彩，以及作家们表达情感的方式。综上所述，文学作品源于社会现实，因此英美文学语言表现出了很强的社会属性。

2.语言功能：强调艺术与实用并重

从语言功能的角度进行分析，英美文学语言严格遵循艺术性与实用性统一的创作原则。在所有的英美文学作品中几乎都能看出这个特性。英美人崇尚个人英雄主义和完美主义，并且在文学创作中也重视个人情感与思想的表达，这就使得英美文学语言表现出极强的个人风格，在其构造上也更重视语言技巧的运用。表现在文学作品中，就形成了极强的艺术性。英美文学作品大都重视反映社会现实，作品创作指向社会，并且由于个人英雄主义的影响，作家们也更关注社会现实，因此英美文学语言更重视其实用性和交际性。以上影响因素共同作用，导致英美文学语言产生了更为深厚的语言魅力，它在语言形式之外，增加了文学性、思想性和艺术性等特点，突破了语言本身的限制，进一步促进了英美文学作品的发展。

3.语言美感：陌生化语言

从语言美感角度进行分析，英美文学语言展现了陌生化的特点。这是英美文学表达中的重要特征。正是由于这个特征，英美文学语言才能突破传统文学语言表达的枷锁，产生出新的构词方式和表达方式，加强语言的表达效果。陌生化的语言表达方式让英美文学语言焕然一新，在文学作品中，这样的语言表达形式也凸显了画面感，加强了情感表达的感染力，增加了语言的跳跃性，使得整个作品更加鲜活。英美文学中陌生化的语言是传统语言表达的创新，也促进了英美文学语言的发展。

（三）英美文学语言审美性和艺术性的分析

文学艺术作品中的语言大都是源于现实又高于现实的，英美文学语言也是如此。例如，《傲慢与偏见》（*Pride and Prejudice*）这部作品借助对婚姻问题的反映与思考，在法规与原则、人情与爱的基础上揭露了 18 世纪末 19 世纪初，英国保守和闭塞的社会环境下乡镇的生活现实以及当时的社会势态。由此可见英美文学创作十分重视现实性，以现实为依托。与此同时，英美文学也没有忽视自身的艺术性，通过夸张的语言描述和语言技巧的运用让作品超出社会现实，表现出作品的主题。

英美文学作品还有一个特点，那就是戏剧性独白的使用，这使得作品给读者以更大的想象空间。戏剧性独白这一表现方式出现在 1857 年。人们将索恩伯里（Thornbury）创作的《骑士与圆颅党人之歌》（*The Song of Knights and the Round-Head Party*）中的部分诗歌文字称为"戏剧性独白"。之后英美文学作品中常见戏剧性独白的影子。戏剧性独白能够让人站在客观的角度对作品进行审视，引发人们的思考，加深读者对作品的感悟。戏剧性独白的出现和使用对我国文学的发展也有很深远的影响，不仅开创了新的文学形式，也对文学艺术的发展起到了非常大的积极作用。

英美文学中陌生化的语言创新了文学语言的形式，促进了文学语言的发展和进步。此外，陌生化的语言改变了传统文学语言的措辞、语气和语言结构，让文学作品更加可感，增强了语言的画面表现力。读者在阅读过程中能很快沉浸在文学情境之中，感受语言文化的魅力。这对于文学语言的发展和传承而言意义重大。在后现代文学发展中，语言陌生化和碎片化之间有相似之处，促进了语言表达形式的创新发展，加快了语言与美学的融合，让文学语言的表现力进一步加强，促进了文学语言的发展。

英美文学作品中不仅蕴含着作者的情感与思想，还有很深的理性的哲学精神，形成这一特点的原因不仅有作者的思想深度，也有社会现实的影响。例如，《更多的人死于心碎》（*More Die of Heartbreak*）这部小说，作者索尔·贝娄（Saul Bellow）运用了大量的哲学对话和人物关系转换，不同人称的叙述方式体现了理性精神的作用，也从侧面表达了作者的情感立场，客观展现了不同人物的情感亲疏关系。这部作品描写出了工业社会异化的人物，对社会现实发出了强烈的指控，具有很强的理性精神和哲学性。

二、英美文学的精神价值及现实意义

（一）英美文学的精神价值

1. 理性主义价值

英美文学中理性主义的代表人物是作家索尔·贝娄（Saul Bellow）（图1-1）。从他的作品当中能够看到拜金主义的形成原因，对当时英美社会产生理性的认识。他的作品重视对人类社会的理性思考，作品中揭示了消费主义和拜金主义盛行的社会根源，表现出了特定社会背景下，人们物质追求和精神追求之间的矛盾以及由此产生的人们的精神危机。索尔·贝娄在其作品中全面地揭露了工业时期人们的生活困境以及后工业时期人们被物化的现状。其中最具代表性的作品是《更多的人死于心碎》。

图1-1　索尔·贝娄（Saul Bellow）

当时社会发展重视人们的消费，人们追求物质享受，享乐主义和消费主义盛行。这部作品从文化层次表达了对这两种思想的讽刺，希望人们能够通过阅读领会文学作品的精神价值，找到正确的处理物质和精神之间的联系的思路。这部作品展现了后工业社会中人们的消费图景，深刻地展现了后工业社会人们崇尚消费的生活，以及被社会异化的个人，表达了作者对享乐主义和消费主义思想的斥责，从文化和人文关怀的角度对消费主义思想进行了批判。

又如《赫索格》（*Herzog*）这部作品从人与自我、人与人、人与社会、人与自然的不同角度揭示了后工业社会对人的异化和物化。在他的作品中，受工业化和城市化进程的影响，人和自然的关系变成了消费关系，人与人之间的各种感情也被淡化。作者在这部作品中表达了对社会现状、对人与人之间的物化关系的厌恶，对不和谐的社会、自然和人际关系的哀悼。

在他的作品当中还表现了这种关系演变的过程，人们之间除了物质关系之外不再有感情关系，也不再有精神和灵魂的沟通，人们狂热地追求物质，并因此造成了许多悲剧。这不仅是因为个人因素，更多的是因为社会环境因素而产生的。从《赫索格》这部作品中能够看到作者对传统社会中和谐的社会关系的怀念。在工业社会中，国家和社会强调 GDP 的发展，以此作为社会发展的标尺，因此人们也开始崇尚金钱，金钱成了人们关系的重要影响因素。人们不断地追求名利，社会宣扬明星的成功，而普通群众成了愚昧和落后的代名词，这种扭曲的社会价值观念也代表了当时社会的现状。在索尔·贝娄的作品中可以看出，社会和经济的进步对于群众而言未必全是幸福和快乐，也会产生痛苦和无奈。他在作品中表达了对当时社会精神文明被弱化的现象的批判。

索尔·贝娄的作品中表现了对工业社会进步与人类精神文明演化的反思，提出了许多引人深思的哲学问题。他的作品中描绘了许多后工业社会的凄惨与悲凉现象。但是即便如此，他的情感依然是积极向上的。他的作品中充斥着一种乌托邦情感，表现了他在物质社会中勇于追求精神乐园的态度。这是一位文学大师的人道主义情怀所决定的。

在一个 GDP 高于一切的时代，一个过分追求生产力发展的时代，一个用金钱衡量一切价值的时代，索尔·贝娄的作品无疑是引人深思的。在当时的社会中，人人追求金钱和物质，为了名利而活，但是人们的生活却不快乐。媒体对资本家和明星大肆宣扬，整个社会充斥着靡靡之音，而广大劳动者被打上了贫穷和愚昧的标签，这样的社会怎么谈得上进步呢？在工业高速发展的社会，人只不过是社会中的微小分子，是拉动 GDP 的消费者，这充分展示了人被物化的社会现实。这也是人类悲剧产生的重要原因。索尔·贝娄的作品中表现出的对科技发展和对专家制度的质疑与当时社会物质丰富而人文精神衰退、人们幸福感缺失的现象相契合，表达了作者对后工业社会科技进步与文明演化衰退之间的联系的反思。从他的代表作中能感受到他对某些哲学命题的思考，以及对人类发展、命运、道德、精神、人生意义等问题的思考。他的哲学思考是他回应和反抗后工业社会中消费主义和物质至上的思想的方式，也是他试图拯救缺乏深度的、情感消失的社会的方式。他面对浮躁而空虚的后工业文明社会，始终保持着乐观和积极的态度，在他的作品中也寄托着一种情感信念，表现了他对社会发展的美好期望。

2. 黑色幽默价值

20 世纪 60 年代，美国文学兴起了一个现代主义小说流派——"黑色幽默"。这个流派在"二战"后的欧美文坛中占据十分重要的地位。它也被称作"绞刑架下的幽默"或"大难临头的幽默"。黑色幽默在文学作品的情感模式上进行了创新，相比于传统戏剧中的滑稽、轻松，传统悲剧中的严肃和痛苦，黑色幽默文学采用了荒诞的表现形式让喜剧中带上了沉痛的无可奈何的苦涩，也让悲剧中带上了绝望的悲伤。黑色幽默文学作品中，人物的抗争精神逐渐转变成了对命运的无可奈何，转变成了对命运低头的绝望与顺从。黑色幽默善于运用荒诞和笑。即使在悲剧当中，它也用笑来展现悲惨，通过荒诞的形式将悲惨宣泄出来，因此也形成了它不同于传统文学作品的新的艺术情感。在黑色幽默文学中，读者能品味到喜，但是喜的背后却是惨烈、悲伤的现实；读者也能体会到悲，而这种悲往往隐藏在表面的笑容和荒诞的事情之下。当时美国社会过分追求物质和财富，人们缺少精神信仰。因此当时的社会意识犹如面临风暴的大海，波澜不断，巨浪翻涌。部分文化评论家将这段时间称作美国的荒诞时期。生活在这个时期的美国民众对现实生活和命运感到惶恐和困惑，社会也日渐浮躁。在这样的社会背景下，作家也只能通过一种自嘲的、荒诞的、病态的写作方式来发泄自己的不满和愤怒，表达自己的困惑和绝望。而如今的世界依然存在过分重视物质发展而忽视精神世界建设的现象，因此重新对黑色幽默文学进行赏析和评价有助于唤醒人们的良知，引导人们反思现今社会的不足之处，对世界的发展而言具有十分重要的现实意义。

《第 22 条军规》(*Catch*-22)是由美国作家约瑟夫·海勒(Joseph Heller)创作的小说。它也是黑色幽默文学中的经典作品。在这部作品中,作者创造出了一个逻辑怪圈,也即所谓的"第 22 条军规":如果一个军人认为自己有精神疾病不适合飞行,那么他必须自己提出申请停飞;但是如果一个军人能够提出自己因为精神疾病不适合飞行,那就说明他思路清晰,不允许停飞。无论如何军人们也不可能从这个逻辑怪圈中脱离出来。作者巧妙地运用了军规这种形式。军规不是白纸黑字写出的规定,但是它却无处不在。人人都能感知到它的存在。它的具体内容充满了诡诈,但是却没人能反抗。《第 22 条军规》虽然只是一部文学作品,但是其描绘的场景却能在当时的战争活动如阿富汗战争中找到对应,在这部作品中,频繁且持续时间长的战争活动对社会和生活产生了巨大的破坏,导致人们的希望化成虚无,正义不复存在,道德也变得虚伪,官僚政治的利己主义、个人的生死荣辱都融合在这部作品当中。《第 22 条军规》中荒诞的逻辑怪圈也不知不觉束缚了当时的美国政权。在这部作品中,读者能够感受到当时美国社会和美国政府的重大问题,感受到当时美国社会的荒诞和疯狂。黑色幽默文学不仅是对当时社会现状的反映,从现代的角度来看,也能对社会的发展提供警示作用。黑色幽默文学能用特殊的笑警醒世人,让人们去反思人生的意义和价值,而社会发展也不至于再重复当时美国社会的悲惨现实。

黑色幽默文学有其独特文学艺术特色,它通过荒诞的形式宣泄内心的痛苦,通过幽默来代替痛苦的感情。作家们通过荒诞和幽默的形式描述了当时人们生存的社会的荒诞以及个人所受的压迫。用嘲讽和无奈的态度揭露了人与环境之间的矛盾,并通过荒诞的叙述将这种矛盾放大、扭曲,给人一种滑稽可笑的感觉,笑过之后便能从中体会到苦闷和沉重之感。

黑色幽默在英美文学中占了很大的比重,它的产生和发展也对世界文学发展产生了重大影响,具有很高的文学价值和借鉴意义。在当时的社会背景下许多作家都选择采用黑色幽默的文学形式进行创作,以此来表达自己对社会的不满和愤怒,诉说自己对社会的期望。

物质文化的盛行导致文学艺术发展速度变慢。文学艺术中所蕴含的精神文明价值能够推动人类社会文明进步,引导人类的精神积极发展。英美文学作品能够填补现代社会快速发展过程中所产生的思想空白,引导人们思维和观念的改变,优化人的思维模式。在现代社会发展过程中，文化价值与文化产业之间的合理转化十分重要，实现这一点有助于英美文学发挥其积极作用，推动社会物质框架结构的不断完善。

进入 21 世纪，人类社会面临着历史遗留的问题的同时也在不断产生新的问题，如环境问题、能源问题和战争。人们一直在积极寻求问题的解决办法。而英美文学中那些根植于社会现实的经典作品中，已经通过理性主义和黑色幽默的方式为人们提供了答案。而人们需要做的是不再过分重视自己的利益，通过理性主义的思考寻找解决问题的具体办法。否则黑色幽默就会一直存在。

（二）英美文学的现实意义

1. 文学源于且高于生活

（1）文学源于生活。

文学是社会发展所产生的意识形态。英美文学也是如此。要想认识英美文学就不得不对其诞生的社会环境进行了解和探究。因此人们在阅读和理解英美文学作品的过程中也要结合历史社会语境来进行。在了解英美文学作品之前，读者要先对英美文化进行了解和认知。文学语言是作者和世界沟通的桥梁，英美文学作品中也展现了作者的自身的价值观以及对所处社会环境的理解，同时其中也蕴含了作者对人们日常生活的感受和对人生的感悟。通过阅读文学作品，读者能从中感受到作家对社会和人生的困惑与反思。英美文学根植于丰富多彩的历史文化发展当中，因此其语言艺术也十分精彩。语言魅力的多元化使得英美文学作品高于社会历史文化。探讨英美文学作品的语言艺术的过程就是解读历史文化内容的过程。

在对英美文学作品进行分析和解读之前，读者要对作品的历史和社会创作背景进行了解，也要了解和熟悉英语语言文化，对其形成基础有一定认知，否则就无法顺利解读和分析英美文学作品。在英美文学创作中，作家们更倾向于展现自己对社会价值的理解和判断，表达自己对社会生活的感受和对人生的体验，抒发自己对生命意义的困惑和思考。英美文学作品拥有丰富多变的风格和语言变化，它们的语言表现力更是丰富多元。因此读者在研究英美文学作品的过程中也能领略到英美文学作品的丰富内涵。

由外部移入人的头脑中并经人的大脑改造而成的思想或者认知被称为观念。而意识是社会的产物，只要人类社会还存在，意识也就依然经由社会而产生。由此可见，社会生活是一种客观存在的现实，而意识是这种现实在人的头脑中形成的反射和认知。这个原理看似简单，但却十分深刻，文学源泉的问题也以此为基础展开了讨论。也正是以此为基础，文学与社会生活之间的联系这个问题才能展开分析。文学艺术作品是一种社会观念形态，是社会现实在人类头脑中反映的产物。在人类的社会生活中存在文学艺术的原材料，是文学艺术创作的宝藏。这些原材料是自然形成的，是粗糙的，但是它们也是生动的、丰富的，是最基本的东西。从这个角度而言，文学艺术也无法掩盖它们的光芒。这些东西就是文学唯一的也是无尽的源泉。

人们应该重视的是，为什么社会生活能成为文学艺术作品唯一的源泉。古代的、外国的文学艺术作品虽然也能为作家的创作提供灵感，但是这些作品只能是文学艺术的河流，而算不上文学艺术的源泉。这些文学艺术作品也是当时的作家们根据自己的生活和社会现实创作而出的。此外，还有一个重要的原因，文学艺术作品的结构、语言和技巧、取材、主题、人物、情景、情节等元素都是源自作家的生活或者由生活所引起的启发和思考。不论是写实的或是虚构的故事，抒情的或者非抒情的叙述语言，崇高的或者渺小的人物形象，或悲或喜的人物感情，幽默的或者滑稽的故事情节，模糊或者鲜明的时代特征，豪放或者婉约抒情方式，严谨或者松散的故事结构……这些东西统统来自生活之中。

因此，作家对生活的熟悉程度和感知能力就会影响作家的创作过程。只有对生活足够熟知的作家才能流畅地进行创作，才能描写出形象且生动的生活。明末清初的学者和诗人王夫之认为："身之所历，目之所见，是铁门限。"只有经历过真实的生活作家才能积累宝贵的创作素材，写出优秀的作品。鲁迅也曾经说过："作者写出创作来，对于其中的事情，虽然不必亲历过，最好是经历过。"虽然也有人反驳过，难道作家写杀人就最好自己杀过人吗？但鲁迅作出了最好的回复："我所谓经历，是所遇，所见，所闻，并不一定是所做，但所做自然也可以包含在里面。"由此可见，作家文学作品中的一切都应与社会生活相关联，即便是经由想象创作出的东西也必然不可能脱离实际生活，也都是作家将真实的生活素材变形而成的。由此可见，生活是文学创作的源泉，文学创作也永远不可能脱离生活而进行。

（2）文学改造生活。

文学艺术是对社会生活的反映，但值得注意的是文学并不等于社会生活。文学艺术作品是作家们将社会生活现实经由观察、体验、思考、感悟、加工、提炼和描写之后形成的。也就是说社会生活经过作家们的艺术改造之后才能变成文学。而这一过程中，作家自身的精神世界能产生十分深刻的影响。文学中对社会生活的反映不是对社会生活的机械复制和呆板描摹。在阅读文学作品的过程中，读者必须意识到作家的主观思想和精神世界对社会生活进行的改造。在这方面，辩证唯物主义和机械唯物主义之间的主要区别就是能否承认文学中作者对社会生活的加工和改造。

在文学创作过程中，作家的内心世界与外在的客观现实社会是有交流和互动的。正如刘勰所言："是以诗人感物，联类不穷。流连万象之际，沉吟视听之区；写气图貌，既随物以宛转；属采附声，亦与心而徘徊。"[①] 分析以上论点可知，作家能从对客观世界的感知当中产生无穷无尽的联想，作家流连在世间百态之间，体味自己所见所闻之事的个中滋味，在描写事物的外在形貌之时，要根据事物的不同展现其变化的形态，表现出事物的内在气势和神韵；在语言运用和措辞安排中，要根据自己的内心感受进行斟酌。由此可见，作家在反映现实生活时既不能完全超脱现实而随意发挥，也不能刻板描绘，失去了作家对社会生活的理解和感悟。社会现实与作家的体会是相互制约、相辅相成的。对于这个问题，德国作家歌德（Goethe）也有自己独特的理解。他认为，在艺术创作过程中，艺术家对于自然而言有双重地位，他既是自然的主宰，也是自然的奴隶。歌德也曾对他生活的年代里出现的两种不同的创作思想进行了批判。第一种是过度追求理性主义而忽视了社会现实，第二种是单纯地对自然和社会形态进行刻画而忽视了创作主体的个人倾向。在他的观点中能清晰地感知到作家在创作当中既要反映自然也要加工自然的辩证创作思维。作家的作品中所反映的现实是经过了主观改造和创造的现实。

现代心理学中也有支撑作家在反映生活的过程中加入自己的主观思想的观点。心理学中认为，人类对现实生活的理解、认知和反映是主客观统一而形成的。一方面它具备客观性，因为认知和反映的形成受到客观现实的制约，是由外界事

---

① （南朝梁）刘勰作；冯慧娟编 . 文心雕龙 [M]. 沈阳：辽宁美术出版社，2018.

物直接反映而成的。另一方面它具备主观性，因为理解、认知和反映这一过程的主体是人，因此其形成也必然受到人的经验和个性的影响。因此，可以说人类认知和把握事物的过程也是创造事物形象的过程。由人类认知世界产生的事物形象已经不再是这个事物的客观形象，而是经由人类主观心理世界过滤后的形象。近代完形心理学派有这样的观点，人类认知所产生的经验世界与客观的物理世界是不同的。物理世界包含的是客观事物的存在，被称作"物理境"。经验世界是事物反映在人心中的存在，被称作"心理场"。客观世界和经验世界中的事物并非一一对应的。同一对象在物理世界中是客观恒定的。它一般可以计量，例如一分钟是 60 秒，这是恒定不变的，没有长短之分。但是不同的人在不同的环境中对一分钟的感知是不同的，当做自己不喜欢做的事情时，人们会觉得一分钟很长，当做自己喜欢的事情时，却会觉得一分钟太短。这就是时间反映在不同的经验世界中产生的不同。

因此，文学作为一种意识形态也可以从这个角度进行理解：社会生活是客观存在的自然形态的东西，但经过作家的艺术改造而在文学作品中形成了观念形态的东西。文学不再是物质，而是变成了作家的意识。文学源于生活，却又对生活进行了改造。值得注意的是，与所有社会意识形态相同，文学艺术也具有社会意识形态性。

（3）文学是人的一种审美活动。

社会是人类活动的主要场所。社会中存在许多种活动，例如政治活动、生产活动、科学活动等。审美活动也是一种十分重要的社会活动。人类的所有活动中都存在审美活动的影子，唯有文学艺术活动是将审美作为基础功能的。例如，人类的衣、食等活动中都有审美的影响，人们吃饭不仅要吃饱吃好，还讲究色、香、味俱全，有的食物本身就能让人赏心悦目，这就是审美因素对吃的影响。但是需要注意，吃这一行为的主要目的还是满足食欲，维持生存需要，因此审美并不是影响这一行为的主要因素。人们常说文学艺术是审美的高级形态，因为文学能提供给读者纯粹的审美意义。文学艺术的特征之一就是能让审美在文学艺术作品中实现。

2. 英美文学的欣赏

（1）文学欣赏是实现文学审美价值的关键。

文学活动是一个完整的流程，其中包含创作过程、作品本身、欣赏过程以及文学欣赏对创作的反作用。西方接受美学将文学接受包括文学欣赏在内的过程看得十分重要。他们认为不被人们所接受的作品不能成为文学，只能算是文本。他们认为文本和文学作品是两个完全不同的概念，需要严格区分。提出这个观点的人是捷克的穆卡洛夫斯基（Mukarovsky）。他认为文本只是作者的手稿经由印刷而形成的制成品，不能算作美学对象，只能算是一种具有潜在意义的文学实体，也被称作第一文本。这些制成品在读者阅读之后才产生的充实的意义，才算得上是美学对象，才能被称为文学作品。这里的文学作品也可以叫作复制品或者第二文本。这些文本会被不同的读者阅读，也就产生了许多不同的美学对象。不同于第一文本有恒定不变的意义，第二文本的意义将会随着历史的发展而产生变化。接受美学所持有的观点是对"美学实体只是某一群接受者主观解释的共同点"的观点的继承和发展。制成品是客观存在的具有具体意义的符号，而美学对象则是经由读者意识产生的制成品的相关意义。虽然结构不变的制成品是读者获得审美意义的源泉，是作品被读者接受而产生具体意义的开始。但是制成品仍然不等同于作品。在这一理论体系下，包括文学欣赏在内的文学接受是作品美学价值的实现环节，更是其创造的环节，对于文学活动整体而言具有十分重要的意义。由此可见，文学接受这个环节中，决定文学价值和意义的重要因素不是只能被当作文本的作品，而是读者。

（2）文学欣赏对文学创作的作用。

文学欣赏的价值和意义还表现在它对文学创作所产生的反作用中。文学欣赏和文学创作是相互关联、相互融合、相互影响的。通过文学欣赏文学创作才能最终完成。此外，文学欣赏也对文学创作有极大的促进意义。创作本身就要考虑到文学欣赏的规律和特征，否则作者创作出的就只能是没有人欣赏的文本。

首先，文学欣赏有其自身的发展规律：读者需要从丰富且生动的形象中感受其内涵，进而获得审美享受。文学创作必须遵循这条规律，文学作品的内涵和思想必须体现在其塑造的形象当中；并且文学作品中形象的所有细节都要为内涵的表达而服务，从而达到内容与形式的统一。这样读者才能在文学欣赏过程中"披文入情""沿波讨源"。而那种不重视表现形式和表达内涵，只堆砌表象的作品就不会被读者欣赏，也无法成为审美对象。

其次，作家在文学创作过程中常常会思考自己作品的读者的感受，从而让自己的作品满足读者的审美需要。由此可见西方接受美学中强调读者对文学创作的影响，这是十分合理的。在我国文艺工作发展历程中，也曾提出文艺要为工农兵等群体服务的思想，要求文艺工作者在创作过程中重视工农兵等群体的喜好和利益。文学创作首先要重视读者的精神需求。艺术要通过表达自己的情感体验唤醒读者的情感共鸣。而一部作品能否唤起读者的共鸣，除了作品本身的完整性和其塑造的形象之外，更重要的影响因素是作品表达的情感能否与读者的感情相通。

在文学作品的创作过程中，读者所产生的欣赏规律、审美偏好等因素只是潜在地对其产生影响。而当作品创作完成后，就需要直接面对读者的考验。如果这部作品不符合读者的欣赏规律，也不能满足读者的精神需要和审美趣味，那么它就无法受到读者的欢迎。

文学欣赏对文学创作产生的影响还表现在，文学欣赏能让读者的欣赏水平提升，影响读者的艺术品位和审美偏好。文学艺术创作中不仅读者能对文学作品产生影响，文学作品也能影响读者。优秀的文学作品能让读者提升自己的审美趣味。当读者的欣赏水平得到提升之后，就会反过来要求文学创作有更高的艺术水平，进而推动文学创作的发展。文学作品的受众来自不同的阶层和不同的社会团体，他们有不同的精神需要、审美偏好和习惯。对于我国现阶段的文学发展而言，读者的不同需求造就了我国文学多样化发展的局面，当然无论文学发展如何演变，也不能脱离读者群体的需要，不能与为人民服务、为社会服务的主旨脱轨。

另外，我们还必须看到，读者的欣赏需求中，不仅在水平上有高低之别，在情感倾向、艺术趣味上也有着巨大的差别，读者的健康的、积极的精神需要和艺术趣味会对文学创作发生有益的影响。读者的庸俗的、低级的精神需要和艺术趣味则会对文学创作发生消极的影响。在西方世界，那种黄色的低级的性文学为什么那么泛滥？就是它们迎合了脑满肠肥的资产阶级的精神需要。作家创作这种作品，虽不能声名远播，却可腰缠万贯。因此，在作品创作中，读者的欣赏需求水平会影响作者作品的水平。

（3）文学欣赏是一种审美精神活动。

文学欣赏是精神的审美活动，但是不同于普通的科学性阅读。在科学著作的阅读中，读者能够从中感受到其内容的丰富性、深刻性，感受到其缜密的逻辑和系统性的理论，从而进行思考。但是从中读者无法获得审美享受。而文学作品是为读者的审美享受而服务的。在阅读文学作品时，读者能够沉浸在文学作品所营造的环境当中，感受作品中真实的人物和环境，随着人物经历和故事情节的发展而产生情绪起伏，与人物产生共鸣。文学欣赏过程中固然不缺少理性的思考，但最为主要的还是情感的活动，是经由文学欣赏产生的审美体验。

首先，在文学创作中，作家提炼出了自然之美和社会之美融于文学作品当中，并通过塑造完整而感性的形式进行表达。读者在欣赏作品时，能够感受到作者为读者描绘的自然之美和社会之美，特别是其中人物所表现的精神与个性。因此读者能在文学欣赏中体会到强烈的美感。例如，文学作品中常描绘的坚贞不渝的爱情、共同进退的友情、为国家或者人民利益牺牲小我的英雄主义等。当然，文学作品中也不乏反面人物的塑造，但是反面人物的塑造也是为了衬托出其他角色的崇高与美好，也是作者审美理想的表现。因此即便是丑恶的人物形象也能让读者产生审美感受。

其次，作家在文学创作过程中将自己的艺术才能淋漓尽致地展现出来。这种艺术才能不仅表现在作家所拥有的独特的感受和深刻的认知当中，也表现在其能够将内容与形式完美结合起来，创造出符合美学规律的文学艺术上。优秀的文学艺术作品是作家伟大艺术才能的显现。读者欣赏这种作品时不仅为作品所表达的情感所感染，也会为作家的艺术才能所折服。

再次，在欣赏文学作品的同时，读者还能反思自己。劳动产品是人的本质力量的感性显现。从这一观点来看，文学艺术作品也是人类本质力量的展现。在创作过程中，作家将自己所感知到的生活素材进行艺术性的提炼和创造，形成了独特的艺术形象，表达了自己的本质力量。由此产生的本质力量固然特殊，但是也具有一定的普遍性。因此读者在欣赏文学艺术作品时能够据此反思自身，从而产生愉悦的情感。部分学者认为这种解释是从心理学观点出发，并不涉及历史唯物论。不过也不能认为其与历史唯物论毫无关系。例如，成年人不可能变成儿童，但是儿童的天真可爱却能让成年人也感到快乐。从个人发展历程的角度分析，成人是经历了儿童阶段发展而成的，虽然无法再变成儿童，但是儿童时期的天真无邪的性格仍然存在于他的精神世界中。从种族发展的角度进行分析，现代人类与远古时的人类相比较已经有了很大的区别，但是也并非毫无联系。无论是通过传统的传承还是通过遗传作用，古代人类的特质依然在现代人类的天性中留存着。因此今天的人类依然能从古时的文学作品中找到与自己相通之处，进而直观自己的天性。由此可见，通过文学欣赏，读者能够反思自身，照见自己的某些特性。

最后，读者在阅读过程中也能从文学欣赏本身获得愉悦的感情。作家的创作劳动创造出了艺术之美。但不是所有的人都能欣赏到这种美，都能从作者的文字中感受到艺术美的细微之处。正如不懂音乐的人即使听到再美妙的音乐也无法真正领略其中的美妙。只有具备较高的文学艺术修养和文学鉴赏能力的人才能欣赏到文学艺术作品的美妙之处，才能从作者的描述和神来之笔中体会到其真正的情感，从而因为情感的共鸣产生愉悦之情。一般情况下，读者在欣赏文学作品时所产生的愉悦既来自作品本身的艺术性，也来自对自身审美能力和审美感受的赞许。因此可以认为，文学艺术欣赏所产生的审美愉悦也包括对自身的欣赏——为自己拥有高尚的心灵而感到愉悦。

第三节　英美文学的思潮

一、英国文学的思潮

（一）古代英国文学的思潮

希腊文明、希腊化文明以及罗马文明中蕴含着丰富的文论、美学与诗学，给古代的英国带来了深远的影响，英国的文学发展离不开这三种文明的熏陶。英国为了将古希腊文艺思想与本国文化融合，从古罗马时期到启蒙时期不间断地汲取思想家的美学与诗学思想，引领后世英国文论的发展。比如亚里士多德（Aristotle）的"模仿说"就提出创作的最高境界就是追求真实，这个理论学说在近现代依然有着深远的影响，在理论学说方面占据了重要的地位。英国文学史上第一个提出现实主义小说理论的学者费尔丁（Fielding）就受到了亚里士多德的理论框架影响。不论是柏拉图（Plato）、贺拉斯（Horace），还是朗吉弩斯（Longinus）、维特鲁威（Vitruvius），他们的思想文论不论经过什么形式的演变，都有着强大的生命力，以传统学说的崇高地位存在于英国文化中。

（二）中世纪英国文学的思潮

从 5 世纪开始到 10 世纪结束的这 500 年，英国面临着由盎格鲁 - 撒克逊人统治的"黑暗的世纪"，在这一时期，新的文明随着封建制度的建立而出现。而后的 300 年，为 14 世纪到 16 世纪的欧洲文艺复兴奠定了基础，也可以把这一时期叫作原始文艺复兴的过渡时期。在西欧历史上，从 5 世纪的罗马文化发生瓦解，到人文主义者参与的文明生活与文艺复兴，这一历史时期就可以用"中世纪"来表述。在拥有中世纪文明的社会中存在着四种结构，分别是经济、教会、君主制和领主制结构，这四种结构相互制约、相互交叉重叠，显示出了社会的复杂多样化。

中世纪的沉闷气氛随着人文主义与文艺复兴的开始而消散，给英国的思想和文化带来了崭新的面貌。11 世纪之后，英国的经济得到了逐步发展，知识也随之发展，理论学者高扬人文主义思想的旗帜，宣扬科学真理，推动了英国的文艺复兴。15 世纪末，哥白尼（Copernican）的"日心说"和哥伦布（Columbus）、麦哲伦（Magellan）的地理发现给英国乃至世界的科学真理带来了冲击，还给地圆说带来了充分的论据。英国的文艺复兴时期，英国涌现出了许多代表人物，比如有"戏剧之王"之称的莎士比亚（Shakespeare）、有"英国诗歌之父"之称的乔叟（Chaucer）、近现代唯物主义始祖培根（Bacon）等。文艺复兴引领了英国从中世纪迈向近代，也形成了人文主义的思想体系，打破了以神为中心的世界观，主张积极进取、享受现世欢乐、以人文为本。早期的人文主义者以莫尔（Moore）为代表，他写的《乌托邦》（Utopia）设计了一个人人理想中的国家：社会平等、人们和谐相处、财产共有。这样的描绘给人类社会带来全新的面貌，在人类思想史和文明史上都占有重要地位。莫尔（Moore）通过批判欧洲社会与英国社会的弊端，表达了自己透过历史洞察未来的思想和意蕴。

（三）近代英国文学的思潮

16 世纪，英国文学家开始在作品中添加前言与后记，目的是建立与读者的亲密关系，这样的风气逐渐在文学界盛行。到了 16 世纪中叶英国女王伊丽莎白（Elizabeth）登位时期，各种文艺思潮与理论探讨陆续出现，十分兴盛。

1. 古典主义

17 世纪，欧洲出现了重要的文艺流派，因其理论与创作实践是以古希腊和罗马文学思想为典范，因此被称作古典主义。古代艺术和受到古代影响的后期艺术都属于古典主义艺术。17世纪到18世纪，古典主义在英国文坛从流行到逐渐发展起来。在文学理论和实践方面，古典主义为了展现新的历史内容，表达作家对现实的态度，都有意识地按照古代艺术方法，学习文学艺术的情节、体裁、性格等。遵循古典主义文学创作的作家有以下特征：维护封建国家的整体利益；宣扬统一的民族国家；具有爱国主义思想；谴责暴政专制，揭露贵族丑恶嘴脸；自我克制，执行社会义务；在政治思想上拥护王权而不颂扬封建君主专制制度等。这一流派的哲学基础是笛卡尔（Rene Descartes）的唯理主义，将理性作为文学艺术创作的最高标准和评论准则。在这一理性时代中古典主义文学宣扬准确规范、典雅明晰的语言描写，严谨朴素的结构，合乎常理的故事发展情节和"三一律"的艺术形式。

古典主义文学的特征包括：

（1）不变的原则。作家在面对变幻无常的各种社会现象时，要在心中坚持永恒不变的原则，尽可能地表达出关于美的绝对概念。不以自己的思想情绪干扰写作类型的一般性。

（2）"理性"至上。作家对世界的理解是合乎正常情理的，表现方式要明确，这是古典主义文学的基本原理。

（3）逼真得体。这里的逼真并不是说一定要写真实的事物，因为真实往往不是赏心悦目的，而得体指的是作品中描写的事物要博得读者的好感，刻画的事物符合大众的思想观念。

（4）模仿自然。这种"自然"不是客观存在的物质世界，而是人性，是作家主观选择的理想，古典主义作家一般情况下不会描写客观下的自然。

（5）道德说教。古典主义认为文学的主要任务就是在道德层面劝善。

（6）遵守各自规律。不同的文学作品会有不同的体裁，作家在写作时严格遵守各类体裁的规律，不能超出界限，混为一体。

（7）文风简练精确。在古典主义的文学作品中很少出现烦琐含糊的文风，作家要求语言风格简洁明朗、洗练精确，而不是晦涩难懂。

（8）崇尚大家作品。将古希腊和罗马的大作家作品奉为圭臬。

在当时的历史条件下，古典主义文学在刻画人物性格和分析人物心理的艺术手法方面作出了突出贡献，对文学发展的进步有着重大意义。但同时古典主义迎合封建专制制度等的文化，忽视了人民的爱好，在文艺创作方面限制了作家的艺术发挥，造成了古典主义的程式化、模式化及概念化。

古典主义不仅在文学方面产生影响，在翻译方面也有了不小的论争。由于古典主义的思潮涌现，翻译家开始大规模地翻译古典文学作品，与作者在方法论方面产生了"古今之争"。不管厚今薄古还是薄今厚古，都与直译还是意译的问题产生了密切的联系。18世纪，蒲柏（Pope）和库柏（Cooper）作为不同流派的翻译家代表，翻译出的作品都体现了古典主义思潮。其中蒲柏的《奥德赛》（*Odyssey*）和荷马《伊利亚特》（*Iliad*）一度被奉为译本标准，虽然不确切但依然成为当代人理解的英雄典范。

古典主义发展到后期出现的代表人物有霍布斯（Hobbes）和戴夫南特（Davenant）。霍布斯的思想与15世纪开始后君主专制的建立有很深的关联，在政治理论方面，他受到专制主义的影响，在《利维坦》（*Leviathan*）中主张人生而平等和君主专制制度，认为是人民而不是神创立了君权，人们之间订立了社会契约才能过上和平安定的生活。在文学与哲学方面，他认为诗人和哲学家虽然是两种职业却属于同一个知识领域，因为诗人的想象富含哲理性与建设性，诗人的判断力不仅在智力上有着理性的思考与分类，还可以影响身体上器官的运动。精神依赖于想象力和运动，而想象力也在哲学的影响下促使诗歌在它们互相依赖、共同发展的道路上取得了更好的结果。

到了近代，英美文学理论对于文学阐述了新的功用、表达、发展和本质等相关概念和观点。英国被称为现代美学的发祥地，阐述了有关美的新概念，比如培根的《美》（*Beautiful*）就论述了优美、魅力等词汇概念来表现一般的美，这种生动活泼的语言描述表明了培根的唯物主义思想已经打破了僵硬的教条思想框架，展示出了除了古典主义外的新思潮。18世纪后，英国兴起了与古典主义不同的新主义观念。其中就包括洛克（Locke）的感觉主义和世界主义。这种新思潮裹挟着历史主义、感伤主义、原始主义在英国席卷开来。在这样的思想下，英国的美学与文艺思想主潮不再受理性和权威支配，而是与趣味的主观论和经验论有关，受到了不同的支配。

2. 新古典主义文论

什么是"新古典主义"呢？在启蒙时期，古典主义追求科学和新的变革，同时还没有完全摒弃古典主义的特征，因此被称为新古典主义。新古典主义阶段指的是历史上西方艺术有意直接模仿古代艺术的阶段。1660 年到 1798 年这段时间，从王政复辟到华兹华斯（Wadsworth）的《抒情歌谣集》（*Lyrical Ballads*）的发表，文学也出现了新古典主义时期。这一时期的文学与文艺复兴的最大区别在于文艺复兴注重的不是形式上的规矩而是古典文艺中的人文主义精神；而新古典主义文学倡导理性、秩序、戏剧创作"三一律"等的希腊罗马时期的古典美学原则，推崇对称明确、节制优雅的理性主义，在艺术形式方面追求和谐和完美。新古典主义文学强调的是道德说教的主题和既定体裁格式的形式，导致这类文学形式内容和形式都较为古板。同时散文创作的兴盛和理性主义文学的发展也为后来出现的现实主义文学奠定了基础。像布朗（Thomas Browne）之类的散文作家们推崇新古典主义文学就是为了表现出启蒙主义的精神，将散文艺术创作推向顶峰，他的《论和谐》（*Of Harmony*）就蕴含了新古典主义的基本思想。

3. 文艺复兴时期的文学思潮

意大利是文艺复兴的起源地，在当时的欧洲，意大利率先完成了阶级、物质和思想的准备，为封建主义制度过渡到资本主义制度奠定了基础。14 世纪到 16 世纪，这一历史时期的欧洲在文化和思想方面的发展进步很大，实现了中世纪到现代文艺的过渡，也是欧洲资本主义上升、封建制度解体的时期，因此这一时期被称为文艺复兴时期。新兴的资产阶段刚刚进入历史舞台时，首先要做的就是提高本阶级的社会地位，与自身的经济地位相符合，在社会上宣扬阶级价值观与思想文化观念。但是此时的资产阶级只是一股成长中的新生力量，还不足以与残暴愚昧、保守固执的天主教会抗衡，因此资产阶级使用古希腊、古罗马时期的文化作为强大的思想武器来武装自己，战胜天主教会。那个时代是让整个欧洲人引以为傲的时代，在欧洲文化史上占据了崇高的地位，资产阶级利用这个时代的文化以非革命、非暴力的面目引起大众的觉醒意识，将盛极一时的古典文化、艺术、罗马法等作为最有效、最实用的思想武器作斗争，掀起了再生古罗马、古希腊文化的热潮，这种从文化到社会各领域的变革活动就被称为"文艺复兴"。其中的

"复兴"不仅包括古希腊罗马古典文学艺术的复兴，还开辟了新航路，涉足天文地理等领域，提倡人文主义。

文艺复兴时期的新文化运动在欧洲历史乃至整个人类历史上都有着重要地位，是一个百花齐放、群星争艳的光辉时代，涌现出许多卓越的人才，推动了欧洲乃至全人类社会和文化的发展。文艺复兴运动的核心就是人文主义，提倡以人为本，重视人的价值。文艺复兴的人文主义表现在将个人作为衡量一切事物的尺度，提倡人乃万物的本源，主张个性自由和人权、享乐主义，提倡科学文化，反对禁欲主义和封建迷信。文艺复兴运动为现代化世俗国家的开创奠定了基石，在欧洲历史上是一次解放人类思想的运动。人文主义者在文化领域方面也将以人为本的内容融合进典雅严谨的文学形式里。为现代自然科学的发展打下了坚实的基础，打破了封建制度桎梏下的思想体系，为资产阶级解放生产力建立新型生产关系起到了重要的推动作用。

欧洲在文艺复兴开始后趋向于一体化，开拓人们的视野，使人们认识到了除自身之外的世界的广阔。世界主义精神出现在18世纪的前启蒙运动中，在这一运动开始前，欧洲社会中受过教育的阶级还没有领会到世界主义精神的重要性，直到前启蒙运动的发展，世界主义化社会激发了人们的创新思维，引起了人们激烈的行动，其中"批判理性"影响是最深的。到了启蒙运动开始后，批判理性已经被用于政府、社会习惯、法律等诸多领域的权威、习俗和传统。人们推行方法论，即摒弃过去的所说所想和所作所为，一律提出问题后进行实际验证，这样的批判理性深化了人们的自我意识，强化了人们的主体意识，甚至将启蒙运动与理性主义画上了等号，张扬批判理性的地位。在这一运动时期，"人性论"推崇人的经验，人们逐渐意识到感情在信念形成方面有着不可小觑的力量。18世纪中叶后，启蒙运动进入第二阶段，卢梭（Rousseau）（图1-2）的作品就描述了对感性的崇拜以及对感情复活的激励，在创作中融入了对自由的信念，这是除了批判理性之外的另一条信念，因为在启蒙运动中感情与批判理性的关系是复杂混乱的。19世纪初，英国在18世纪的经验美学与充实的"自由信念"影响下出现了浪漫主义文学运动。在浪漫主义运动初期，英国文学界还蔓延开来一种感伤主义，又叫作早期浪漫主义，抒发了对人性和感情的热忱，给壮观的浪漫主义运动起到了很好的铺垫作用。

图 1-2　卢梭（Rousseau）

15 世纪末到 16 世纪，文艺复兴的热潮从都铎王朝时期传到了英格兰，达到了鼎盛时期。16 世纪，英国与西班牙交战获胜得到海上霸权，在美洲扩张殖民地，发展贸易，以最先进的资本主义国家的地位盘踞在西方。从政治上看，英国实行内阁议会的代议制，推翻了君主专制制度；从经济上看，英国发展了工业革命，手工业工厂被机器工厂取代；从文化上看，随着政治经济的发展，文化在 16、17 世纪的伊丽莎白王朝时代有了质的进步，人们有了强烈的求知欲望，在思想方面也勇于尝试新鲜事物，发扬冒险精神，不断开拓进取；在科学技术方面，政治经济发展也促进了自然科学和社会科学的进步，社会科学在自然科学日新月异的影响下不再强调先天的理性观念，而是将感性经验作为一切知识的源头，建立了新的经验主义的思想体系。从本质上看，这种经验主义也是在悠久的历史传统和民族文化底蕴中产生的。这种求真务实的精神也就是"实用精神"，在这种精神的引导下，英国摆脱德意志的抽象哲学，构造出社会学大厦，促进国家经济的发展与社会的进步。

4. 启蒙主义时期的文学思潮

18 世纪，随着文艺复兴的结束，资本主义经济发展速度加快，在唯物主义哲学和自然科学思想的影响下，全欧洲开始了一场有关文化思想的启蒙运动。这个"启蒙"是启发人民要享受自由平等的幸福生活，教导人民要相信社会需要共同繁荣昌盛、人类在不断进步。启蒙思想家们将先进的文化思想传播到人类社会中，这不仅是对文艺复兴运动的传承与发展，也是资产阶级为了推翻封建主义制度，与封建社会的上层建筑斗争，最终建立一个拥有充满理性主义的新兴资产阶级国家。

在英国进行资产阶级革命运动时，启蒙思想就已经显现出来，因此 18 世纪也是英国的启蒙世纪。英国既是现代实验科学的发源地，也是现代唯物主义和现代政治哲学的故乡。著名的唯物主义学者就包括洛克（Locke）、休谟（Hume）、霍布斯（Hobbes）等，他们的理论著作也为国家政治理论奠定了基础，比如霍布斯的《论政体》（*Argumentative body*）和《利维坦》（*Leviathan*）、休谟的《人性论》（*A Treatise of Human Nature*）就提出了有关国家学说的社会契约论，主张国家应当建立社会契约，避免人与人之间出现激烈的斗争；洛克的《政府论》（*The Second- Treatise of Government*）提出了保护私有财产对国家存在和产生的必要性，主张人民拥有财产私有的权利，这是神圣不可侵犯的，还主张以君主立宪制度和代议制代替君主专制制度。

从 17 世纪继承下来并发扬光大的理性与新提出的矫正理性弊端的情感相结合，就构成了一个"通情达理"时代，因此 18 世纪的英国在理性和情感方面有了共同的发展。这个时代英国不仅在政治方面受到启蒙理性的影响，在美学和文学方面也有了丰富多彩的思想。启蒙主义时代被称为"理性的时代"，是因为其理论充满了理性主义，主要表现在文学上。同时也有思想家追求理性和情感的双重发展，比如霍姆（Horm）在遵守古典主义基本原则的同时，还将同时代人的新思想融入作品中，他认为文艺批评家可以将情感与理性相联系。在《批评的原理》（*Principles of Criticism*）中，他的美学思想是以感觉论和体验论为基础，利用各种美学来探讨文学，他认为美的真正艺术原理在于批评，并把批评作为自成体系的理性的科学。霍姆强调文艺具有审美教育作用，因为文艺是把人与艺术间的移情或情绪沟通作为基础，语言艺术可以传达思想，将生动的形象与有感染力的情感结合起来，将作者的美学思想传达给读者，使读者感受到艺术的魅力，这也是艺术的重要目的。

英国艺术能发展得非常完美要归功于散文家艾迪生（Addison）。在他发表的《旁观者》（*The Spectator*）期刊中就有对文艺评论和道德方面的文章。这里面的十一篇文章可以被统称为《论想象的快乐》（*The Pleasures of the Imagination*），包含的问题有天才、趣味、独创性等，其中关于趣味的论述将新思想和古典主义美学原则相结合。作为 20 世纪接受美学的先驱者，艾迪生第一次将作品的注意力从作者转向能构成现代意义的读者，将写作重心放在读者上，意在提高读者想象力。

在约翰逊（Johnson）看来，文学作品的思想要有三大主义的结合，分别是道德主义、抽象主义和现实主义。这三大主义的思想在散文创作与翻译方面的意义就像美学与翻译标准的真善美原则一样极其重大。这三大主义的释义为：道德主义又可以被叫作道德真理标准，指的是在模仿自然时要对自然中适合模仿和不适合模仿的事物做一个必要的区分，在对人生再现时要对邪恶与激情谨慎分辨；抽象主义是对艺术普遍性的论述，从语言的角度看，文学作品应当使用普通语言，诗歌和术语的语言表达也应该趋向于一般性，避免标新立异的风格；现实主义要求小说家推崇人类风尚的公正，诗歌描写的是不变的情欲与自然，要描写生活中的真实，将艺术当作生活的镜子。从风格的角度看，约翰逊将洗练的语言分成朴素、简洁、高雅、冗杂等风格，翻译要选择合适的语言风格。从思想的角度看，约翰逊认为译者不能改变原作者的表达方式，不论原作是运用了夸张手法还是语言风格粗狂，或是文风故作庄重，译者都要原封不动地将文章内容翻译出来，代入原作者的角色，既没有改变原作的权利也没有超越原作的权利。从文艺的角度看，约翰逊认为任何定性的规则都是参悟文艺的工具，只有天才才能超越这种清规戒律，这样的思想启发了艺术与翻译方法的技巧，与雷诺兹的想法不谋而合。但是雷诺兹认为规则是产生艺术的必要条件，对于庸才是桎梏，对于天才则是阶梯，他对于规则桎梏天才的观点是批判的，比如《讲演集》（*Lecture Collection*）和发表在《闲散者》（*Idler*）上的文章都体现了这一点，在当时是非常重要的散文论著。

在英国以理性著称的三种文学思潮分别出现在 16 世纪的人文主义、17 世纪的新古典主义和 18 世纪的启蒙主义，这三大文学潮流将所有的现象都归结于自然，而不是之前人们认为的奇迹，这就是理性，也是与中世纪的思维方式不同的地方。

意大利是文艺复兴运动的发源地，在掀起的人物主义思潮中涌现出许多杰出的文学创作者，比如《歌集》（*Songbook*）的作者彼特拉克（Petrarch）和短篇小说集《十日谈》（*Decameron*）的创作者薄伽丘（Boccaccio），他们将文艺复兴贯穿在文学作品中，展现出人的理性思维，赞扬人们的爱情与现世幸福，肯定了人的宝贵性与情感的正当性，这也是这个时期文学作品的共同特点。在这些文学作品的影响下，人们的理性苏醒，更加注重自身的认知能力的发展，在生活中学会享受，通过自己的心灵和头脑感知这个世界。除了人文主义文学受到理性的熏陶，自然科学也在理性的指导下飞速发展，在各个领域都有了理性的表现形式。新古典主义达到顶峰时，由于笛卡尔的思想影响，理性成为个人情感的对立面，捍卫高贵与荣誉，将理性与良知挂钩，主张理智克制情欲。笛卡尔认为人人都有理性，值得被肯定，这一哲学思想为后来的古典主义奠定了坚实的基础。法国的拉辛、拉封丹、高乃依等就是古典主义的优秀代表人物。

（四）现代英国文学的思潮

1. 感伤主义文学思潮的兴起

文艺复兴运动和启蒙运动的结束，给文学带来了新生，作家的内心世界在文学这盏灯前被照亮，文学作品更加注重作者的内在个性，而不是单纯地对现实的折射。启蒙时代的文学特点是外向且重视共同生活，经过发展后的特点是内向且倾向艺术个性。

新古典主义对英美的统治长达两个世纪之久，到了 18 世纪末期，人们在文艺自身的发展影响下，将自然、主观、过去和感性等要素摆在社会、客观、现在和理性之前，创作出新的感伤主义与新古典主义抗衡。英国的感伤主义又被叫作"先浪漫主义"，因为它的出现为之后兴起的浪漫主义奠定了基础，也可以被称为"前浪漫主义"。启蒙运动遭到了保守的文人墨客的反对，他们在"哥特式小说"中抒发自己的不满，将中世纪时代的冒险传奇故事写进文学作品中，这种文学思潮表达出的思想是一个人命运的抗争无法抵挡世界上的邪恶力量，这个世界被神秘因素影响并统治着。

英国的工业革命在加快资本主义工业发展的同时，对自然环境也造成了不小的破坏，文学作家为此发出了悲哀的感叹，写出了不少以自然环境为主题的情感作品，因此感伤主义流行开来。感伤主义是在古典主义之后的新的文学思潮，发生在欧洲的启蒙运动时期，《感伤旅行》（*A Sentimental Journey*）就是斯特恩（Sterne）在这个时期写出来的。从文学的角度看，不论是体裁、艺术手法还是题材，感伤主义都开辟了新的派别，不再提倡国家的纯理性主义和古典主义，而是重视刻画作者内心世界，将自然景色与真情实感融汇在一起，表达人与人之间的淳朴感情，通过反映贵族阶级的丑恶来表达对社会的不满。在小说创作中还出现了日记、游记、回忆录等多种文学形式，还有心理小说、"流泪喜剧"等文学样式，抨击古典主义的封建规则，强调人的个性发展，为浪漫主义出现做了准备。同时还有些文学作品流露出消极厌世的悲观情绪，内容也比较空虚无趣。

感伤主义起源于启蒙运动时期，某些思想家不满于社会现实，反对封建主义制度和新古典主义时期的理性主义，但是却没有意识到资产阶级的不断发展与人民之间产生了奴役毁灭的矛盾。卢梭在人性善良的学说中表达了培养道德观念要从体验强烈的同情心开始，这一理论为感伤主义奠定了理论基础。启蒙运动家们认同唯物主义的哲学，这是合理的，也将意识和情感作为学习理解的手段方法，在"自然学派"中，"自然人"反对贵族阶级的虚伪狡猾，将情感寄予到符合人性与自然的行为中，因此受到了启蒙运动家的推崇与帮助，支持他们与高高在上的贵族统治阶级特权作斗争，不满于贵族阶级与生俱来的特权。到了后期，英国的启蒙运动家们有了新的结论，他们认为理性的力量不够完美，依然是有所欠缺的，这并没有减少社会上已经被论证过的不公平现象，想要谋求社会公平和快乐生活，就要依靠感伤主义作为斗争手段。因此，感伤主义更加注重对情感的分析，并提高了分析的艺术境界，将文学主题以不切实际的表达手法和隐晦的内容形式陈述出来，激起读者的怜悯与同情，将其脆弱的感情与周围的自然景观联系在一起，对音乐和日落等产生敏锐反应。

2. 浪漫主义思潮

随着古典主义思潮的衰弱，以布莱克（Blake）和彭斯（Pence）为代表的前浪漫主义兴起，为之后的浪漫主义奠定了基础。随着珀西（Percy）、查特顿（Chatterton）等文学家的去世，浪漫主义思潮也结束了。浪漫主义在诗歌中体现得最为充分，主要代表人物有被称为"湖畔派诗人"的华兹华斯（Wadsworth）和柯尔律治（Coleridge），他们的诗歌反映出了诗人内心的真情实感，主张返璞归真和自然状态，反驳新古典主义观点，展现对新世纪文学的兴趣。从语言上看，诗歌用语更加贴近普通人的日常生活用语，而不是追求作家的高雅精致；从内容上看，诗歌内容是对诗人情感的真实反映，而不是描写现实进行道德教育。19世纪初的浪漫主义运动与18世纪的启蒙运动不同的地方在于，浪漫主义运动不再极力关注公众思想，而是注重对社会底层人民的人道主义关怀。

英美的创作受浪漫主义文学运动的影响颇深，比如议论散文的创作，更加强调自身与所描写对象的风貌是否打上浪漫的烙印。从创作方法和风格的角度看，浪漫主义主要强调主观与主体性，将情感与想象作为创作首要目标，对理想世界的文字表达为次要，通过热情奔放的语言和夸张的写作手法描述作家超脱现实的想象力。在欧洲，浪漫主义与资产阶级革命同时出现，因此在政治上反对封建主义制度，在文学创作上也提倡个性的解放和感情的自由，挣脱古典主义桎梏。1798年，华兹华斯和柯尔律治共同出版了一本名为《抒情歌谣集》（Lyrical - Ballads）的诗歌合集，在合集中，两人表示了自己在思想上的变化，不再拥护法国革命。不同的是，华兹华斯描写山水自然，柯尔律治描写异域古代。其中柯尔律治的《文学传记》（Biographia Literaria）论述了想象力对诗歌创作的重要性，描写了浪漫主义诗歌的特点，学习德国哲学家谢林的思想观点，对英国文学作品作出了批判性的论述，基于这一点，柯尔律治成为英国文学史上最敏锐的理论家中的一员。

从文学概念来看，浪漫主义的概念比较笼统，不同的作家有不同的创作特点。比如华兹华斯和柯尔律治都属于湖畔派诗人，华兹华斯更加注重对大自然的描写，他通过自然美景展现令人愉悦的文字力量，从大自然中获得灵感，能够净化和升华读者的心灵；柯尔律治则擅长描绘超自然幻景，给大自然蒙上一层神奇的滤镜。在19世纪初的英国，受到浪漫主义思潮影响的文学家包括雪莱（Shelley）、济慈（Keats）和拜伦（Byron）等，他们主张民族进步和自由民主的制度，对封建主义制度展开抨击，将浪漫主义融合进诗歌的格律和形式中。其中雪莱和拜伦是革命派诗人，雪莱受柏拉图哲学的影响更加憧憬美丽的理想和理念，而拜伦有更强烈的自我表现意识；济慈作为一名天才诗人，主张追求和创造艺术美。司各特（Sir Walter Scott）是小说家代表，擅长将历史事件与大胆的想象力结合起来。英国浪漫主义诗歌的思潮于19世纪20年代逐渐衰弱。

3. 维多利亚时代的文学思潮

1814年，拿破仑战争宣告结束，英国在之后的百余年都没有再经历大规模战乱。1837年维多利亚（Queen Victoria）继承王位，她统治英国的这段时期是英国历史上最光辉灿烂的时期，被称为"维多利亚时代"，直到她 1901 年去世，维多利亚成为英国历史上在位时间最长的君主。在英国盛世期间，经济得到快速发展，科学技术和工业发展进步神速，文化艺术水平也得到提高，形成了男女平等与种族平等的观念，印刷术的发展也促进了文学艺术水平的提高。

英国在维多利亚时代发生了思想和文化的深刻变化，可以说是现代转折点，出现了声势浩大的思想科学革命，如宪章运动和信仰危机，促进了科学文化与艺术的繁荣昌盛。英国博物学家达尔文（Charles Darwin）作为进化论奠基人，在 1859 年发表了《物种起源》（*On the Origin of Species by Means of Natural Selection*）一书，创立了自然选择和进化论学说，将科学的进化论思想展现给世人，促使了进化论思想的发展。该书是有关进化机制的生物学学说，提出了"达尔文主义"的概念，论述了进化的本质，以此来解释机体产生变化的原因。达尔文将进化归结为三种因素相互作用，分别是遗传、变异和生存竞争。遗传指的是在生物体中有一种保守的力量促使相似机体形态的传承，使某种形态特征代代相传；变异指的是在生物体中普遍存在的自由化因素，能够改变生物体某种形态特征；生存竞争指的是生物体为了适应不同的生存环境，可能会通过选择性死亡率进行变异。除了自然科学领域，社会领域也引进了生物进化论，产生了社会达尔文主义，激发了全国对于人和社会等根本性问题的探讨和争论，衍生出西方的信仰危机以及拜金主义、悲观主义、物质主义、存在主义等各种精神思想，造成了人们的精神空虚。从文学思潮的角度来看，维多利亚时代的作家几乎都受到了进化论思想的影响。达尔文提出了"适者生存"的观点，认为生物一直在进化过程中，只有能适应不同环境变化的生物体才能获得持久的发展和生存。从思想和理论的角度看，维多利亚时代还产生了功利主义哲学，反映了中产阶级的思想和要求，主张个人发展与社会改革，尊重男女平等和种族平等，提倡民主政治和发展教育，这种功利性哲学产生的深远影响波及了 19 世纪大部分的英国人。

19 世纪 20 年代，西方科学技术飞速发展，建立了工业文明，给人们的社会生活和精神生活带来改变。针对西方的精神状态，以著名哲学家罗素（Russell）为代表的西方有识之士发出了对社会现实的哀叹，垄断资本主义造成了各种社会矛盾的爆发，造成了人们的信仰危机，人们的思想变得苦闷绝望、心理变态。罗素认为科学将世界变得没有生活意义，人们终将意识到自己在世界上的分量是无足轻重的，短促而无力的生命终将陷入无情且黑暗的毁灭。像罗素一样心思敏感的作家在认识到世界的荒诞、人际关系的冷漠与隔阂、大自然的可恶、人们的生存危机时，感到了苦闷与悲观，也因此开始以全新的目光看待人的自身、人与人之间的新关系和人与社会、自然之间的新关系等。

在悲观、虚无主义时期以及稍后一些的存在主义时期，哲学与心理学领域的柏格森意识流与弗洛伊德、荣格心理分析学也出现在这一阶段的作品中。这种现象对文学创作也产生了深远影响，活跃了英国文学界的思想，进而产生了现代派文学。吴尔芙（Virginia Woolf）就是一位大胆革新的文学作家，她对于写作技巧的使用使她的文学作品享有"散文诗"的盛誉。同时这位革新者还是一位出色的评论家，在文学评论方面有自己独特的见解。她的评论文章能以独到的见解征服读者。

4. 新浪漫主义文学思潮

19 世纪后期到 20 世纪初，一种新型的题材出现了，它主张创作神秘奇异、富有魔力的事物，掀起一场能创造美的新浪漫主义思潮。从本质上看，它是象征主义、颓废主义、唯美主义与消极浪漫主义的逃避现实、歪曲现实等特点在新的历史条件下的混合与发展，逐渐演变发展成现代主义。这一题材的代表作家有斯蒂文森（Stevenson）等。曾多次出国游历，足迹遍布苏格兰、瑞士、法国、美国等地。他对各地的地理环境、风土人情等有着敏锐的观察，这些都被充分运用到他的写作当中。他的代表作有《金银岛》（*Treasure Island*）、《新天方夜谭》（*New-Arabian Nights*）、《儿童诗园》（*A Child's Garden of Verses*）等。他的《骑驴旅行》（*Travels with a Donkey in the cévennes*）用幽默讽刺的笔调叙述了自己一段有趣的经历，表达了作者的世界观以及对人生和政治的看法，从细微的事物描写中反映出深刻的社会现象。

（五）当代英国文学的思潮

当代英国文学思潮主要是后现代主义思潮。20 世纪 30 年代的英国在经历一系列政治事件后产生了社会的动荡。第二次世界大战后，资本主义在两大阵营对峙后，调整了自己的发展进程，迎来了生产力发展的黄金时代，出现的新特点与战前迥然不同。法国的阿兰（Alain Touraine）提出了"后工业社会"的概念，表明资本主义经过了其自身发展的第二次浪潮，即工业化阶段，已进入第三次浪潮即后工业化阶段，资本主义经济已经知识化、信息化、市场化、消费化、全球化，这一切全是日新月异的科学技术所带来的，所以哈贝马斯慧眼独具，提出科学技术是第一生产力。后现代思潮反映在文学上，从 20 世纪 50 年代起，出现了"垮掉的一代""黑色幽默""荒诞派"等写作。文学批评上的精神分析、形式主义、新批评、阐释学、西方马克思主义、女权主义、后殖民、解构主义、接受美学、读者反应理论等，都是后现代思潮的反映。后现代主义是西方资本主义社会的产物，是对现代主义的一种反驳，其特征之一就是取消某些关键性界限，打破高级文化和大众文化或流行文化之间的界限。在表现方法上，最重要的特征是拼凑以及时间的特殊关系。

1945 年后，英国从多年的战时状态转入和平时期，但国力已严重削弱，战后人们对现实的忧虑和不满、对政治的关心，都浮现在战后初期的英国文学思潮之中。小说家赫胥黎（Huxley）、乔治·奥威尔（George Orwell）、福尔斯（Fowles）等，大都在传统与现代的合流上继续前进。20 世纪 50 年代出现的愤怒的青年，也是一个颇有影响的文学思潮。艾米斯（Amis）和韦恩（Wayne）等人是愤怒的青年的代表，他们在小说中抒发了对英国社会等级森严、贫富不均现状的愤怒和不满。艾米斯在《幸运儿吉姆》（Lucky Jim）中编织的"不幸者意想不到地得到幸运"的情节深受读者的喜爱，是"愤怒的青年"一派的代表作。"愤怒的青年"的特点在于表现新的内容，而不是创造新的文学形式，他们在艺术上并没有突破。英国文坛直到 20 世纪 60 年代实验主义小说的出现，才让人们看到艺术创新的方向。与欧洲大陆和美国相比，英国实验主义作品来得较晚。

20 世纪被美国当代哲学家怀特称为"分析的时代"。这体现在二元对立分裂了世界，科学技术改变了人们的思想观念和思维方式，新语言学重构了世界等方面。尤其是索绪尔派语言学，认为语言不是实质而是形式，语言是一套社会性的符号系统，每一符号都是能指（音响形象）和所指（概念）的不可分割的统一体，如同纸的正反两面。于是他希望建立一门新的学科符号学，专门研究符号的构成及其规律。这被人们称为语言学转向，对 20 世纪的人文科学产生了巨大影响。

到 20 世纪八九十年代，英国文坛思潮愈加纷繁，文坛批评资本主义社会对金钱的疯狂崇拜，作品中现实主义的叙述伴随着现实主义、意识流、黑色幽默、魔幻现实主义等后现代主义思潮。小说创作对历史题材很感兴趣，在讲述历史的过程当中，质疑"真实"观念，叙述者获得一种自我认识，形成"新型历史小说"。

二、美国文学的思潮

（一）近代美国文学的思潮

18 世纪 70 年代，北美洲的英属殖民地掀起了一场独立革命运动，这场运动融入了资产阶级的启蒙思想，改变了殖民地上人们的精神生活。启蒙运动研究了各种相互关联的概念问题，比如自然、人类等，讨论了有关感情与理性的关系的理论，通过这些延伸到法制领域和改良运动，最终提出革命。

1783 年，美国的独立革命运动宣告胜利，同时战争结束。美国作家在文学作品中加入了文化民族主义的色彩，书写自己国土的神奇历史，对民族语言和普通民众产生了极大的兴趣。由于战争，美国的政治和经济都产生了极大的变化，比如大量移民涌入社会、工业化的普及、杰克逊（Andrew Jackson）时代产生了政治平等的欢乐气氛，以及西部边界的开拓成为现实，这些都加强了美国民众对国家文明进步的信心，展现了美国梦想的魅力，造就了美国发展的光明前途。生活在年轻的民主共和国的人民带着充分的信心，召唤旧世界的人们奔向新大陆。19 世纪上半叶，美国的文学创作也充满了浪漫主义色彩，文学作家将欧洲浪漫派文学精神融入作品中，描绘了美国的历史传说和现实社会生活等。到南北战争前夕，美利坚民族内容已经十分丰富和充实，浪漫主义运动此时也处于全盛状态，大量文学作品横空出世，通过不同的风格展现出具有鲜明民族特色的内容和形式。这一时期在美国文学史上被批评家们称作"第一次繁荣"。但是 18 世纪的美国文学依然受到英国写作模式的影响，作家们只能通过更加清晰有力的创作影响民族信念。

到了 20 世纪二三十年代，美国文坛出现了一场思想解放运动——先验主义，这场运动从哲学领域的思想改革开始，主张人文主义、人的价值和个性解放，反对神学权威和外国教条的桎梏。在文学创作领域，先验主义主张摆脱英国文学束缚，强调人们精神创造力，倡导人们追求自由，促进了美国浪漫主义文学的蓬勃发展。文学领域涌现出许多支持这场思想运动的作家，比如梭罗（Thoreau）和爱默生（Emerson），他们都是在文学方面奠定了浪漫主义文学基础的先验主义理论家。他们的文学作品表达了宇宙万物在实质上的统一，认为人类天性善良，将各种神秘主义者的著作理论作为文学作品理论的根源，揭示了内在洞察力大于经验和逻辑的深刻真理。除此之外，他们还是优秀的浪漫主义散文家，他们作品的文学形式除了诗歌就是散文。先验主义在道德哲学层面上并不合乎逻辑，也非系统化，先验主义者注重的是感情大于理性，个人表达方式不受法律及习惯的外界约束，提倡文化复苏，反对美国社会的功利性。从19世纪30年代到内战爆发，在这一时期里先验主义作为一种哲学性质的文学运动，在新英格兰迅速发展。先验主义展现了那个时代的知识分子情况，其思想理论影响了美国的大部分作家创作。

18世纪末，英国出现新浪漫主义，并且在整个欧洲大陆蔓延开来，直到20世纪初期传入美国。美国作家不仅受到了新的世界环境影响，其创作还融入了欧洲浪漫主义传统的思想，因此塑造出美国作家的独特个性。美国的浪漫主义文学是多元化的，其蕴含的文化底蕴也是多变的，既有统一的特征，如在道德方面强调个人主义和洞察力的价值，认为人类社会产生糟粕而自然产生精华，又拥有不同的个性且充满矛盾。

（二）现代美国文学的思潮

当历史具有现代性特征时，意味着进入了现代。与古典性相对的现代性（Modernity），最早发源于启蒙时期，也就是文艺复兴后期，它的核心理念就是"启蒙"和理性，之后在西方文明中起到了加速现代文明的文化合法化进程的作用。现代性是科学技术与工业革命、社会现代化的产物，也是人类社会从近代进入现代的必然结果。从西方文明发展史的角度看，现代性是一个学理性的发展阶段，推动了工业革命的发展以及科学技术的进步，为资本主义带来了经济和社会的变革；从欧洲启蒙主义大师的角度看，现代性也是一项伟大的工程，理性绘制了人类社会健康发展的蓝图。由于启蒙运动和近代工业革命的发展，现代性在历史方面强调目的论，在时间方面强调线性发展，主张个体才是主体，提倡理性主义和理性制度，维护工业化理念与社会分工思想。

现代派文学的兴起与现代性有很深的关联。美国文学的第二次繁荣时期就是现代主义出现的时期，从第一次世界大战开始，到第二次世界大战结束，经历了

20世纪30年代的经济大萧条。从现代主义时期开始，美国文学开始拥有了世界性的影响力。

19世纪的自然主义和现实主义依然强势影响了第一次世界大战前几年的美国文学，此时的文学主体保持着优雅的传统和浪漫情调。到了1900年，现代性出现躁动，美国文学艺术开始摇摆不定。20世纪初期稍后，美国经济飞速发展，出现了集中性的垄断资本主义，大量人口聚集在大城市中，产生的工农运动规模也越来越大。随着科技的发展，工业经济也出现了新的发展趋势和形式，人们的生活趋向城市化，社会产生了较大的变革。大规模的生产、消费和娱乐改变了国家的经济、文化、生活模式。人们的道德伦理观念逐渐改变，眼界更加开阔，对知识的渴求欲望提高，思维方式也不再传统。人们精神面貌和社会面貌的改变无法用传统的艺术词汇来表达，19世纪传统现实主义手法和惠特曼（Whitman）式的风格已经不能满足文学创作需要，进而产生了表现主义、现代主义、印象主义等各种不同方面的文学表现，这些前卫纲领争奇斗艳，不但丰富了散文的艺术表达，推动了散文创作，还体现出高度发展的资本主义与社会和精神方面的种种矛盾问题。

美国文学在19世纪与当代产生了巨大的分歧，其源头在于第一次世界大战，迅速发展起来的是文艺理论和文学批评，文学批评家们倡导自由主义，蔑视传统的创作规矩，在这样的条件下促使了美国现代文学的发展。美国现代派文学的成长离不开欧洲现代派文艺的传入，布鲁克斯（Brooks）作为自由派批评家的代表人物，发表了《美国的成年》（*American Coming of Age*），批评"斯文传统"粉饰现实的特征，呼吁新文学的创作发展。布鲁克斯对美国传统文学的重新评价帮助美国文学界确立了自信心。在美国文学批评家中，还出现了左翼文学批评派，他们试图用马克思主义的观点来解释文学现象。

在两次世界大战期间，美国文学作家受到了欧洲现代派艺术的影响，在现代文学创作中开始分析和描绘人类的内心世界，比如福克纳（Faulkner）、奥尼尔（O'Neal）等作家都倾向于站在主观的角度看待现实事物，他们还被称为"迷茫的一代"，因为他们一方面批评讽刺美国从19世纪维多利亚时期遗留下来的传统思想，反对社会中所有虚伪不公平的现象，另一方面又有消极情绪，悲观"迷惘"。

当文学界分化出各种不同的流派后，文学创作也变得多样繁杂，其中最有影响力的流派叫作新批评派。这个派别的批评家注重分析文学作品本身，在现代诗歌的分析方面也有独特的见解，他们的批评方式不同于过去围绕背景的知识介绍和个人印象的发挥。这个流派批评家没有将作品与社会背景和历史连接起来，忽视了文学作品的社会意义。在第二次世界大战中发生的战争事件震惊了美国的知识分子群体，让他们对人性的善良产生了怀疑，也清楚人们难以控制自己制造出的物质的力量，因此他们开始探索人们的内心，对社会的文明进步的信念产生动摇。

第二次世界大战结束后，美国的文学评论再度出现繁荣时期，在这个时期中出现了特里林（Trilling）和麦卡锡（McCarthy）这样富有见地的评论家。受到朝鲜战争和麦卡锡主义等的影响，美国作家的创作不再有政治言论，人民的思想被非美活动委员会控制。在发表有关社会和文学的评论意见时，也不能涉及问题的本质，更不能阐述重大问题。美国著名的自然主义作家德莱塞（Dreiser）深受达尔文和巴尔扎克（Balzac）的思想言论影响，尤其是达尔文的适者生存思想给了他很大的启发。他的《美国悲剧》（*An American Tragedy*）是美国文学界一大杰作，反映出他认为悲剧来源于美国社会本身而不是单独的个人，同时这部小说也巩固了他在美国文学界的地位。德莱塞在自己的小说中体现了自然主义的风格，将它们看作整个世界中的一片丛林。在德莱塞的作品中，人物特点鲜明具有很强的感染性，打上了时代的烙印，打破了维多利亚文学传统的许多清规。有的作品语言叙述粗糙却真实自然，人物间的对话也比较大众化。另一位文学作家海明威（Ernest Hemingway）提出了"冰山理论"（iceberg principle），他的作品语言风格较清淡，但蕴藏着作者强烈的感情，文体简洁明了，但是在简单的表面下却是精心加工过的底蕴思想和暗示。

（三）当代美国文学的思潮

20世纪50年代，美国文学逐渐沉寂下来，到了20世纪60年代，却发生了一系列的事件，比如路德·金（Luther King）领导了黑人民权运动、大学校园出现反战运动、涌现的改变社会秩序和文化的思潮等。美国文坛的作家在经历了学生运动、民权运动、水门案件等系列运动之后，以探索的眼光进行了活跃的文学创作。在他们的视角下，美国民众价值观混乱，社会十分复杂多变，但是这种现实生活中的疯狂、混乱、恐怖无法用一般形式的语言表达出来，因此他们只能采用怪诞夸张、充满幻想的表达方式来解释这一社会现实。从文学领域的角度看，美国文坛出现了各种新兴文学观念，激发了文学创作的思潮，拯救了"垮掉的一代"，在各种文学派别中比较主要的包括黑山派、褐色幽默、重农派、"迷惘的一代"等，对美国文坛产生了深远的影响。

20 世纪 20 年代，美国文坛崛起了一批新的文学作家，如海明威等，他们被称为"迷惘的一代"。这一代作家成长于美国资本主义繁荣时期，经历了第一次世界大战和经济危机，在这样的浩劫下，他们大多数都感到了资本主义制度对社会经济的垄断力量，因此他们的文学创作方法将旧有的价值和道德标准考虑在内，以其表现自己。大部分作家的文学主题都围绕反战和理想破灭，在文学创作中使用新的表现手法，通过现实性和真实感来吸引读者的兴趣。但是他们的作品思想依然有逃避现实的倾向，并且表达出作者的悲观迷惘和对前途不自信的愤懑之情。这些作家的作品表达了对战争的厌恶和对虚伪的道德说教的批评，他们的消极抗议通过玩世不恭的生活态度来展现。以海明威为代表的文学作家唱出了幻灭的哀歌。

20 世纪 20 年代，美国出现了一个新的文学流派——南方文学派。这个派别的作家带有美国南部地方特征，主要代表作家是福克纳（Faulkner）。这群作家的共同特点是：在思想和艺术风格方面，对南方的历史、景色、人物等描述突出；在感情和心理方面有着赞颂与谴责、怀念与憎恶的双重特点。他们善于结合古旧的悲剧题材和"现代化"的艺术手段，在意识流小说的基础上使用新的表现手法，在现代文学中融入传统文学的形式，为读者展现出一幅"奇异流动的、不可捉摸的"怪诞图景。福克纳的《声音与疯狂》（*The Sound and the Fury*）和其他文学作品展示出了出色的复杂人物性格刻画手法和多样创新的艺术手法，构筑了一个独特的艺术世界，将南方的精神面貌展现得淋漓尽致。福克纳被称为欧美现代派文学重要的代表人物之一，他的约克纳帕塔法世袭小说因其具有历史感、地方感、社会感的特点，在美国小说史上占据独特的地位。包括福克纳在内的许多南方作家都以道德的角度批判现代资本主义的物质文明，在他们的作品中描写了人性的罪恶与心理的变态，这种写作目的是清除心爱的故乡的污秽，还给它一片干净之地。

以兰塞姆（Ransom）、泰特（Tate）和诗人弗莱彻（Fletcher）为代表的 12 个南方作家是以"逃亡者派"为主体，掀起了"重农派"的文学创作思潮。他们撰写并出版了《我要表明我的态度》（I'll Take My Stand）专题论文集，在社会上引起了很大的反响。这部论文集被看作"重农派"的宣言，其文章主旨是根据南方农业社会的发展来批判现代美国资本主义社会。1939 年，兰塞姆创办的《肯庸评论》（Kenyon Review）刊物成为"重农派"作家的重要活动阵地，也因此出现了在美国现代文艺批评流派中占据重要地位的"新批评派"，这一派别中有不少成员在"重农派"中也有核心地位。

第四节　英美文学的风格演变

一、英国文学风格的演变

（一）英国散文风格的演变

1. 古代英国散文的风格

古时候的英国其长时间深陷于战争的泥潭，英法之间更是有着百年的战争史，这使得全社会上下都弥漫着崇武的风尚。

2. 中世纪英国散文的风格

中世纪的欧洲政局相对稳定，战争已然不再是笼罩在每个人头顶的阴霾，也因此人们开始逐渐关注起自身的情感，注重自身的发展。这种思想观念的变革也影响到了文学的创作，战争类型的文学著作开始大量减少，情感类文学开始突飞猛进，描述男女之间的爱情著作更是被大量创作出来，并深受广大读者的喜爱。文学作品中的男女描写比例也逐渐上升。

3. 近代英国散文的风格

（1）15 世纪英国散文风格。

15 世纪的英国散文作品虽然在文体以及用词造句上与现代的英国文学相比稍微显得有些陈旧，但其作品中所蕴含的活力冲破了时代的桎梏，其古朴的文体以及轻松幽默的叙事语气，在今日仍然焕发着勃勃生机，深受广大读者的喜爱。

（2）16世纪英国散文风格。

16世纪英国正处于伊丽莎白时代，这是英国历史上的黄金时代，是直到今日依旧被部分英国人念念不忘的时代。这个时期的英国政局稳定，国力空前的强盛，人民的生活水平也相对较高。文学领域同样迎来了空前的繁荣，其散文风格上也表现出了勃勃生机与朝气蓬勃，表现出了国家的繁荣强盛。总体而言，那时的散文风格是既讲究高雅端庄又注重朴素自然。

（3）17世纪英国散文风格。

在17世纪的上半叶，由于政局动荡，英国再一次深陷战争的泥潭，其散文风格再一次表现出了严肃且庄重。进入17世纪中叶，散文这种文体正式被确立，并被大众所熟知。这一时期的英国散文呈现出了百花齐放、百家争鸣的繁荣态势，各种风格各种题材的散文被创作出来，不仅促进了散文文体的传播，更促进了各类型散文之间的碰撞，使散文文体得到补充和完善。这一时期也是散文作家地位被大大提高的时期，让散文作家与诗人享有了同等的地位，也因此散文作家更加注重作品的质量，他们并不在意文章的语气是否风趣幽默，是否能引起读者的捧腹大笑。不过总体上的风格还是以刻板、拘谨、陈旧为特色。17世纪的散文也因其类型多样、风格各异从而在英国的散文史上留下了浓墨重彩的一笔，其类型包括如下几种。

①科学文章。科学文章主要是由科学家创作的，其目的是宣扬自然科学。因此其文章特色显得朴实无华，在用词用句上追求简洁准确，不追求铺锦列绣与朗朗上口的韵律，只注重其描述是否准确，表达是否清晰。这是一种属于英国本土的散文风格，朴素自然的叙述方式，简洁明了的表现手法，逻辑非常清晰，且在用词上多采用被广大群体所熟知的常用词汇。

②哲学著作。17世纪哲学著作独树一帜，其内容务实，论述清晰准确，用有力的文字对经验主义哲学和民主思想进行了论述和研究，直至今日依旧无法被超越，依旧被大众奉为经典。像洛克的相关著作，对社会契约理论的确立以及后世的资产阶级民主政治实践产生了极其深远的影响。不过在21世纪的当下，哲学著作这类散文题材便显得呆滞狭窄，无法再与17世纪的经典著作进行比较，缺乏对读者的吸引力。

③人物素描式的散文。这类散文的影响极其深远，为后世散文中的人物描写

提供了新的思路和方法，深切影响到了小说人物塑造这一文学理论的产生与发展。此类散文注重对人物进行详尽的刻画和细致入微的描述，围绕作品人物通过各个角度进行刻画，使人物的形象更加饱满，从而使文章在内容上更加连贯，更能吸引读者。

（4）18世纪英国散文风格。

18世纪又被盛赞为"散文的世纪"，经历了17世纪各类型的散文激烈碰撞的铺垫后，18世纪的散文迎来了一个前所未有的盛世，各类型优秀的散文层出不穷，至今仍有广泛的读者群体以及巨大的影响力。18世纪的英国逐渐走出了战争的阴霾，经济的复苏与发展使得人民生活水平得到了提高，人们又开始了理性的思考其自身的行为，加之科学技术的迅猛发展对古老的神权造成了巨大的冲击，各类思想也在进行着激烈的碰撞，这些因素的结合造就了18世纪散文的辉煌。著名作家吉本其在思考了罗马帝国的兴衰变迁过后，提出了散文也应重在讽刺式的批评这一看法。

18世界经济的快速发展，使得各类俱乐部如雨后春笋般成立并发展壮大，人们在这里对各种闲情趣事以及实事政治进行谈论，作家也不例外，这些交流讨论促使作家能够获取更多的新鲜题材，获取大量的灵感，这些都被表现在了文章之中，大量的散文都在描绘这一景象，有关社会政治以及街谈巷议的文章被创作出来，文学大家们也便开始强调文体的正确与规范。

18世纪也是英语语言大力发展的年代，受新古典主义的影响，很多学者都在试图推行英语语言的改革，目的是促成英语语言的正式化、标准化，从而使英语语言可以如同拉丁语一样的庄重和精确。这项影响深远的拉丁化运动虽然终结了多元化的英语语言描述，但另一方面，这项变革同样也促使英语在描述上更加准确生动，更加促进了英语的广泛传播。在此基础上，很多散文作家也开始推崇起这种理性主义，理性主义精神蕴藏在文雅、平衡、匀称的句子结构之中，促进了散文的发展，使其在21世纪达到了一种完美的状态。爱蒂生（Edison）正是这一时期的代表，其在期刊随笔上的造诣非常之高，时至今日依旧被大众所模仿。他的文笔犀利但又不失清新典雅，他总能用悠闲叙谈的笔法，讲究但又不显得矫揉造作的文笔直切要害，句句平衡得当使文章显得简洁而又清晰明了，使得文章在显得文采斐然的同时又不失其内容的深度，给读者眼前一亮的感觉。他的文章逻辑严密思维清晰，文章构思之巧妙影响到了后世许许多多的散文作家，将英国的散文推向了一个前所未有的高度。18世纪同样存在传统的朴素平易风格，这是由于18世纪古典主义的浪潮开始逐渐退却，因此，这时一种自然、朴素、注重语言的质朴的风格开始出现。

18世纪末期，受法国大革命的影响，浪漫主义开始席卷全欧洲。法国大革命不仅在体制上终结了一个封建主义的时代，更是在思想和精神上深切影响到了整个欧洲，促使了这个时期的文学风格发生巨大的改变。英国也不例外，18世纪人们已经非常适应这种安静平稳的社会环境，法国大革命消息的传来，极大地震撼到了当时的人们，散文风格也不再是那种平易和典雅的文风了。1802年，《爱丁堡评论》（*Edinburgh Review*）与《伦敦杂志》（*London Magazine*）开创一种新的风格，个性化的特征开始盛行。正是在这种背景下，古典主义类型的散文不再被大众所钟爱，各类表达自我的散文风格开始盛行起来。

4. 现代英国散文的风格

（1）19世纪英国散文风格。

19世纪的英国散文风格同样深受法国大革命的影响，浪漫主义开始大行其道，促使散文在浪漫主义领域得到了巨大的突破，使其在成就上可以直追浪漫主义诗歌。浪漫主义的散文与古典主义的散文在很多方面上大相径庭，表现在语言风格上，浪漫主义散文不会显得那么庄重典雅，相反其会表现出一种清新自然之感；在内容表达上，浪漫主义散文更注重创造想象，有别于古典主义的理性批评，浪漫主义作家会更加唯心、更加自由，他们的文章更富有激情，一切表达的都是内心最为真实的感受。也正因此浪漫主义作家的语言形式更加朴实且自然，他们主张采用民间生动的语言，认为这是一种更淳朴和有力的语言，认为使用这种语言形式，情感表达更为单纯，更加真实朴素，更能经得起推敲，更富哲学意味。

在浪漫主义风格下的各类文章，都蕴含了作者天马行空般的想象。散文也不例外，作者可以不受理性约束地尽情表达，不受限制地抒发其内心的感受。这与以往的散文风格呈现出了相当大的区别，作家们不用再注重形式是否典雅，可以尽情发挥。

随着19世纪对教育的普及，读者群体的数量大幅度地增加，各阶级各类型的读者也变得越来越多，同时教育普及也促使相当一部分有能力有才华的人参与到了文学的创作中去，文学风格及题材类型开始呈现多元化的发展趋势，大大丰富了英国文学。在散文的语言风格上也呈现出了多元化的风格类型，不仅有言辞华丽的用词造句，还有平易朴素近乎口语的叙事方法，既有追求唯美充满想象的作品，又有思维严谨逻辑缜密的著作。正是其风格多样，才使得散文可以满足更多更广泛读者的阅读需求，促进了散文的发展。

（2）20世纪英国散文风格。

20世纪全球都发生着巨大的变革，两次世界大战给全世界人民带来了巨大的伤害，对英国同样也造成了巨大的影响。英国不仅全程参与了两次的世界大战，经济进入了大萧条时代，其殖民体系也受到了瓦解，社会遭遇了重大的变革。加之战后民众反战反思以及科技的迅猛发展，促使英国的文化以及文学也发生了变化，英国的散文又迎来了一个黄金发展时代。这个世纪的文坛群星闪耀，各类精品佳作层出不穷，更促成了散文新类型的诞生。英国的散文历来主要有两个大的分类，分别是正式论文和随笔。在战后新思潮的影响下，这两大分类也从以往的泾渭分明开始走向融合发展，具体表现为严肃庄重的论述和清新洒脱的笔调结合，时政等重大问题也与艺术的享受结合在了一起，使得散文在面向社会提出并批判问题的同时，也融入了自身的体验，把写散文当作一种对社会生活中的现象和问题进行思辨、探索或发言的方式。一方面，这种新式类型的散文既保留了传统随笔的发表内心实感，表达个性自我的特征；另一方面，其在内容和形式上则更接近于论文。这种新颖的不拘泥于过往形式的文章往往被直接称呼为"文章"（article）。正是这种不拘一格，使得其很快便在读者群体中流传开来，为现代人表达看法发表言论提供了一种新的表达方式，促进了现代社会的广大群众更好地发声，更自由地讨论问题。

其次是著名作家乔治·伯纳德·萧（George Bernard Shaw）的散文创作，推陈出新地采用各类修辞和抒情技巧，不再拘泥于过往的散文修辞及技巧，而是将演说家、诗人等各类其他类型作家的修辞和技巧引入到了戏曲创造的散文写作中。这使得散文脱离了以往的戏剧范畴，反而变成了戏剧的主宰。这对整个散文创作领域的影响是极为重大的，是散文史上的又一个创新变革，为散文创作带来了更多更新的要素，使散文的艺术性和趣味性都得到了极大的提升。乔治·伯纳德·萧的写作有其独有的特色，他的剧本里轻情节而重讨论，轻情节指的是在他的剧本中故事情节相对较少，而与之相对的便是其内在有丰富的问题讨论，主要针对当年社会所发现的问题，舞台上的角色人物不再是简单的对话，而是转变为激烈的辩驳，每一段对话都是一篇散文随笔，简单朴素，但又痛陈利弊，用词简单易懂，符合当时的说话习惯。其次乔治·伯纳德·萧特别注重文章的结构，给文章以完美的节奏，这便使得他的文章在注重文章深度的同时又不失趣味性，给人以教育的同时又给人以欢乐。同样还有斯屈奇，他在传记文章上有着很深的造诣，以艺术精品意识写传记文章。他在写传记人物的过程中，会充分考量该人物是否可以代表社会生活的一个重要方面，确保其的代表性，同时在作传过程中，会利用心理学相关的知识，对人物进行细致入微的心理分析，探讨其相关行为的目的和意义，使读者对传记人物的矛盾且复杂心理活动有更深入的了解。这种传记方式与以往的英雄崇拜式传记有着很大的区别，有关人物的描述会更加全面，会将传记人物描绘得更加鲜活，更加有血有肉。

文学的发展并不是孤立自主的，其在发展过程中会受到社会上各界的影响。第一次世界大战之后，艺术界的现代主义思潮也开始渗透进入了文学领域，相关现代主义的著作也开始大量出现，1922 年在英国文坛上被誉为现代主义的"奇迹年"。最具有代表性的便是艾略特（Elliott），其曾一度被认为是英语世界中最有影响力的诗人，其在英国的现代文学领域也有着举足轻重的影响力，开拓了英国的现代派文学。凯利（Kelly）的作品同样打破传统，开发出了三部曲小说的新形式，在每一部曲里都设立一个新的主人公。他的作品在关注艺术性的同时也注重趣味性，文笔清新活泼，描绘出了现代英国的变革与发展。他的《艺术家与世界》（*The Artist and the World*）更是探讨了艺术与世界之间的联系，认为艺术家的亲身体验的主观感受与艺术创作息息相关。凯利主张艺术家要善于发现生活中有意义的东西，赋予其艺术表达形式并呈现在观众眼前。他还认为，文学乃至艺术创作的灵感源泉以及创作内容很大一部分源于人性的不变因素和世界的永恒性质，应该巧妙地捕捉这些要素并将其表达出来，使作品呈现真实感人的效果。20 世纪是文学领域百花齐放的时代，各类文学理论的层出不穷，促使文学艺术发展壮大并呈现欣欣向荣的繁荣景象，而凯利在这个时代仍能做到独树一帜，没有过分强调文学的美，也没有去提出强调什么文学的理论，而是认为每个人都能从感觉生活中找到艺术创作的灵感，道出了艺术的真谛。

"二战"之后散文风格又发生了一次不小的转变，开始更注重对文章进行精雕细琢，仔细打磨。散文开始强调使用清晰明了、朴素易懂的口语化语言。如洛厄尔（Lowell）的《生活研究》（*Life Studies*），乍一看其用词用句都极为平淡，但隐藏在平淡语句背后的是作者波涛汹涌的内心世界，用词简单却极为干练，浅尝辄止，却能让读者感受到隐藏在字词下的深切之情。而贝慈（Bates）的散文充满了浓郁的乡土气息，他的《十月湖上》（*October Lake*），让读者可以感受到一种天然恬静之美，既表现出了作者对生活对大自然细致入微的观察，又表现出了作者高超的描绘功底，充满了诗情画意。

（二）英国诗歌风格的演变

1. 早期英国诗歌的风格

公元 449 年盎格鲁 - 撒克逊人从西欧侵入了大不列颠岛，直到被诺曼征服的公元 1066 年，盎格鲁 - 撒克逊人成为大不列颠岛上占地及人口数量最多的群体，在这一时期的诗歌也被称为英国的早期诗歌，由于他们所使用的语言和文字又被称之古英语，因此此时的诗歌也被称之为古英语诗歌，所以此时诗歌的题材、背景都不是原来凯尔特人的。

目前英国绝大部分的早期诗歌是以书面记录的方式使其免于遗失。最为我们熟知的早期英国诗歌代表人物有凯德姆（Caedmon）和塞里武甫（Cynewulf）。凯德姆生活在 7 世纪的下半叶，有记录的诗歌主要是在公元 658 年到公元 680 年被创作出来的。

现存的早期英国诗歌中还存在一些体现人类在大自然渺小无力的作品，比如《航海家》（*Navigator*），在这首诗中，读者能够看到人类在大海面前的渺小，能看到海浪的汹涌无情以及人类的毫无办法，将痛苦的航行过程描绘得淋漓尽致，但细读我们还是能发现，即使面临的环境是如此凶险，但船员依旧不放弃航行，依旧爱海如狂。

古英语诗歌又被称之为"头韵体诗歌"，它有着独特的韵律，一行分为两半，各有两个重拍，重拍的词以同一辅音或元音开始，因而形成头韵，而行与行之间并无脚韵。

2. 中古英国诗歌的风格

中古英国诗歌又被称之为盎格鲁 - 诺曼底（Anglo-Normandy）时期的诗歌。

这一时期的诗歌风格一改早期的悍不畏死与忧郁的文风，开始逐渐表现出诗歌明快浪漫的一面，开始歌颂爱情故事以及英雄的传奇事迹。加之由于诺曼人来自法国的北部，他们在征服大不列颠群岛的同时，也带来了丰富的法语文化，将大量的法国词汇融入了古英语之中，也正是在此基础上古英语才得以发展演变为如今的英语。其次诺曼人的到来极大地改变了当时英国的社会环境，将更为先进的政体带入了英国，促进了英国封建主义的发展，促进英国从一个松散的部落联盟变为集权的国家，极大地促进了英语的广泛传播，这些在当时的诗歌中均能窥见一二。

到了 15 世纪，诗歌活动的中心开始转到了英格兰。不论是在英格兰还是苏格兰，民间诗歌的创作及传唱是从未停止的，民间蕴含着一股相当强有力的诗歌力量，这些诗歌被统称为民谣。民谣一般都是当地人口耳相传，甚至同一首民谣在传诵过程中会被不断删改，从而会形成有地域差异的、大同小异的不同版本民谣。而在 15 世纪民谣更是得到了突飞猛进的发展，开始被社会各界所熟知。

民谣主要是一种简短的叙事歌谣，起源于民间，由于民间相关记录的缺失，其具体的起源时间目前已然不得而知了，但目前能考究到的早期民谣主要是在公元 1300 年到 1700 年被创作出来的。早期的民谣主要是通过口头传诵的方式被民间所传诵，直到 18 世纪才有少部分的以书面形式记录的民谣，而直到 19 世纪民谣才得以大量地被书面形式所记录。民谣语言和结构都相对比较简单，用词多质朴，在叙事方式上看似朴实简单，实则精炼且充满艺术色彩，将繁杂且无用的字词都剔除干净，将啰唆且无聊的情节也都删除排净，只留下最重要且最干练的语句，留下最精彩的情节，这便使得民谣经得起推敲，经得起传唱，历久弥新。民谣的格律非常简单，一般八音节一行，四行一段，韵脚安排为 abab，音乐性强，都能吟唱。正是由于其便于吟唱的特点，很多人在读到民谣的时候都会产生一种耳目一新的感受。从内容上讲，民谣起源于民间，因此民谣的题材多样，内容也相当丰富，不会拘泥于形式，有很强的戏剧张力，寄托了广大最朴素人民的最深切感受。由于当时底层人民所处的环境特色，很多人时时刻刻都处在一种生命被威胁的不安环境中，因此很多民谣都富含悲剧色彩，同时还表达了对贪官污吏的讽刺和谴责。

民谣之所以能在英格兰和苏格兰中被广泛传唱，正是因为其产生于民间，植根于民间，是广大人民集体智慧的结晶，也因此能够被保存下来，这也是大众之所以如此热爱民谣的原因。民谣的形式多样，且题材丰富，从很多民谣中都可以看见当时所发生的重大历史事件，比如在英格兰和苏格兰接壤的边塞地区，那里的民谣很多都反映了其长期的冲突与战争的历史。

3. 近代英国诗歌的风格

（1）文艺复兴时期的诗歌风格。

文艺复兴在欧洲历史上的影响极为巨大，被誉为是一场科学与艺术革命时期，揭开了近代欧洲历史的序幕。这一时期欧洲的文化及文学领域发生了巨大的变化，以人为中心的论断逐渐取代了以神为中心这一流传千年的看法。也正是在这一时期，英国的戏剧得到了迅猛的发展。在这一历史时期，英国戏剧史的先驱克里斯托弗·马洛（Christopher Marlowe）改良了传统的戏剧作品形式，创造性地将素体诗（blank verse）作为戏剧中最主要的表达方式，使之成为英国戏剧的规范文体形式，为后世诸如莎士比亚（Shakespeare）的创作铺平了道路。其最著名的作品是《帖木儿大帝》（*Tamburlaine the Great*）。

克里斯托弗·马洛与莎士比亚都是英国历史上最为出众的剧作家和诗人，他们在英国的诗剧历史上留下了浓墨重彩的一笔，是文艺复兴时期英国的代表人物之一。就诗体而言，他们进一步完善了英国戏剧的规范文体，将无韵诗自如地运用于戏剧当中。无韵诗是指每行五音步，每音步轻重音节各一，行尾不押韵的诗体。这种诗体的表达性极强，且拥有很强的节奏感，更能适应戏剧的各种需求。

（2）17 世纪革命与复辟时期的诗歌风格。

17 世纪初，英国爆发了资产阶级革命，这是英国历史上最为重要的一次大事件，导致了这一时期的政局动荡。在诗歌领域出现了以多恩（Dorne）为代表的玄学派（metaphysical school）和骑士派。玄学派诗人继承了文艺复兴时期那些经典著作的风格，发扬了其复杂精妙的语言特色，同时又摒弃了那一时期矫揉造作、附庸风雅的文风。玄学派诗歌在语言表达上更为口语化，韵脚复杂且不规则，同时内容上覆盖面极广，既有天文地理，又有哲学思辨，不拘一格且充满了天马行空般的想象，各种意象杂糅在一起使其给读者以巨大的冲击。也正因此玄学派诗歌往往给人以卖弄学问之嫌，往往语不惊人死不休，但这也恰恰反映了那个年代的时局动荡，说明了那时社会变迁对普罗大众的影响是多么的大。也难怪玄学派诗歌唯有 20 世纪的人才能有共鸣，只有同样身处战争年代，同样饱受战争之苦的诗人之间才能感同身受。玄学派诗人中代表人物及代表作品有很多，比较有名的像多恩创作的《歌与短歌》（*Songs and Sonnets*）。17 世纪初在诗歌领域上活跃的另一派便是骑士派，骑士派诗人主要为一些贵族青年，他们身处社会的顶层，因此并没有受到太大的战争影响，生活相对而言依旧非常稳定，所以他们的诗歌题材主要以爱情诗居多，抒发自身的真情实意。

17 世纪英国文坛最伟大的作家当属约翰·弥尔顿（John Milton），其也被称为英国文学史上伟大的六位诗人之一。他的作品中包括英国文学中最精美的十四行诗，最优秀的田园挽诗《利西达斯》（*Lycidas*），最伟大的史诗《失乐园》（*Paradise Lost*）。他是那个时代诗歌文学的集大成者，其作品既强调人权又强调自由，极大地影响到了后世的诗歌文学创作。他是使用素体的大师。《失乐园》采用无韵体，诗行通常是五步抑扬格。句子结构复杂反复，短语层层叠加，从句互相嵌套，往往十几行才组成一个完整的句子，是典型的弥尔顿式的语言。全诗节奏紧凑，语言瑰丽，气势雄宏。

（3）18 世纪英国启蒙时期的诗歌风格。

18 世纪正值启蒙运动高涨，这是继文艺复兴后的又一次伟大的思想解放运动，是以法国为中心宣传自由民主思想的一次伟大变革。其对英国文学领域的影响同样巨大，使得人们重新推崇起了古典时代的著作，这个时期的文学创作者们有一部分认为所有的文学作品都应效仿古希腊古罗马的经典巨著以及当时正处启蒙运动中心的法国的经典著作。这个时期文学界对作品的评判标准也是基于启蒙思想，认为一部文学作品的价值取决于其所蕴含的人文主义思想。正因如此，这个时期的作家对创作有着严格的条框要求。无论是用词还是造句，都要符合其标准，对仗工整，达到效仿古典著作的效果。就诗歌体裁而言，每一种诗体都要有一种特定的创作原则，且必须要抒情壮美，有教义并富有戏剧性。

诗歌凭借其特有的表现形式一直以来都独树一帜，每每有新的理念、新的思想与其融汇碰撞，往往能够焕发出新的活力，迸发出蓬勃的生命力，在新古典主义时期也并不例外。总地来说，英国的新古典主义时期指的是英国的王政复辟一直到 18 世纪的下半叶这段时间。这段时期最为流行的诗歌题材为嘲弄式英雄史诗、骑士抒情诗、讽喻诗及讽刺短诗，这些类型的诗歌不仅在措辞上注重形式，其内在更是蕴含丰富的哲理以及严肃认真的说教。这一时期的诗歌在行文整体上都被赋予了统一的结构和良好的形式，符合古雅的气质，并形成了影响深远的文学传统。新古典主义的代表人物有很多，像约翰·德莱顿（John Dryden），他的作品形式多样，在文学评论、喜剧悲剧等各类题材上都有很深的造诣，特别是他在政治讽刺诗和颂诗上表现得极为出色。约翰·德莱顿在英雄双韵体技巧上的运用熟练且灵活，在内容上充满了积极向上的阳刚气息，并被后世的新古典主义者奉为诗律的楷模，影响了整个18世纪新古典主义诗歌的创作。

（4）浪漫主义时期的诗歌风格。

18世纪的浪漫主义文学之所以能够盛行绝非偶然之事，要结合当时的时代背景来综合分析，才能发现浪漫主义运动盛行其道的原因。18世纪末到19世纪初的国际环境是相当复杂多变的，受启蒙运动的影响，世界各地的人民都爆发出了高涨的革命情绪，各地的革命运动此起彼伏，特别是法国大革命的爆发，直接促进了欧洲的浪漫主义运动。加之当时正值第一次工业革命时期，而第一次工业革命又恰恰是在英国率先发生的，这也大大促进了英国浪漫主义运动的蓬勃发展。浪漫主义作家在思想上受到了德国唯心主义古典哲学的影响，因而在他们的作品中，往往着重表现出人的自由性，张扬个性解放，审视内心，从而找到"自我"，并进一步去实现自我的人生价值。浪漫主义作品中蕴含了强烈的个人情感，不再受理性框架的束缚，勇敢地表达自我。

与18世纪新古典主义派的作家相比，浪漫主义诗人在创作过程中往往不受约束，他们更重视去宣扬其内心的主观感受且重视个人经验的特殊性，在诗歌内容上，新古典主义诗人强调的是社会的总体价值，而浪漫主义诗人则更加注重个人价值，注重个人价值的挖掘和实现，同时新古典主义往往从古典巨著中汲取灵感，而浪漫主义诗人往往是在民间寻找创作灵感，二者相辅相成，共同造就了18世纪英国文坛的活跃。相较于世界范围内各个国家的浪漫主义，英国的浪漫主义文学既包含浪漫主义的共通性，又兼具独特性，除了张扬个性解放、重视自我、抒发个人情感的特征以外，重视想象、崇拜自然、强调个性也是英国浪漫主义文学的三大突出特征。华兹华斯和柯勒律治发表的《抒情歌谣集》标志着英国文学史进入了新纪元，标志着浪漫主义冲破传统的理性束缚，文学作品转向抒发内心情感、宣扬个性化的新阶段。在具体的诗歌创作过程中，英国的浪漫主义诗人对中世纪的民间文学作品进行了大量的研究和借鉴，民间的很多创作都饱含浪漫主义的色彩，加之中世纪正值民谣飞速发展，大量的优秀作品广为传唱，浪漫主义诗人也正是从这些民谣中获取灵感，从而摆脱了古典主义的条条框框，开始发挥其天马行空般的想象，进行诗歌的改革创新，也正因此有的浪漫主义作家甚至还举起了"回到中世纪"的大旗。

（5）维多利亚时期的诗歌。

维多利亚时代被誉为英国工业革命和大英帝国的巅峰，被认为是英国的黄金时代，这一时期英国的经济进入到了全盛时期，当时英国的经济占到了全球的70%，人民生活水平得到了显著提高。加之印刷术的创新发展，进一步促进了文学艺术的空前繁荣。受工业革命的影响，人民普遍接受也乐意去尝试接触新事物，这一时期的英国诗歌也深受这一观念的影响，推陈出新使这一时期的诗歌具有风格标新、表达立异的特点，其中的代表人物就是罗伯特·勃朗宁（Robert Browning）。罗伯特·勃朗宁对英国诗歌的最大贡献是发展和完善了戏剧独白诗（Dramatic monologue），大胆且新颖地巧用独白诗，使得戏剧中的角色人物形象更加丰满，能够让读者走进作品角色的内心，感受到作品角色激烈的内心情感变化，使得人物更加有血有肉。这种改变直接影响到了诗体小说的内容重点，从单纯地对故事进行叙述，转变为对人物内心世界的探究，从而使得维多利亚时期的诗歌带有心理分析的因素。维多利亚时期文学真实反映了当时的社会现状与时代精神，能让读者可以一窥这个英国黄金时代社会中所蕴含的高度的活力。

4. 现代英国诗歌的风格

社会的变革对文学的影响相当巨大，文学的创作是扎根于时代背景上的，文学创作反映社会环境，社会环境同样也会造就文学作品。维多利亚时代达到了大英帝国的巅峰，之后进入了国力衰退期，为了应对这种衰退带来的影响，同时也为了恢复往日的荣光，政府采取了一系列激进的改革，妄图快速达到既定效果。但激进的改革并未恢复综合国力，反而由于急功近利使得社会更加动荡，失业率节节攀升，激起了人们的反叛与绝望的情绪，正是基于这个大背景下，在文学领域上出现了颓废派诗人，他们发出了为艺术而艺术的呼唤，并对当时的国家进行批判。

19世纪末现实主义与反现实主义这两种思潮在文学艺术领域进行着激烈

的交锋，现实主义作家对最真实一面的社会进行描述，将社会黑暗且残酷的一面直接展现在读者面前；而反现实主义则把读者的视线从火热的现实问题中引开。反现实主义的代表人物有奥斯卡·王尔德（Oscar Wilde），他也是英国颓废派和唯美主义最杰出的作家和诗人。现实主义作家的代表人物有托马斯·哈代（Thomas Hardy），托马斯·哈代被誉为维多利亚时期最后一位著名的小说家、诗人，其早期以小说为主进行创作，直到晚年才开始以诗歌为主。除了小说上造诣深厚影响巨大，托马斯·哈代在诗歌上的成就同样斐然，他的代表作《统治者》（*The Dynasts*）引起了当时社会极大的轰动，该诗分为三部分，分别在 1903 年、1906 年、1908 年出版。这部作品以拿破仑战争为历史背景，是他一生出版作品的顶峰。在这部作品中，作者十分清楚地表述了自己的思想观点，他认为人世很多重大事件是由内在意志力而决定的。托马斯·哈代的诗歌在主题上主要涉及爱情和死亡，阅读其作品能够让读者品味出浪漫的爱和强烈的恨，十分耐读，因此他也被其他的现代派诗人称为是极端的感情主义，是一种颓废的象征。

现代英国诗歌还有一位代表人物，那便是 1923 年获得了诺贝尔文学奖的威廉·巴特勒·叶芝（William Butler Yeats）。威廉·巴特勒·叶芝是爱尔兰诗人、评论家和剧作家，他的诗受浪漫主义、唯美主义、神秘主义、象征主义和玄学诗的影响，演变出其独特的风格。其早年所创作的诗歌多取材于爱尔兰本土的传奇与民谣，具有强烈的浪漫主义色彩。然而晚年在其本人参与爱尔兰民族主义政治运动的切身经验的影响下，威廉·巴特勒·叶芝的创作风格发生了比较激烈的变化，更加趋近现代主义了。艾略特曾评价威廉·巴特勒·叶芝是当代最伟大的诗人。

二、美国文学风格的演变

（一）美国散文风格的演变

1. 早期美国散文的风格

公元 1620 年第一批清教徒乘五月花号帆船驶入新英格兰地区的普利茅斯港，从此奠定了美国的根基。因此在早期美国的文化艺术领域，清教徒所秉持的清教精神影响巨大，也奠定了美国早期散文的风格更趋向于英国的传统文学，使用的也几乎都是英式的语言风格。创作的散文主要是一些有关于神学的研究，还有一些个人书信、记录与报告等，题材上也大多集中在家庭、爱情与自然景观。

2. 近代美国散文的风格

美国的独立战争是美国历史上影响最为深远的战争之一，是北美革命者反抗英国统治、争取民族独立的革命战争，美国由此诞生。自此美国的散文风格发生了根本性的转变，浪漫主义色彩开始成为美国散文的主要风格。因为在此期间全社会上下都弥漫着硝烟，北美人民与英国殖民者之间的矛盾已经到了无法调和的地步，英国对北美殖民地的盘剥促使美国的民族意识觉醒。文学作家更是其中的先行者，尖锐的社会矛盾促使作家们以笔为枪，采取文学创作以及演讲等多种方式参与到这场战争中，大量带有浪漫主义色彩的散文作品被创作出来用于反抗英国的殖民压迫，造就了美国头一批重要的散文大家，他们笔耕不辍激励了广大人民群众争取独立的革命决心和革命热情。随着独立战争的胜利，美国正式独立建国，其文化也开始与英国逐渐割离开来，全社会上下朝气蓬勃且充满信心，也使人们的创作具有浪漫主义色彩。美国作家们也吸取来自欧洲浪漫主义文学的精髓，加之本土的超验主义、象征主义以及自由诗的影响，促进了美国的浪漫主义运动的发展，这个时期的杰出代表作家有很多，比较有名的包括华盛顿·欧文（Washington Irving）、埃德加·爱伦·坡（Edgar Allan Poe）以及爱默生（Emerson）。

华盛顿·欧文是 19 世纪美国最著名的作家，号称美国文学之父。他是美国文学的开路人，身上有着很多第一的称号，他是美国历史上第一位伟大的纯文学作家、第一位伟大的浪漫主义散文家以及第一位将史实和传记当作娱乐文学来写的作家。在文学创作上他讲究原创和独创，在思想上，着重探索人的更广阔更深入的精神领域，重视创新，华盛顿·欧文向往田园生活和古代遗风，最爱写随笔和短篇小说，他的《见闻札记》（*The Sketch Book*）是第一部伟大的美国青少年文学作品，这部作品为美国带来了随笔文体，也开创了美国短篇小说的传统。其作品的大部分题材都是欧洲的，以英国为背景，有充满浪漫色彩的传说，也有对欧洲自然风光、风俗习惯的描写及旅行随笔。如他的《睡谷的传说》（*The Legend of Sleepy Hollow*），对景色进行了细致入微的描绘，充满了如诗如画的美丽意象，让读者仿佛身临其境。华盛顿·欧文尤其关注奇闻轶事和古代传说，因此他的很多作品读起来既充满了荒诞怪异之感，又显得神秘离奇，他用其怪诞的措辞，恢复了没落的哥特式浪漫主义，又巧妙地将心理学等知识融入其中，从而使得每一个结局都富有神秘主义色彩和浪漫主义色彩，往往引得读者拍案叫绝。

埃德加·爱伦·坡就是美国浪漫主义思潮时期的重要成员，他的作品里充满了死亡和恐惧的浪漫主义。被英国的戏剧家和评论家乔治·伯纳德·萧（George Bernard Shaw）评为美国两个伟大的作家之一。他的写作观点影响到了后世的许多作家，他认为作品能不能迈好第一步是一个非常重要的事情，认为文章的第一句话就应该有助于获得该作品所预期的总体效果，否则作者跨出的第一步就是个失败。比如他的作品《厄舍古屋的倒塌》（*The Fall of the House of Usher*），这篇文章的第一句就忠实地遵循了这一原则。同时在这篇文章中为了达到预期的恐怖氛围效果，他不惜用大规模的篇幅对气氛进行渲染和营造，文章中各种看似漫不经心的对细枝末节的描述，都是为了达到最佳的预期效果，对意象的处理使得全书都弥漫着恐怖阴森的气氛和极度抑郁的情绪。

爱默生美国历史上著名的思想家、文学家、诗人，被誉为确立美国文化精神的代表人物，更被美国总统林肯称为"美国的孔子""美国文明之父"。爱默生的散文往往看起来杂乱无章，没有逻辑性，实际上这些文章多是由他的日记、演讲稿以及随笔整理而成的。他的文章极富深度，注重思想内容而没有过分注重辞藻的华丽，行文犹如格言，哲理深入浅出，说服力强，每一句话都拥有振聋发聩的力量，能让读者感受到其思想内涵的深度和广度。正因如此他的每一部作品都是不朽名篇，他的散文更被誉为美国文学史上最有价值的散文。

3. 现代美国散文的风格

两次世界大战对美国全社会的影响都十分大，极大地促使了美国的散文风格向现代主义风格进行转变，加之"二战"之后的美苏冷战，这种冷战对立趋势同样蔓延到了文学艺术领域，在促进文坛发展进步的同时也使得很多人迷茫不安。"二战"过后，美国的散文多采用随意的笔调进行撰写，在内容风格上也主要分化为两种风格，第一种是清楚确实的风格，清晰明了且相近准确地进行描述，其中的代表人物有奥维尔（Orville）；第二种风格是恣意渲染，这种风格更重视"自我"，这种风格聚焦于自我的表演和自我放纵，感情色彩较为浓郁，每一句话的句子并不是很长，但都经过了仔细打磨，几乎每一句都能引起读者的共鸣，引来读者或享乐或伤感的联想，康诺利（Conolly）的作品便带有恣意渲染的风格。此外，战后有关语言可懂性的问题也成了学界讨论的重点，越来越多的作家学者认识到了语言是否可懂的重要性，任何信息哪怕写得文辞华丽、文采斐然，但它却起不到交际作用的话，那便证明这个信息毫无价值。因此，判断一篇文章是否有价值的标准就变成了看其文章语言的可懂性，看读者在阅读这篇文章的过程中能够获取到多少有用的信息，能否起到思想、信息、感情的交流作用。受此评判标准的影响，散文的语言开始变得简洁明了，相关的被认为无用的修饰词也被大量删减，采用了口语化的叙述方式，虽然看上去语句平凡朴素，但其所蕴含的感情却依然强烈。

（二）美国诗歌风格的演变

1. 早期美国诗歌的风格

早期美国地广人稀，很多地方都属于荒无人烟的待开发土地，早期移民美国之时，生活条件较为艰苦，人们往往忙于生计而无暇创作，因此这个时期的诗歌创作并不繁荣，文化艺术领域也显得十分匮乏。加之 17 世纪的文化教育普及程度相当低，文化包括文字主要属于上层建筑，平民老百姓多数都处在只会说不会写、不会认的尴尬境地。那个时期的美国诗歌还比较稚嫩，结构语句上都还不成熟，显得十分粗糙。但不管怎么说，这也是美洲土地上孕育出的最早的诗歌，且随着后世逐渐丰富发展，内容题材不断演变，最终形成了今天的美国诗歌。

2. 近代美国诗歌的风格

18 世纪末美国开展了产业革命，确立了以机器生产为基础的工厂制度，这一时期的美国经济飞速发展，短短半个世纪就将美国的综合国力拉到了世界领先的位置，工业革命的完成更是直接使美国成为世界上最强大的工业国。但其同样使得美国南北在经济结构与经济水平上产生了较大的差异，加深了南北经济矛盾，在这个基础上最终导致了南北战争的爆发。虽然如此，这个时期仍然是美国腾飞发展的黄金时代，政局稳定且已经将英法等欧洲国家的残余势力都拔除干净，其独立自主的发展已然不受约束，同时这个时期开始了大规模的城市基础设施建设，大量的学校以及图书馆等便民利民设施拔地而起，极大地提升了当地人民的受教育及文化思想水平。大量的报纸杂志出版发行，各类文章刊登发表，这些因素杂糅在一起促进了美国的知识与信息流通，美国的文坛也呈现出了繁荣发展的景象。

从 19 世纪 20 年代起到 1861 年美国南北战争的爆发，这段时期是浪漫主义运动的全盛时期，这一时期美国虽然在国会政坛上较为紧张，但社会上还处在相对稳定、经济高速发展的时期。1837 年爱默生（Emerson）发表的《美国学者》（*American Scholar*）演讲，直接宣告美国文学也已经独立，告诫美国作家们不要再盲目地追随传统，不要再纯粹地去模仿英国乃至欧洲的文学体裁，其倡导振聋发聩，引得无数学者大胆创新，从而使得这个阶段不同类型的作者层出不穷，从内容到形式都拥有了美式的特色，特别是那时的浪漫主义诗歌和小说，率先冲破了英国文学的枷锁，使美国的文学有了自己的独立性和民族性，由此也迎来了美国历史上第一个文学发展的高潮。那个时期的先驱开拓者有很多，其中最为著名的便是威廉·卡伦·布莱恩特（William Cullen Bryant）和埃德加·爱伦·坡。

威廉·卡伦·布莱恩特是美国诗歌史上的先驱人物，有力推动了浪漫主义诗歌在美国的蓬勃发展。威廉·卡伦·布莱恩特是美国最早期的自然主义诗人之一，也是美国首位重要的自然派诗人，他的诗歌主要描绘了有关自然界的雄奇瑰丽，以及岩石、树木及花朵的美丽之处。他的诗以及诗的背景都是以美国为主，有着很强的美国民族特征，是美国土生土长的一位诗人，更是第一位以美国人的身份扬名海外的人。威廉·卡伦·布莱恩特的诗歌率先冲破了当时盘踞在美国文坛之上的英式枷锁，摆脱了新古典主义思潮影响下的诗歌模式，将美国的诗歌引入了简朴清新、题材内容丰富多样的文坛新时代，鼓舞了当时作家们大胆改革创新，发展其本民族特色的文学，使美国文坛进入了浪漫主义时期，促进了美国文坛的繁荣。

埃德加·爱伦·坡在美国这股浪漫主义思潮中的影响巨大，他不仅影响了那个时代的散文风格，其在诗歌领域的成就同样不容忽视，极大地促进了浪漫主义诗歌的发展。他提出了诗歌的三特征，即含混、音乐性和象征，含混又被译为是朦胧，他认为诗歌语言应该是多义与朦胧的；音乐性指的就是诗歌的音韵和节奏，在诗歌中这也是不可缺少的成分；象征则是利用文字符号给读者筑建出形象，从而引来读者的无限遐想。同时他还指出诗歌的精髓就是美。

19 世纪伴随着欧洲相继爆发的三大著名的工人运动，《共产党宣言》（*The Communist Manifesto*）也随之发表，伴随着工人运动的此起彼伏，马克思（Marx）、恩格斯（Engels）的著作也开始在全球广泛传播。当时的美国正值产业革命，经济高速发展的同时也造就了一批血汗工厂，他们无底线地对底层工人进行盘剥，造成了美国工人阶级生活的贫困，更是造就了一批数量巨大的贫民窟，美国工人为了追求其基本权益也开展了罢工斗争。在此背景下涌现出了一批关心底层民众，记录描写底层民众悲惨生活，号召工人勇敢反抗的无产阶级诗歌作家。比较著名的有乔·希尔（Joe Hill），他的一系列诗歌无不在控诉着资本家的贪婪无情，同时也歌颂着广大无产阶级英勇无畏。

20 世纪初涌现出了一批反对传统诗歌的诗人，他们以芝加哥为根据地，并于1912 年创办了一本名为《诗刊》（Poetry）的杂志，《诗刊》的创办标志着现代派文学开始在美国的文坛崭露头角。这批诗人在诗歌形式和诗歌主题上与传统的诗歌大相径庭，其内部也拥有着很多的流派，既有意象主义者，又有接近劳动人民的芝加哥诗派，还有抽象哲理派诗人，他们在诗歌创作上风格多样，内容主题上也大不相同，但他们却共同表现出现代资本主义社会中越来越突出的人的差异化，并或多或少流露出彷徨和悲观的情绪，以及由此产生的怀疑主义。

美国诗歌中的现代主义受到了海外很多派别的影响，既有法国象征主义诗歌的影响，又有对日本俳句与中国唐诗的学习与模仿。这些来自不同国家不同时代的诗歌碰撞融合，最终造就了美国的现代主义诗歌。其中的佼佼者便是艾米莉·狄金森（Emily Dickinson）。她是 20 世纪美国的传奇诗人，更被视为 20 世纪现代主义诗歌的先驱之一。艾米莉·狄金森的诗内容主题上主要写生活情趣以及自然生命。她的诗篇幅短小，多数只有两至五节，但她的诗中内容丰富，对各种新奇的比喻随手拈来，而且还能灵活使用各个领域的词汇，大大丰富了其诗篇的创作，增强了阅读性。

意象主义是在 20 世纪初期英美诗歌界掀起的一场运动，是美国现代主义文学的重要流派。1913 年发表意象主义三点宣言，标志着意象主义运动正式拉开了帷幕，这场运动受到了中国古诗的巨大影响，声称师承中国诗歌的意象传统，故名"意象派"。他们要求直接表现主客观事物，删除一切无助于"表现"的词语，以口语节奏代替传统格律，他们反对在浪漫主义诗歌和维多利亚诗歌中经常出现的过多的涉及情感和技巧的词汇。意象派诗歌较为短小简练，但意象往往叠加并置，细读下去可以激发读者的无限遐想。虽然其存在时间较为短暂，但为美国的现代诗歌发展奠定了基础，开拓了诗歌的道路。

3. 现代美国诗歌的风格

虽然美国取得了第二次世界大战的胜利，但"二战"依旧对美国各行各业产生了很大的影响，加之美国在"二战"结束后并没有选择就此罢兵，反而继续四处开战，这激起了国内高涨的反战情绪。在作家等进步人士的眼中现在的美国好像变了，传统的价值体系以及旧有的社会观念仿佛发生了垮塌，民主和自由仿佛也不复存在，在这些诗人眼里当前的混乱与迷茫已经让他们看不到脱困的前路，只能通过更夸张更怪诞的方式，在诗中来描绘当前这个社会。

这个时期的代表人物有伊丽莎白·毕肖普（Elizabeth Bishop），她是 20 世纪美国最有影响力的女诗人之一。伊丽莎白·毕肖普的诗继承和发扬了美国诗歌的传统，她的诗极富想象力，善于观察生活，并善于透过事物的表面现象来发现问题的本质，而且她的诗音乐节奏感很强，并借助语言的精确表达和形式的完美，把道德寓意和新思想结合起来，表达了坚持正义的信心和诗人的责任感。她也于 1956 年获普利策奖。这个时期的代表诗人还有西奥多·罗特克（Theodore Roethke），他被誉为"深度意象主义"和"自白派"的先驱，影响了后来多位著名诗人。

20 世纪 50 年代早期，在北卡罗莱纳州的黑山学院里汇集了一批来自全国，企图在诗歌创作方面进行改革创新从而探索出新路径的诗人。他们对诗歌进行大胆的创新和改革，因其大多都汇集在黑山学院，因此学界便将他们称为黑山派。他们提倡破旧立新，认为诗是把诗人的"能"传递给读者的东西，因此诗是"能的结构"和"能的放射"，主张用诗人的呼吸来衡量音节和诗行，代替传统的音步，遣词造句应该适应诗人的思想、呼吸和手势的节奏，拒绝一切传统的形式，提出诗必须完全从诗人的呼吸即瞬间的自然节奏中获得自己的形式。时至今日黑山派已经是美国当代诗坛三大主流派别之一，是当代最有影响的诗歌流派之一。

新超现实主义是 20 世纪 70 年代在美国出现的一个诗歌流派，是超现实主义流传到美国后衍生出来的流派，这场超现实主义运动也被称为深意象运动，在当今美国诗坛上仍有重要影响。超现实主义运动最早是在第一次世界大战以后在法国兴起的社会思潮和文艺运动，美国文学界的这场超现实主义运动主要就是受到了其影响，同时又吸收借鉴了拉美超现实主义诗歌以及受中国、日本古诗词的影响，最终演变为了带有美式特色的超现实主义题材诗歌。超现实主义诗歌中含有大量的意象，这种非理性的联想构成了超现实主义诗歌的一大重要特色，也因此诗歌中的内容含义往往非常隐晦。超现实运动中的反传统和自动性创作的观念，促使美国的诗歌摆脱了传统诗歌的限制，为美国诗歌的发展注入了新的活力。

当前社会文化多元化发展的趋势已然势不可挡，美国诗坛也同样如此，诗歌呈现出多类型多题材共同发展进步的态势。但如今的社会已经不似百十年前，科技的飞速进步使得人们获取知识信息的渠道越来越多，诗歌等传统的文学作品不再是人们休闲娱乐获取知识的那个"唯一"，碎片化的阅读方式成了当今社会的主流，很多人都丧失了阅读诗歌的耐心，因此当前社会呈现出一种诗人多而读者少的困境。在这种局面下，诗歌的发展仿佛进入了停滞不前的时期，各种打油诗层出不穷，但精品诗歌却越来越少了。当前的诗刊也因为读者群体数量的减少而大量倒闭，甚至以前很有影响力的诗歌出版集团也不得不赶紧转型，仅存的诗刊诗社所面向的读者群体也变得非常狭窄，多数都只能面向本地的读者，那种面向全国、影响全国、在全国都有基本读者群体的大型诗社或诗刊已经越来越少了。同时美国诗歌的题材也同以往有了极大的不同，虽然题材和内容变得更加多样了，但诗歌的主题却不再关注社会，不再关注时代，不再聚焦于底层人民，与以往的诗歌进行比较，大家不得不承认，现在的诗歌领域正在发生着倒退。

第五节　英美文学的研究趋势

21世纪是全球化的世纪，随着科技的日益进步，各地区各国家之间的联系变得日益紧密，经济文化的交流也日益频繁，传统的地缘政治正在被打破。在全球化的浪潮中，世界各国的文学也在不断融汇碰撞，加之网络和信息化的快速进步，极大地提升了各国文学之间的交流与传播，促使全球各地的人民都可以领略其他国家其他民族的文化瑰宝，享受世界文化遗产。同时由于各地文化之间的联系日益紧密，各个国家的文学虽然在一定程度上还保留着各自的独特性，但更大的程度上已然融合成了一种全球性的文化。当前社会英美在全球的文化体系中依然占有着举足轻重的地位，探究其当代文学领域的发展改革对研究世界文学有着极其重要的现实意义。

一、从单向度向多维度审美理念转化

聚焦当下的英美文学，我们可以发现自从进入 21 世纪，英美文学的发展走向已然呈现出多元化的趋势，各种文学流派、各类文学思潮层出不穷且种类繁多。文学与其他各类科学之间的学科交叉极大地丰富了当代文学的内涵，不同国家不同民族的文化交流，极大地促进了当代世界文学的统一发展。

在 20 世纪，英美文坛就已经表现出了综合趋势和多元化格局。20 世纪正处在科学大爆发的年代，心理学、社会学、自然科学等多领域学科的快速发展并普遍介入文学领域，促使文学心理化、综合化。再加上当前社会的教育普及程度之高，已经达到了有史以来的最高峰，教育普及也使得读者数量达到了有记载以来的最大值。如此庞大的受教育群体使得更多的人能够投入文学的创作中去，庞大的读者群体也诞生出了多元化的阅读需求，这些因素共同促使当代文学产生新格局和新动向。

在当前的文化新格局中，我们对英美文学著作进行阅读研究时，要具备新思路和新方法，要将我们的审美理念转化为多维度审美理念，从而在经典的著作中发现不一样的美。这种审美理念的转换，不仅可以拓宽我们的视野，更可以为我们提供多角度的研究思路，加深对作品的内涵与深度的理解，让我们可以更好地接近作者在创作过程中心路历程，更好地窥探作品诞生的时代背景。

二、文本研究向视听形象研究领域拓展

在近现代的世界文化领域中，英美文学享有崇高的地位，对世界各地的作家读者都产生了极其深刻的影响，引领着当今世界文化的发展。各国都有对不同的英美名家著作进行翻译，但由于翻译人的不同，很多翻译而来的著作也存在或大或小的差异，甚至有的翻译偏离了原作主旨，但这也在一定程度上促进了对原著的二创再加工，使得全球各地涌现出了很多原作改编过后的连环画及舞台剧，极大地提升了人民的观赏体验，人们从文字阅读研究开始转向视觉形象的普及与欣赏。

随着科学技术的进步发展，特别是电影电视以及计算机网络的出现盛行，无纸化、视觉化的新形式为文学艺术提供了新的渠道，极大地促进了文学领域的变

革发展，同时也为文学传播提供了新形式，可以为读者、观众带来新的体验，也为相关的文学研究提供了新方式新方法，促进了以往的文本研究转向现代的视听研究。那么为什么当代的英美文学的研究要向视听形象研究领域进行拓展呢？

（1）鉴于文学名著改编为影视艺术的普遍性。目前相当一部分的英美著作都已经被改编成电影电视剧并搬上了大荧幕。

（2）由于文学名著改编的影视剧拥有最广泛的观众，我们既可以说这部分人是电影电视剧的观众，也可以将他们称为一群特殊的读者，他们同样被经典名篇巨著所吸引，很多人在看完电影电视剧后会选择购买原著。从某种程度上来讲，对原著进行影视化的改编能极大地提升原作的销量，促使消费文化市场变得更加广阔。

（3）从文学原著到影视艺术是一次再创作。将文学名著改编为影视艺术并非是一件容易的事情，文学著作在文章体裁上与影视剧本存在不小的差异，且影视艺术往往需要对文章内容再进行二创加工，使得其拥有更大更强的视觉冲击力，只有这样才能吸引到更多的观众。再加上电影电视剧都存在时长问题。因此既要使剧本忠于原作，又要对剧集进行合理的安排，绝非一件易事。

三、从男性作家作品中发掘女性主义

从女性主义视角考察英美文学也是当代文学研究领域的一种新方向。女性文学，既指女性作家所创作的作品，也可指表现女性题材的文学。从作家的性别比例上来看，男性作家的数量要远高于女性作家，但从很多男性作家的作品中我们也能发现其为女性争取自由，唤醒女性自我意识的文化价值。西方对于争取女性权益的文学艺术探讨大致经历了三个历史阶段，探究其发展历程，我们能发现很多男性作家为女性主义的丰富和发展作出了极为突出的贡献，这正是我们所要认真开拓和探索的新领域。

第二章　英美文学的发展历程

文学作品能够反映出某个地域的文化。本章主要介绍英美文学的发展历程，主要内容为英国文学的发展与美国文学的发展，旨在让读者了解当地人民的风土人情和相应的历史背景。

第一节　英国文学的发展

一、古代英国文学的发展

公元 5 世纪，盎格鲁、撒克逊、朱特等原本在北欧生活的日耳曼部落人入侵英国，留下来很多游吟诗歌，其中有不少作品已流传到今天，成为世界文学宝库中的重要遗产之一。我们现在可以见到的诗歌，大多出自 8 世纪的英格兰诗人之手，而那时的不列颠正在经历着一个新型社会的转型。《贝奥武甫》（*Beowulf*）中体现的是七、八世纪不列颠的生活情形，读者可以感受到那一时期的新旧生活方式杂糅，既有氏族时期英雄主义思想，又不乏封建时期的各种观念。作为英国的第一部文学作品，《贝奥武甫》在英国民族文学界被视作史诗级的存在。

公元 5 世纪末，西罗马帝国沦陷，古典时代成为欧洲的历史，欧洲开始步入中古时代，即历时悠久的中世纪。到了公元 9 世纪，盎格鲁 - 撒克逊诗人辛尼沃夫（Cynewulf）取材于已经出版的其他文学作品，创作出《埃琳娜》（*Elinna*）、《朱莉安娜》（*Juliana*）。阿尔弗雷德（King Alfred）强调要通过英语对《盎格鲁 - 撒克逊编年史》（*The AngloSaxon Chronicle*）进行撰写，部分方言诗、抒情诗、讲道词等也被囊括其中。

二、中世纪英国文学的发展

诺曼人于 1066 年入侵英国，并将欧洲大陆封建制度的各种文化传入英国本土。从文学角度看，对法国韵文体的骑士传奇进行模仿在这一时期盛行。传奇文学描写的是贵族骑士们的历险人生与浪漫恋情故事，它反映了英国封建社会走向成熟的社会理想。史书与文学作品中常出现亚瑟王和绿衣骑士的故事的现象贯穿于整个中世纪阶段，而杰弗里（Geoffrey of Monmouth）是首位将亚瑟王的传奇故事汇编成一种系统化资料的人。1154 年前后，诗人韦斯（Weiss）用法文编写了《不列颠人的故事》（*The Story of the British*）。半个世纪后，这部作品被诗人莱亚曼（Layman）用作长诗《不列颠》的张本，全篇文字以英文为主。莱亚曼（Layman）是诺曼底人在征服英国之后，第一个通过英文进行创作的诗人。后来问世的《高文爵士与绿衣骑士》（*Sir Gawain and the Green Knight*）一书具备极高的艺术价值，被誉为英国文学始祖。《高文骑士与绿衣骑士》主要描写了亚瑟王及其部下中的一位"圆桌骑士"的离奇遭遇，对忠诚、英勇、品德等精神大加讴歌，是流行于这一时期的浪漫主义传奇形式文学的典型代表。

14 世纪后半期，中古英语达到鼎盛的发展时期，与古英语诗颇有关联的口头韵体诗应运而生，并以任教会小职员的兰格伦创作的头韵体长诗《农夫皮尔斯》最为著名，他将教堂的语言与理念转化为普通人听得懂的意象与隐喻，并通过地狱、天堂和人生寓言，以如梦似幻之形和富有寓意的象征手法，书写了 1381 年农民暴动前和暴动后的农村真实景象，其笔锋之严峻令人震撼，又颇具是非之感。作品采用中世纪梦幻故事的手法论述人间善恶，揭露社会不堪丑行，也表达出对贫苦农民的同情之感。作品散漫的结构中充满独创性，它集空幻、趣味、情真意切于一身，粗俗的用韵为后人争相借鉴。

乔叟是英国文学史上的一位伟大诗人，他以诗体短篇小说集《坎特伯雷故事集》为代表的长短诗集，为英国文学的发展奠定了重要基础。如果没有乔叟，中世纪的英国文学极有可能成为另一种模样。作为一个伟大的文学家，乔叟出现以前的英国文学都是从属于历史而不是从属于艺术。读者能兴致勃勃地读这些著作，但是不会收获赏心悦目的乐趣感。但是，乔叟的到来，使这种呆板的局面发生了改变，他的作品在英伦大地广为流传。他的作品以其独特的艺术魅力吸引着读者的眼球，并获得了巨大成功。乔叟有着 14 世纪英国绅士们所具备的深厚的法国文化底蕴。查理国王在这一阶段再次当政，赞助文人的风气一时之间流行于王公贵族之中，宫廷也开始青睐盎格鲁诺曼法语，将法语与高雅的身份进行挂钩，甚至对英文抱以蔑视的态度。因此，那时的英格兰文人在进行创作时多采用法语或拉丁语。英国僧院文学于中世纪使用拉丁文，骑士诗歌使用法语，民间歌谣使用英语。在那个时候，人们认为英语是一种粗鄙之语，难登大雅之堂。乔叟用诗人锐利的眼睛，在作为中古英语之一的伦敦方言里找到了它蓬勃的生命力，不管是进行翻译还是进行创作，乔叟均坚持使用伦敦方言作为表现工具，还将其上升到英国文学语言的高度。所以，乔叟的到来，预示着围绕本土文学展开的英国书面文学史正式在世界文化舞台崭露头角，这离不开其用诗歌形式表达自己思想和情感的文学方式。乔叟开创了英雄诗行，也就是五步抑扬格的双韵体，在英诗的韵律发展中发挥了举足轻重的作用，其传世名作《坎特伯雷故事集》的灵感来源众多，却都统一于一条脉络线索之下。作品的线索是一群香客离开伦敦，前往坎特伯雷朝圣，乔叟运用香客鲜活的形象和他们一路走来所讲的故事，为读者呈现出中世纪英国社会形态万千的生活面貌。比起将其所描绘的内容视作一次满怀信念的虔敬之旅，读者更应该认为他们是趁着节假日去远行。书中有很多精彩动人的故事，这些故事不仅让人回味，而且令人动容，最经典的莫过于对朝圣者的序言的记录阐述。书中角色来自当时社会中的各行各业，所选种类各异，因此，该作实际上反映了14世纪英格兰社会的种种风貌。故事设计的叙事风格十分独特，整体上表现出由宏大沉郁的悲剧冒险到欢快的喜剧的巧妙转变。乔叟行文优美流畅，英语文学水平也在他不断的创作实践中获得了很大程度的提高，而其用英语书写作品的做法，是中世纪作家们常用的创作方式，这也为英语统一各民族语言作出了不可磨灭的贡献。

三、近代英国文学的发展

（一）文艺复兴时期英国文学的发展

伊丽莎白时代在时间上与文艺复兴有所重叠。文艺复兴时期的文化与学术开辟了近代自然研究与自然科学的先河，也为文学创作打开了新局面。这一时期的文学作品以其独特的魅力吸引着读者和研究者，并为后世留下丰富的文学遗产。

此外，这一时期的英国文学正处于顶峰，文学创作可谓百家争鸣，其中诗歌、戏剧最为引人注目。与此同时，文学新人也层出不穷，许多文学巨匠都诞生于这一时期。首先是开辟伊丽莎白时期文学新篇章的怀亚特（Sir Thomas Wyatt）、萨里（Henry Howard Surrey），两人从意大利为英语注入新的形态血液。怀亚特对彼特拉克（Petrarch）的短诗进行了翻译与效仿，给英国诗歌塑造出一种优良传统，他也试图以另一种韵律方式来进行文学创作。其主打爱情的抒情短歌，以情真意切见长，言语自然朴素。16世纪，英国盛行热爱诗歌之风，它最早孕育于贵族阶层内部，这是因为当时的平民很少有机会接受正规教育。

斯宾塞也是一位诗人，他翻译并创作了许多赞美爱情、赞美女王的诗篇。他以其非凡的才华、对生活敏锐的洞察力以及独特的风格赢得了读者和评论家们的赞赏。斯宾塞于1579年发表了他的《牧人日记》，对于英国诗歌界可谓影响深远。这部作品以其独特的艺术风格引起人们的极大兴趣和广泛讨论，也告诉世人一流诗人诞生。随即，斯宾塞推出《短诗集》与精品寓言长诗《仙后》两部广受读者青睐的作品。《仙后》蕴含丰富的人文主义情怀，读者也能在其中发掘新柏拉图主义神秘主义思潮、资产阶级的爱国情愫，在情节结构上、人物塑造上与古罗马史诗与骑士传奇文学相仿。这些作品都能体现出作者独特的风格，对后世产生很大影响。在乔叟以后的英国诗人里，斯宾塞是最早以奇妙的构思与手法来对艺术主题进行润色的人，兰姆（Lamb）称其为"诗人中的诗人"。

在16世纪后半期，在文学界戏剧最为兴盛，它不仅表现为各种形式的喜剧、悲剧及正剧，还发展成为一个独立的艺术门类。英国戏剧产生于中世纪教堂仪式，其素材来源是具备故事感的奇迹剧与神秘剧，且主导了14～15世纪英国的舞台。而后，以抽象概念为戏剧角色的道德剧应运而生。这一时期，戏剧开始向世俗生活回归，并逐渐成为一种娱乐形式，为当时的人们所喜爱。至16世纪后期，戏剧作为一种文学形式达到顶峰。悲剧家马娄（Christopher Marlowe）打破了旧戏剧形式的约束，并创造出新的戏剧，成为新剧开拓者。他还是英国文艺复兴时期的一位大学才子，所遗留下来的戏剧遗产十分丰厚。其剧作对学问、财富与个人权利进行了讴歌，体现着新兴资产阶级企图挣脱封建束缚，以自由发展的强烈念想。马娄的《浮士德博士的悲剧》（*The Tragedy History of Dr.Faustus*）以描写巨人式学者为主，灵感来源是古老的传说。在传说里，主人公魔法师把灵魂卖给了魔鬼，并获得了至高无上的权利。歌德（Goethe）曾将这个故事用在哲学诗的创作过程中，在剧本中，马娄把自己塑造为悲剧英雄，他试图突破世间所有壁垒，追求无穷的真理。剧本大量运用了夸张手法，同时，还有一些令人眼前一亮的情节，这些情节都是最为精致的、最为瑰丽的英语诗篇创作，甚至连莎士比亚的诗歌都不能与这些诗篇中的无韵诗相媲美。

莎士比亚，欧洲文艺复兴时期英国的伟大剧作家，杰出的人文主义思想代表人物，他的笔触十分瑰丽，对处于封建制度日渐衰落、资本主义原始积累不断发展的历史转折期中的英国社会进行了生动而深刻的描绘。当时诗人把重韵体诗风用于剧本，推动诗歌与戏剧两个领域取得前所未有的进步，而莎士比亚把这一诗剧推向顶峰。莎士比亚戏剧在西方戏剧艺术史中达到了一个高不可攀的高度，其剧作为观众营造出一幅宽阔的生活画面，而且剧中的每一个人物都有十分亮眼的个性。他到处搜集剧本所需要的材料，意大利的故事、英国的编年史，都可以在他优美生动的语言处理下变得有血有肉；他在驾驭故事方面具有超凡的天赋，而且他的写作才华还体现为运用词汇、塑造人物形象、幽默化处理语言与诗句等方面。

（二）詹姆斯王朝时期英国文学的发展

王政复辟时期是詹姆斯王朝时期的另一种称呼，这个时期的文学特指共和时期以后，即 1660 年王政复辟以后所出现的文学，如传记、小说、游记等典型的现代文学形式都在这一时期慢慢走向成熟。在那个时候，科学上的新发现、哲学观念、新的社会条件、新的经济条件等方面的作用开始发挥，政治类小册子文学不断涌现。

新古典主义出现于王政复辟以后，改变了当时的文学风气，小说创作也出现了新倾向。班扬（John Bunyan）是当时文坛上最受读者认可的作家之一，其作品《天路历程》（The Pilgrim's Progress）被誉为开启英国近代小说历史的名作。《天路历程》以梦幻方式叙述寓言故事，但其行文不完全梦幻化处理，将 17 世纪英国社会的现实主义写照呈现给广大读者。班扬具备优异的布道天赋，能够从听众内心深处出发进行文学创作，其作品《天路历程》的可读性很强，也帮助他完成了传教任务，在高雅文学的空间了创造了属于平民的世界，即使是没有信仰的人，也能愉悦地阅读这部作品。他以日常生活为文体来源，其擅长运用口语化的表达方式，布局多以平铺直叙展开，且往往会略加修饰，所用文体能够促进作者写作的完成。《天路历程》中描述了一些人到了天国以后，因其衣着、语言而饱受当地人耻笑。从精神层面看，该书仰慕追求真理的虔诚信徒，对欺骗者、压迫者和享乐者进行了批判，所用语言为质朴的民间口语；从技巧层面看，该书通过寓言的形式呈现，但叙事具备很强的真实性。这是散文的一种新形式，也是班扬对其所处时代的散文界作出的突出贡献。就实际情况而言，这种新散文开创了写实小说的新文学样式。

（三）启蒙时期英国文学的发展

在相对稳定的 18 世纪社会里，启蒙主义思潮盛行，英国文学呈现出崭新的繁荣局面，写实小说异军突起，且陆续出现了不少写实派作家与作品。斯威夫特（Jonathan Swift）、笛福（Daniel Defoe）、菲尔丁（Henry Fielding）等都是启蒙时期作家的代表人物，同时，他们还是启蒙运动思想家、启蒙文学家。在他们眼中，文学创作具备宣传教育的功能，能够将人民群众的日常生活呈现出来，也可以表现普通人身上的精神品质，还能将封建社会的黑暗、腐败以及资产阶级的不足之处反映出来。

笛福被誉为英国的"小说之父"。早年间，笛福创办国报刊，也参加过党派政治，自由贸易理论就是出自笛福之手，而他就夺取殖民地、开发殖民地向政府提供了建议。进行小说写作时，笛福已将近六十岁。

笛福的小说主人公多为现实社会的中下层人物，这也是创作新因素出现在英国长篇小说中的来由。而后，在 19 世纪，在英国批判现实主义文学所描绘的作品中，上述的中下层人物角色的命运便成为首要的描写目标。《鲁滨孙漂流记》（Robinson Crusoe）是同情感与艺术感并存的作品，在给人们带来诸多启示的同时，也发挥了重要的社会作用。除了普通读者，受到这部作品启示的还包括以严肃认真著称的思想家卢梭、文学家柯尔律治以及政治经济学家马克思。《摩尔·弗兰德斯》（Moll Flanders'）也是笛福的长篇巨作，这本书描绘了身在英国的摩尔在生活的重压下，成为娼妓、盗贼的过程，情节生动曲折，行文真实而富有深度，艺术感水平很高，"偷窃者大全"的称号足以显示出其作品的独特魅力。

菲尔丁（Henry Fielding），现实主义小说家，早年专门研究戏剧的写作，其作品深刻地揭示了当时英国上层社会的不堪，而且菲尔丁小说是 18 世纪英国现实主义小说得到不断发展的佐证。纵观英国文学史，菲尔丁开创性地、较为系统地提出了现实主义小说理论。由于在书信体小说、散文体史诗和第三人称叙事方面取得了突破性进展，菲尔丁被文学界称为"英国现实主义小说之父"。他的小说以深刻的思想和独特的艺术风格闻名于世。菲尔丁对于描绘社会广阔图景较为得心应手，善于巧妙地运用讽刺手法，他的讽刺手法在他的长篇小说中占有重要地位。菲尔丁曾经把理查逊看作市侩哲学中的代表人物，故以仿作的方式来对其进行挖苦，却无意间发掘了写小说的技巧，而后他本人的作品顺利问世。

在 18 世纪，诗歌创作同样呈现出繁荣蓬勃的景象，除了世纪初的汤姆逊和蒲柏，还有约翰逊（Johnson）、斯威夫特（Jonathan Swift）、哥尔德斯密斯等擅长写诗的文学家。葛雷（Thomas）也是这一时期的诗人代表之一，他的诗歌以其独特的风格赢得了广泛的注意并获得巨大的声誉。葛雷不仅是学者、历史学教授，也是艺术大师，对建筑、音乐也有深刻研究，他生活的年代崇尚自然风光，热衷于浪漫主义复兴。葛雷是少数对古英格兰的民谣、爱尔兰和威尔士古代吉特勒文学抱有浓厚兴趣的人，在创作时对每一个字、每一句话都细细斟酌，其生平诗作较少，流传至今的诗歌只有十几首，其中以自娱自乐、与好友共同消遣为主。葛雷所作的《巴德》（Bard）很好地结合了古典主义与浪漫主义，再现了威尔士颂歌的传统文学方式。《春之颂》（Ode on the Spring）《逆境颂》（Ode to Adversity）也是其优秀作品。其诗作显示出，英国诗歌已开始渐渐脱离新古典主义，理性被情绪或情感取代。诗作出版之后，招来了不少作家的仿作，"墓园诗派"风靡一时。诗中的很多篇章、很多段落总能给读者深刻印象，不但诗中每节每句都很完美，而且全篇结构布局十分巧妙。诗里呈现出淡淡的伤感，它象征着早期浪漫主义诗歌，是当时诗歌最完美的代表之一。和斯弥尔创作的《沉思的人》（The Thinker）类似，都昭示着引导英国诗人一个世纪的忧伤风格文学的起始与顶峰阶段。这种艺术手段的独特之处在于对自然场景的精心挑选，并为其赋予忧郁的氛围，进而让意境变得凄美深远。《墓园挽歌》（Elegy Written in a Country Churchyard）以凝结着一个阶段里特定的社会情绪而得名，用一种完美的方式对这一情绪加以体现，在某种意义上讲，解决了怎样对旧传统进行革新的问题，其艺术价值是不容忽视的，因而被誉为英国 18 世纪甚至英国有诗歌史以来最好的诗。

四、现代英国文学的发展

（一）浪漫主义时期英国文学的发展

18 世纪之后到 19 世纪初的时期，蒲柏、葛雷、彭斯（Pence）这些诗人多创作典雅含蓄的抒情诗，而后受法国大革命大潮的影响，他们的诗风发生了很大的变化，文坛还掀起了以布莱克（Blake）为代表人物的浪漫主义诗歌运动，先有彭斯、华兹华斯、柯勒律治和骚塞（Robert Southey）的"湖畔派"作为开路先锋，后有雪莱、济慈等诗人为浪漫主义开辟了新的篇章，浪漫主义诗歌由此进入到了一个更为宽广的领域。

湖畔诗派对那个时代新兴资产阶级意识形态深恶痛绝，不愿面对现实，擅长将工业城市与农村相互比较，提倡重归自然，对农村宗法制度大加赞美，强调唯有环境足够安静、足够优美时，才可以展示出他们对外在大自然所留下的丰富形象，因此，他们的创作带有强烈的田园情调。华兹华斯、柯勒律治与骚塞被誉为"湖畔派诗人"，他们的作品或是寓情于山水，或是神游异域、梦境，其诗风古朴恬静、诗情纯朴真诚，所刻画的细节反映出将诗人对于普通事物的敏感与观察的一丝不苟，并且开创了新的诗歌风潮，通过理论著述，为英国浪漫主义诗歌打下坚实的理论基础。

在 19 世纪后半段，相继涌现了布朗宁等一流诗人，他们的文学风格和类似于 20 世纪现代意识意境流派的文学风格，都是 19 世纪英国诗歌界不可或缺的重要构成元素。在英国文学史中，莎士比亚逝世之后，一流诗人不断涌现，创作出大量的一流文学作品，被后人所顶礼膜拜，这些优秀的诗歌及其他文学作品中，不乏反映当时社会现实的佳作，也有反映当时社会生活侧面的优秀作品，更有反映作家自身内心世界的作品。在这些诗人里，布朗宁堪称维多利亚时期的佼佼者，其诗作突出特征在于擅长使用戏剧独白，叙事诗富有感染力，人物心理描绘十分细腻，并且根据角色的独特地位、思维习惯与语调来塑造其性格。布朗宁的诗以戏剧性独白著称，其成就已经超越了诗坛中的大多数人。他的诗歌有一种内在的力量，能让人感到一种对生命意义的追求和探索，也可以使读者产生自信，又沉醉在安宁之中。《晨别》（*Parting at Morning*）是其中一首脍炙人口的名篇，共有

4 行，与中国四言绝句具备相同的对偶整齐手法。前两行着重描写景色，形象瑰丽、意象壮丽，后两行抒发真情实感。此外，布朗宁用日出的景色来衬托别离的悲伤，将太阳的轨迹与生命的轨迹进行对比，浑然天成，蕴藉无尽。

整个 19 世纪，散文和小说的繁荣程度更甚，这一时期不仅有创造历史小说新天地的司各特（Sir Walter Scott），也有创造风俗小说世界的奥斯汀（Jane Austen），他们以独特的艺术风格和丰富多样的题材开拓了文学之路。司各特善于将历史真实细节导入艺术虚构之中，其作品的故事情节跌宕起伏，充满传奇色彩。他的历史小说涵盖了 17 世纪英国资产阶级革命，至 18 世纪君主立宪时期之中的诸多真实事件。第一类是苏格兰小说，主要体现了当时仍沿用氏族公社的苏格兰人民对英国侵略者进行抵抗的情形。第二类是关于英国历史的小说，其内容核心是撒克逊农民对诺曼封建主进行反抗的过程，反映了 17 世纪英国资产阶级革命。这类作品中人物的性格特点比较鲜明，人物形象塑造较成功。第三类是围绕法国及其他欧洲国家的历史事件展开而来的小说，它对于欧洲历史小说的发展产生了十分深远的影响。由于涉及以往年代的民族冲突和其他大事，这些历史小说刚劲有力、气势磅礴，笔调大气，具有浪漫主义最鲜明的特征。这些历史小说重现出欧洲国家有史以来的人民起义、民族矛盾，以及近代国家反封建过程中的一系列具有重大意义的事迹，为读者刻画出一个历史过程，塑造了许多英雄人物形象，也开辟了小说笔调的新道路，亦为司各特在艺术方面的杰出成就，故其文字稍早于司各特所处时代的书面体，语句工整，用词正式，就连谈话也不接近日常口语。而在使小说达到较高水平之余，他又虚构了一些与历史人物有关的趣事，从而将新的元素融入小说，在某种意义上引领了历史小说的发展。司各特浪漫主义历史小说使其获得"西欧历史小说之父"的称号，其小说以叙述卷入重要历史事件中的平凡人物的故事为主要内容，并且论证了造成该书中人物言行举止的各种历史力量与社会力量，他的历史小说因此也获得了巨大成功。司各特善于将历史真实细节导入艺术虚构之中，故事情节跌宕起伏，充满传奇色彩，从而使其小说在 18～19 世纪英国文学中成为现实主义与浪漫主义这两种不同倾向的延伸与发展。他的小说中充满了对历史真相的怀疑，对人类命运的关怀，以及对自由意志的渴望。司各特之死，是英国浪漫主义文学走向终结的标志。

（二）现实主义时期英国文学的发展

现实主义小说是维多利亚时期英国文学的重要成果，狄更斯（Charles Dickens）是那一时期的代表人物，其作品无论在深度上还是在广度上都超越了同时期的其余作家，是 19 世纪英国现实主义文学的标杆。他正处在英国从半封建社会向工业资本主义社会的过渡阶段，其作品对这个时期社会生活各方面进行了广泛、独到的描绘，对各阶级代表形象进行了清晰塑造，并且以人道主义精神为出发点，揭露和批判了种种丑恶的社会现象，对劳动人民的疾苦和反抗斗争表示了由衷的支持与同情。狄更斯笔法诙谐、妙趣横生，将真实细节、充满诗意的氛围融合在一起，加之其语言借鉴了莎士比亚的风格，让狄更斯的风格以一种诙谐幽默的方式、详略得当的心理分析以及现实主义描写和浪漫主义氛围的互相融合而屹立于文坛之中。在他的小说中，我们可以看到作者对现实社会和人性的思考。马克思称狄更斯与萨克雷都是英国"一批杰出的小说家"。仔细研究狄更斯在散文中的创作，我们可以发现他的作品有最特定的写实，也有最梦幻的气氛渲染，还有简洁犀利的深邃笔调，往往能够通过一个细节揭示一个广阔的天地，把握真实人生的重心。

（三）现代主义英国文学的发展

吴尔芙（Virginia Woolf）认为，1910 年将是英国小说由传统现实主义向现代主义转变的一个重要时期，英国小说也实现了实质意义上的蜕变。福斯特（E.M.Forster）、乔治·伯纳德·萧、高尔斯华绥（John Galsworthy）、威廉·巴特勒·叶芝、乔治·奥威尔（George Orwell）、戈尔丁（William Golding）、艾略特、乔伊斯（James Joyce）、吴尔芙以及曼斯菲尔德（Katherine Mansfield）等，都是那一时期的作家代表人物。

在《福尔赛世家》（*The Forsyte Saga*）中，高尔斯华绥以批评的目光将资产阶级家庭及其社会关系揭露了出来，他的作品反映了资本主义生产方式下人们的生存状态及精神状况。其著作文笔清丽，在世纪之交英国社会的时代背景下，以自然主义的技巧解析各种道德问题，并对资本主义社会与法律进行了淋漓尽致的揭示与批评。福斯特在《霍华兹别墅》（*Howards End*）中，以英国的社会经济和文化、富人和穷人、男性和女性愈益尖锐的对立冲突为着手点，探讨了联结关系确立的方法。福斯特的作品里，长篇小说达 6 部，短篇小说集达 2 部，还有若干传记及若干评论文章。他的小说重现了从后维多利亚时代至第二次世界大战战后这一阶段英国社会的诸多方面，包括英国自由主义的前途、中产阶级知识分子的不安、英国的社会真实面貌与前途发展、英国同欧洲大陆及殖民地印度之间的微妙联系等。

乔治·伯纳德·萧通过社会讽刺剧、社会心理小说，揭露并批判了资本主义社会的道德、政治和文化，而他本人是英国著名的批判现实主义剧作家，也是享誉世界的幽默大师，一生受世人敬仰。乔治·伯纳德·萧也是费边社会主义者，他的著作广泛地涉及社会问题，表现了作者循序渐进、不断改进的思想，不断追求社会变革，既尊重传统，又追求进步，对英国绅士社会来说极具代表性，其现实意义也比较突出。

五、当代英国文学的发展

受当代文学思潮的干预，英国文坛在 20 世纪八九十年代出现了一批文坛新秀，艾米斯（Amis）在同时代人中名列前茅。他以其独特的写作风格和敏锐的洞察力为读者呈现出一个充满魅力的"新时代"。艾米斯（Amis）的作品里，现实主义叙事与意识流和黑色幽默、魔幻现实主义及其他现代手法可谓交相辉映。同一时期，许多小说家都对历史题材产生了浓厚的兴趣，进而为世人贡献出许多优秀的作品。在这些作品中，历史人物的形象发生了变化，不再局限于传统意义上的英雄或悲剧形象，且这些作品都受到后现代主义思潮的影响，评论家们称之为"新型历史小说"，它以叙述历史为特色，对"真实"概念进行不断追问，叙述者也可以收获自我认识。新一代妇女作家以拜厄特（A.S.Byatt）和德拉布尔（Margaret Drabble）姐妹为主要代表，这两位女作家专攻英国文学研究。拜厄特在《占有》（Possession）一书中，将维多利亚时代的诗人精神和现代学者的心态进行了对照，故事情节是以历史和现代两段情感经历并行发展起来，前后彼此融合，前者作用于后者。然而当代创作依然不拘一格，内容与风格丰富多样。戈尔丁（William Goldin）经过两次世界大战后，对于人性恶的刻画具备十足的时代感与深刻性特点。

第二节　美国文学的发展

一、近代美国文学的发展

美国文学，是近代美国资产阶级民族形成过程中的产物之一，它的发展又密切反映了美国资本主义社会的发展和变迁。[①]

（一）英属北美殖民地时期美国文学的发展

殖民时期，印第安人文化和早期移民文化并存，它们都有各自独特的历史发展过程。印第安人是北美洲土著居民，在欧洲人发现新大陆时，印第安人的社会制度仍是原始公社制度。在与大自然抗争的过程中，印第安人创造出了属于他们的文化，其以民间口头创作为主。他们还把自己的生活经验、风俗习惯都写进故事里，然后再通过口头流传，使之世代相传，形成一个庞大的民间文学群体。由于他们没有文字，这些传说是经过后世人的校勘才出现的，成为后世美国作家进行创作的灵感来源。

谈及美国文学，总是以移民的创作为源头。17 世纪初，一批英国人出于一些原因，开始向北美洲移民，慢慢开始了殖民时期的文学。由于在殖民地时期，移民所面临的问题是如何在这个新世界生存下去，他们忙于在陌生的荒野之乡建立自己的家园，因此没有人有时间和精力去专门从事写作，所以开始时文学发展比较缓慢，比较单一，也没有职业的作家，作者都是英国人。因此早期移民时期的文学多以个人旅行记录、书信、稗史、报告等为主，以及出版物中关于神学的研究文字，然后就是诗歌创作。第一位美国作家是史密斯（Smith），他的作品是关于新大陆的报告文字《新英格兰记》（*Description of New England*），诞生于弗吉尼亚州。17 世纪诞生了美国诗人，他们是布雷德福德（William Bradford）、温斯罗普（Edward Winslope）、布拉兹特里特（Anne Bradstreet）和泰勒（Edward Taylor）。

殖民时期存在很多诗歌，作品多以讲述真实事件为创作方式，读者看起来很容易感觉又长又枯燥。布雷德福德创作的《普利茅斯种植园史》，是极为宝贵的

---

① 周南京 . 外国历史常识近代部分 [M]. 北京：中国青年出版社，1980.

材料，行文朴实、情真意切、讲述直白，可读性强且十分动人。此外，布雷德福德又写有许多描写殖民地的信体小说、散文、叙事诗。《新英格兰史》是温斯罗普的作品。二人之作，实为难得的史料，记载着他们生活的那个年代发生的诸多大事件。他们那个时代的写作不完全从文学角度出发，仅仅是为了把重要事件用一种永久性的方式记录下来。但是，在直白、富有生气的诗歌形式的引导下，欧洲诗人的风格与美国新环境实现了互相适应，体现了新世界里存在的各种话题，每部叙事之作都是文学前进的注脚。布拉兹特里特和泰勒可谓将诗歌创作提高到一个崭新的水平。布拉兹特里特是美国第一个真正意义上创作出英文诗歌的人，她大多是用世俗之笔抒写妇女的所思所感，其诗集《美国新崛起第十位缪斯女神》（ *The Tenth Muse Lately Sprung up in America* ），运用了经典暗示手法对她本人进行了赞美。从整体看，诗作略显矫揉造作，却也称得上虔敬高雅、不乏鲜活。泰勒在诗中运用了 17 世纪英国主流诗人的创作形式与格调，语言极尽华丽，思想与想象相融。这些诗人也明显受到了英国的影响，布拉兹特里特向斯宾塞借鉴学习，泰勒的诗也受到了多恩、赫伯特等人的影响。然而，殖民地人民却受到欧洲启蒙主义学说的影响，民族独立意识逐渐萌芽并不断提高，他们开始用诗歌表达自己对祖国的热爱与渴望。爱德华兹的诗歌创作也反映了民族独立的思想。

（二）北美独立革命时期美国文学的发展

美国民族文学在独立革命时期初露端倪，独立运动使人们认识到了自由和平等的重要性。在独立革命时期，反抗和妥协尖锐对立甚至发生斗争，在这种背景下，作家们通过政论、演讲、散文等简洁又尖锐的形式参战，并因作战需要，反复钻研自己的语言艺术。在这一时期，诗歌以其鲜明的民族色彩得到了发展和提高，这个时期的诗歌具备鲜明的政治性特征，民间流传了很多革命歌谣。然而，北美殖民地人民为独立而奋斗时，社会生活中最核心的舞台是政治，具有影响力的作家均非专业作家，而是参加独立革命的勇士。

美国文学在独立革命时期，带有强烈的政治论辩意味与浓厚的政治色彩。纵观美国文学史整体，独立时期有着极其特殊的地位和作用，这一时期出现了一大批革命诗歌、散文，也涌现出美国最早一批散文家、诗人，这些为后来美国文学独立发展提供了充足的准备。一些小说家、戏剧家试图在历史、文化等方面对美国传统进行阐述，呼应弗瑞诺及其他诗人诗歌领域中的爱国主义情怀，试图让美国民族文学发扬光大。此外，这个时期美国文学仍然具有浓郁的欧洲风格，它的本土化进程正等待着 19 世纪浪漫主义文学的开拓。

二、现代美国文学的发展

（一）浪漫主义美国文学的发展

19 世纪二三十年代至南北战争后二三十年，是资本主义展开自由竞争的历史阶段，各个作家与群众深受民主思想和自由思想的鼓舞，在当时的文学创作中，占据主导位置的是乐观。在文学方面，浪漫主义运动进入了巅峰，风格各异的作家数不胜数，他们的作品无论在内容上，还是在形式上，都有明显的民族特色。评论界认为，这一时期的美国文学正在历经"第一次繁荣"。

华盛顿·欧文是早期浪漫主义的代表人物，是美利坚合众国成立以后的首位美国专业作家，其创作突破了美国对于英国的文化附庸，开创了美国文学、美国浪漫主义文学运动的先河，被誉为美国文学的鼻祖。华盛顿·欧文对殖民地时期逸闻掌故了如指掌，虽侨居欧洲数年，但他的作品更多的是描写美国，所以，其写作致力于挖掘早期北美移民的各种传说事迹，其小说开创性地将"美国文学"的概念呈现在人们面前。华盛顿·欧文性喜吟诗怀古，对于欧洲文明留存的残垣断壁、文物典籍以及旧世界的历史事件有浓厚的兴趣。经由他的想象力的加工处理，现实生活与历史传说融汇为一幅永恒的画卷，使他的作品更具风韵，更加熠熠生辉。华盛顿·欧文深受英国文学家司各特作品的熏陶，司各特作品里迷人的传奇精神和将周围环境里所有可被利用的材料元素处理为艺术珍品的激情，深深感染着华盛顿·欧文，为他提供了很多创作勇气与灵感。

自 19 世纪 30 年代开始，后期浪漫主义以先验主义为创作理论依据，梭罗（Thoreau）、迪金森（Emily Dickinson）、爱默生、麦尔维尔（Herman Melville）等人都是那一时期的杰出代表。梭罗是一位先验论思想家，也是一位虔诚的新教徒，他提倡回归自然，曾独自一人居住在密林环抱的湖边小木屋，经历"简单人生"，并且完成散文集《瓦尔登湖》（*Walden Lake*）的创作，在美国文学里，这是一部别具一格、出类拔萃的杰作，其主要观点是反对有组织性的社会禁锢人性，并以"超凡入圣""深沉而敏感的抒情"闻名于世。梭罗的激进思想深刻地影响了日后美国小说人物的个人主义属性。

（二）现实主义美国文学的发展

南北战争后，美国经历了数次经济危机，社会十分不安定，有人开始对"民主制度就是每个人自由和快乐的天堂"这一观点持怀疑态度。于是，资产阶级作家开始用现实主义手法描绘南方的社会生活，创作了一系列反映当时经济萧条的作品，揭露和批判资本主义制度下的阶级压迫与剥削。与此同时，在垄断资本逐渐形成的过程中，以劳资矛盾为核心的种种社会问题日渐尖锐化，作家们纷纷表示出对社会未来发展的担忧与绝望。因此，在社会矛盾十分紧迫的情况下，一些作家把眼光集中在了披露现实、反思现实上。在浪漫主义文学基调从乐观到怀疑的转变过程中，批判现实、揭露社会黑暗之作品不断涌现，这些作品多以农村破产问题、城市下层人民的苦难和劳资抗争为主题，许多作品还描述了海外侵略、种族歧视、政府企业互相勾结等尖锐问题，当然也不乏以空想社会主义情结为主的作品。

在 19 世纪美国历史发展进程中，最为重大之事莫过于南北战争了。这场战争使奴隶制度遭到空前浩劫，也使黑奴制得到彻底改造，从而奠定了资本主义发展的基础。这一历史事件反映到美国文学中，便产生了以黑奴制废除为写作题材的废奴文学。废奴制被视为反对奴隶制度的有力武器，而废奴文学则成为废奴主义的一种主要表现形式。与诗歌和小说类似，散文对废奴文学有很大影响。19 世纪美国废奴文学形成一股风起云涌之势，不少进步作家也加入了废奴主义者行列。废奴文学对废奴斗争曾起过很大的推动作用，同时，它也强有力地促进了 19 世纪美国现实主义文学研究的深入。此外，它又开创了文学史上 19 世纪现实主义的先河。南北战争以后，到 19 世纪后期，现实主义文学在美国得到了迅猛发展。这一时期的作家们以自己独特的视角和手法反映出当时社会生活中的一些问题，并见证了美国文学，特别是小说领域取得了不俗成就，呼应了英国维多利亚时代。现实主义主要对生活进行描写，直面真实生活场景，关注细节，并善于较为客观地重现某些事实。这一时期最杰出的小说家是马克·吐温（Mark Twain）、哈特（Francis Bret Harte）、霍威尔斯（William Dean Howells）及詹姆斯（Henry James）

等人，他们笔下的美国的风土人情往往散发着浓浓的乡土气息，并且着力于发掘人类内心世界，其作品表现了不同阶级的人生图景和内心情感。美国著名现实主义作家马克·吐温，因其不朽小说名篇而被人们熟知，尤其在其晚期反帝政论文中，抨击了帝国主义侵略行为，表达了他对殖民地人民苦难生活的同情和对他们反帝斗争的赞同。马克·吐温被称为幽默大师，是美国现实主义文学杰出人物之一，被尊称为"美国文学之父""美国文学中的林肯"。

（三）现代主义美国文学的发展

在美国文学史上，现代主义文学始于第一次世界大战，历经 20 世纪 30 年代的经济大萧条，直至第二次世界大战。在这个阶段里，由于历史情境发生了改变，社会场景日益复杂化，价值观念愈发混乱，这些使得作家深感不知道如何说明这种实际情况，由此也就出现了穿越、荒诞、幻想、夸张手法，重现人生乱象，并蜕变出新的创作方法与艺术，新的文学流派在社会中开始发挥作用。战后首次文学浪潮当属战争文学，如梅勒（Norman Mailer）的《裸者和死者》（*the Naked and the Dead*）和琼斯（James Jones）的《从这里到永恒》（*From Here to Eternity*）。这两本书所存在的共同之处是透过战争来描写小兵、下级军官和军事机构之间存在的冲突，也就是人的天性和扼杀天性的权力机构的矛盾。这些小说已触及了战后文学中最为引人注目的题材之一。斯泰因（Stein）和安德森（Anderson）为美国现代派小说开辟了道路。

右翼保守势力在 20 世纪 50 年代开始攻击激进主义，很多人从关注社会进步转向关注个人利益，并慢慢对文学失去热情、对历史失去信心。在后世的很多人眼中，这 10 年是"沉寂的十年""怯懦的十年"。在这个时期，左翼文学受到了极大的冷落。同时，在这一时期的各个作品里，资产阶级被描绘为正派人物，宣扬对权威服从，此类作品试图维持既定的价值秩序与现有的社会运转状态，但其影响力消失的速度很快。美国文坛中小说的成就自 1945 年起就慢慢超过了诗歌与戏剧。南方作家大都受到了福克纳（Faulkner）作品和南方传统的熏陶，其作品充斥着奇特、暴力的故事，作品人物大多具备变态心理，且作品往往采取哥特式手法进行表现。

三、当代美国文学的发展

当代美国文学的最显著特点，就是后现代主义文学占据了主流地位。后现代主义文学所表现出来的思想内容与艺术风格，对当代美国文学产生了广泛而深远的影响。在 20 世纪 60 年代，受后现代主义思潮的影响，美国文坛上流派纷呈，风格多样，从 20 世纪 50 年代的"垮掉的一代人"慢慢发展为 60 年代的超现实主义文学、黑色幽默文学、荒诞派文学以及色情文学和科幻文学等。多种文学题材，在不同角度上将美国的社会生活和美国公众的文化心理状态彰显了出来。

在这些作品中，黑色幽默派作品引人注目。生活中存在着的非理性与异化情况，能够给人更为深刻的印象，因此有的作家就在自己的作品里，采用夸张的手法和超现实的技巧，把快乐与痛苦、可笑和可怕、温柔和残忍、荒诞和古怪和一本正经结合在一起，从而让读者更深刻地理解人生。作者对于世界前景常常持悲观态度，即"黑色幽默"文学。"黑色幽默"的代表作家有约瑟夫·海勒（Joseph Heller）、品钦（Thomas Pynchon）、巴斯（John Barth）、珀迪（James Purdy）、弗里德曼（Friedman Bruce Jay）等。约瑟夫·海勒创作的《第二十二条军规》、品钦创作的《万有引力之虹》（Gravity's Rainbow），突出地刻画了人物身边世界的荒诞，以及社会对于诸多个体的打压，用无奈嘲讽的态度来表达环境与个体自身的不和谐，并且将这一不和谐的现象放大、歪曲，使之变得畸形、更为荒诞不经、更滑稽，给人以沉重痛苦之感。就创作方法而言，"黑色幽默"的作者们还突破了传统，小说情节逻辑联系不是很紧密，往往将讲述现实生活的内容糅合在幻想、回忆之中，将严肃哲理插科打诨地表达出来。

再有就是"新闻报道""非虚构的小说"这些新型文学样式。部分作家认为，现实生活中的怪诞，已超出作者的想象范畴，费时费力虚构小说，倒不如以写小说的方式，描写那些在社会上引起轰动的事迹。这种写法实际上是对"新闻报道"文体特征的模仿与借鉴，且这种体裁使得报道者在对事件的描述中，可以夹杂着自身所见与联想，还能运用多种象征手法。另外，与犹太人的文学、黑人文学不同，南方文学在这段时期也有所进步。而这个时期纽约作家并不具备南方作家拥有的心理因素。他们中有些人是出于政治需要而写小说，有些人则是为了满足个人趣味而创作小说。因为他们服务于纽约的几家杂志，所以人们更愿意把他们放在一起进行讨论。在这些杂志中，评论和小说常常冲击着美国文学中的风尚。

作为评论家，特里林（Trilling）、麦卡锡（McCarthy）都富有见地，契弗（John Cheever）和厄普代克（John Updike）的作品对大城市郊区居民的心态和思想进行了探讨，其笔触诗意感十足，又不失讽刺意味，并且从东北地区的中产阶级出发，绘制出一个个工笔精美的风俗景象。这些批评家都以自己独特的视角审视着都市中的人及其生活方式，他们的评论和小说也深刻影响着美国文学界。

第三章 生态视域下的英美文学

本章为生态视域下的英美文学，主要包括四个方面的内容，分别对西方的生态观、生态文学的思想内涵、英美生态文学的主要意象以及生态视域下的英美经典文学进行阐述。

第一节 西方的生态观

一、自然伦理对话

14～16 世纪在西欧兴起的文艺复兴运动，其中包含着一种在当时来说是全新的自然观念，就是人性的自然。顾名思义，所谓人性的自然，就是将自然环境本身看作人类生存和活动的主体空间，是人类生存的一种象征，是附属于人类本身的一种物质。就像"文艺复兴之父"彼特拉克（Petrarch）所认为的那样，把时间、乡土和鲜花都放进歌里，这一切的一切都只是因为劳拉之美而美。

在欧洲的启蒙运动之中，思想家们本身也是文学家，他们对自己身处的那个时代进行了深入的思考，不仅是文学和思想方面，在政治等方面都有所涉猎。甚至在当时，还有一部分启蒙思想家提出了"重组世界"的愿望。随后，也有不少文学家和思想家在阅读多伏尔泰的这部作品后，认为这就是"伊甸园"的变型，其中也将伏尔泰当时的想法表现得淋漓尽致。

在此之后，继续沿着启蒙主义道路走的思想者和文化家还有许多。但是，也正是在这里，经过长时间从文艺复兴到启蒙运动所形成的自然观开始由真理走向谬误。从尼采的观点中，我们也可以大致推论出来，那就是人与自然之间已经失去了以往所具有的"神性"，人类行事都是全凭理性思维，是自己决定自己的命运。事实上也是这样，理性本身就好像是潘多拉魔盒上的锁，而钥匙还是握在自己手中。在尼采眼中，"自然伦理"也已不复存在，它已经变成可任由"社会群体中精英分子"宰割的东西，一切都被人类本身物化了。现在全球各个国家所储备的核武器数量已经足以毁灭地球数十次，而人类究竟会选择在何时、在什么样的境地之下去使用这些武器，一切全凭"精英群体"做主，而事实上，他们心中一直存在"一杆秤"，这杆秤一直以来也保持着微妙的平衡，但是一旦这种平衡被打破，生存了数以亿年的地球俨然就会变成宇宙之中的尘埃，这并不是危言耸听。也只有到了这样的情况，面对这样的现实之时，自然伦理才能够重新被人类拾起，才能够恢复以往的权威和光芒。

二、浪漫主义文学的自然观

从漫长的欧洲文学发展历史来看，人们对于自然的否定态度最终在尼采的宣告和启蒙运动的开展过程中达到了顶峰。但是，与之相对立的是，启蒙运动不仅提出了"改造世界和建立理性王国"的观点，也同时提出了"回归自然"的观点，这在卢梭所创作的文学作品中可见一斑，他也是浪漫主义文学的开创者。这种思想观念倡导的是，人类要回归自然，要热爱自然，这就是浪漫主义文学的主要观点，随之又形成了人与自然关系的否定之否定，人们对于自然的认识又开始恢复出以往的神性光彩。毫无疑问的是，光凭卢梭一人是无法完成整个否定过程的，当然他也并不是要倡导人们完全回归到森林之中去生活，最终依靠的还是英国的浪漫派诗人，从他们的诗作中我们可以清晰地窥探到人类回归自然后的尊严所在。

对于浪漫派诗人来说，他们对于自然是始终虔诚的，对于自然始终保持着敏锐的观察和洞察力，在这些诗人眼中，自然就是他们生活快乐的重要源泉，保持着淳朴本性，人们的内心之中也还始终具有儿童天真的灵性。而长期生活在"钢筋铁骨"之中的现代都市人，显然亲近自然对于他们来说就是一种奢侈，就算遇到蓝天白云和鸟虫鱼兽也很难再打动他们被现代科技所麻木的心灵了。毫无疑问，人们的悟性已经不再从自然之中获得，没有大自然的依托和支撑，就算人们经过长时间的实践和探索会变得精明，但其中的智慧只会越来越少，人们逐渐被物欲和金钱蒙蔽了双眼，在每天匆忙的生活中开始变得麻木和孤独，自然也是很难再体会到真正的快乐了。浪漫派的诗人之所以尤其钟爱将儿童和乡村百姓并将其作为自己的创作对象，就是因为这是距离大自然最近的社会群体，他们与自然的接触也是最多的、最广泛的、最直接的，这类群体与大自然之间是不存在任何中介的，他们都是通过最传统和质朴的方式感受自然和认识自然，也正是因为这样，他们才能够在心中始终保留一份童真和质朴。因此，他们应当在现代人与大自然中间充当媒介和中介的作用和身份，帮助麻木的现代人重返自然，重新回归到自然的怀抱之中。

我们要知道，浪漫主义诗歌中的自然并不是我们单纯意义上的物质化自然，而是在诗人在创作文学作品之时将自己的内心世界与外在的物化世界连接在了一起，通过某种文学手段将诗人本身的内在情感客观处理，以此来实现真正意义上的"物我交融"，达成和谐境界。其中，比较有代表性的作品就是雪莱所创作的抒情诗作品——《致云雀》（*To a Skylark*），诗中的云雀其实就是诗人的化身，云雀在天空之中自由翱翔，俯视世间万物放声歌唱，厌弃世间的一切奢侈和浮华生活，用最炙热的感情和最动人的文字来抒发自己向往自由的愿望，述说着内心的忧伤。或者我们也可以说，寄托了他对自由的向往和终身的艺术抱负。除此之外，还有英国著名的浪漫派诗人济慈，他所写的《夜莺颂》（*Ode to A Nightingale*）中同样也包含了作者本人对于未来的无限遐想，他试图通过文学创作和酒精进入理想世界，伴随着动听、美妙的夜莺的歌唱在自由的世界之中遨游，最终达到永恒的境界。另外，夜莺本身也是幸福和快乐的象征，这也是作者抒发自己期望的一种途径和方式，渴望达到一种崇高境界。

从浪漫主义诗人的角度出发，诗人将自己生命的地位看作和大自然等同，从而沟通人与人、自然和社会之间的关系。与此同时，浪漫主义派诗人崇尚自由，期望能够通过文学作品将处于工业文明重压之下的人们"解救"出来，将当时人们的生存发展等同起来，期望能够建立起一种将现在的人与社会、自然和未来连接起来的伦理道德原则。由此，我们从生态角度出发去看待浪漫主义派的诗歌作品就会发现，它们绝对不是仅仅在歌颂自然和山水，其中其实融入了不少对于社会现实和历史的控诉与呻吟。虽然从某些角度来看，浪漫主义诗人的自然观理念中是包含很大一部分的非理性内容的，但他们归根结底还是从解释自然、拯救人类灵魂的角度出发，以促进社会和谐发展为最终目标来进行理性思考的，是具有一定现实意义和建设性作用的。

第二节 生态文学的思想内涵

一、生态责任

（一）保护、回馈自然的责任

美国著名的环境保护主义者利奥波德（Leopold）认为："我们蹂躏土地，是因为我们把它看成是一种属于我们的物品。当我们把土地看成是一个我们隶属于它的共同体时，我们可能就会带着热爱与尊敬来使用它。"由此，他一直倡导的就是将每一个社会民众都看作生态整体中的一分子，也就是说"在一个土壤、水、植物和动物同为一员的共同体中，承担起一个公民的角色"。这里利奥波德所提到的"公民"，指的并不是社会意义上的人类社会公民，而是生态共同体中的公民，是从自然角度来说的。从这个角度来说的公民不仅要尊敬生态共同体本身，同时还要尊重其内部的其他公民。往往这样的公民是可以被称作"看见在一个共同体中的死亡迹象的医生"，他们不仅有义务，而且有责任去医治自然受到的创伤，同时保护它不再受到伤害，不再面临死亡的危险。[①] 因而，利奥波德明确表示，每一个人都有保护生态共同体的责任和义务。

加拿大作家莫厄特（Mowatt）在其所著的《被捕杀的困鲸》（*A Whale for the Killing*）中就赞许了人类这种保护自然的行为。这本小说的主角就是一头被困住的鲸鱼，它主要讲述的是一头长须鲸被困在了纽芬兰西海岸的一个小海湾之中，这不仅是一头母鲸，而且还怀有身孕，但是一些爱好打猎的人却把它当作靶子，这是一种十分恶劣的行为，但是这时有一些极具自然责任感的人出现了，他们不顾自己的生命危险去解救这头被困的母鲸。显然，对于这些伸出援助之手勇于保护鲸鱼的人来说，这对于他们的生态道德来说是一道严峻的关卡，他们就将鲸鱼看作人类一样，像保护自己的同伴那样去保护这些生命。他们不断探索新的途径将这头鲸鱼解救出来，不管天气如何，始终如一地守候在鲸鱼身旁，同危及它生命的人作斗争。作者创作这部作品的目的，就是呼吁人们保护自然之中的每一条

---

① （美）奥尔多·利奥波德著；姚锦镕译. 沙乡年鉴 [M]. 北京：中国致公出版社，2020.

生命，因为随着社会科学技术的发展，环境污染也在不断加重，有数以万计的生命正在离我们远去，我们必须要改变自己以往传统的价值观念，这是刻不容缓的事情。人类必须要具有保护自然的意识和价值观念，让他们意识到保护自然是自出生以来自己身上就背负的责任和义务，要通过不断的研究和实践探索出一条有益于自然的社会和国家发展之路，减轻环境污染，减少对于自然资源和环境的掠夺，以此来缓解人类与自然之间的紧张气氛和关系。

苏联当代抒情小说《鱼王》（*Czar Fish*）一书中提及，人类要平等、客观地对待自然，只是一味地索取，这对于为我们提供生存环境和空间的自然来说是十分不公平的。"到何年何月我们才会学会不仅仅向大自然索取千百万吨、千百万立方米和千百万千瓦的资源，同时也学会给予大自然些什么呢？到何年何月我们才会像操持有方的当家人那样，管好自己的家业呢？"①

（二）物质生活简单化的责任

所谓物质生活简单化，指的就是把将人类生活与社会发展等的基本物质需求控制在生态系统可以承受的范围之内，从而追求更为丰富的精神生活。在生态文学家们的眼中，这就是每一个社会公民应尽的义务与责任。

著名的美国作家梭罗（Thoreau）就对"简单的生活"进行了深入探索，在世界范围内也引起了广泛的轰动，其中他所著的《瓦尔登湖》（*Walden Lake*）就是其中的一部代表作，他在书中说到："简单，简单，简单吧！……简单些吧，再简单些吧！""根据信仰和经验我确信，如果我们愿意生活得简单而明智，那么，生存在这个地球上就非但不是苦事而且还是一种乐事。"假若我们能够成功将生活简单化，那么最终"宇宙的规律将显得不那么复杂，寂寞将不再是寂寞，贫困将不再是贫困，薄弱将不再是薄弱"。"我们为什么要生活得这样匆忙，这样浪费生命呢？"我们为什么不能把我们的生活变得"与大自然同样简单呢"？②

持有这种理念的生态文学家们，他们期望人们能够真正沉下来心来去生活，能够改变以往不良的生活和消费方式，从而达到他们改变人们价值观的目的。这些学者由衷期望未来能够在这样的社会中生活，金钱、权力和地位已经不再是成

---

① （俄罗斯）维克托·阿斯塔菲耶夫著；夏仲翼译. 鱼王 [M]. 桂林：广西师范大学出版社，2017.

② （美）亨利·大卫·梭罗著；刘绯译. 瓦尔登湖 [M]. 北京：北京联合出版公司，2020.

功人士的标志，也不再是人们评判一个人的标准，相反普通社会民众会认为这些人过多地浪费了社会和自然资源，认为这种行为是十分可耻的；高档消费也不会再引人艳羡，反而会受到人们的谴责，这是因为这种行为绝大部分都会污染环境，显然这对于环境保护是不利的；那些以牺牲自然和后代生态利益为代价而最终换来的经济发展，也会受到人们的鄙夷，人们不会为这样的"成功"买账，通过降低国家和社会经济发展速度的方式，来偿还自己所欠下的生态账务，通过减少平均收入来解决经济发展不平衡、地域之间贫富差距大等问题，以此来保证社会内部分配的公平公正，这样的行为反而会受到世人极高的赞誉。

二、生态整体观

（一）自然是一个整体

在 1851 年发布的《西雅图宣言》（*Seattle Declaration*）中就明确提出了生态整体观的相关概念和理论。世间万物共同构成了完整的生命主体，内部的每一个个体都是紧密相连的，整体的利益是高于个人利益的。

《俄罗斯森林》（*Russian Forests*）里写道："自然界是统一的有机体，从长远来看，牵动它的任何一点，都会对整个有机体产生影响，即使在最边远的地区也是如此。"①

在以"海底"为题，发表在《大西洋月刊》（*he Atlantic*）上的作品中，就论述到了一个贯穿于其全部文学作品的哲学思想，那就是自然本身就是一个严密的体系和系统，其中的任何一个生物个体都与整个体系和其他生物之间保持着密切的联系，只要是其中的一个环节被破坏，自然就会导致整个系统"运行程序"的紊乱，这造成的后果是不可想象的。

长诗《树木》（*Trees*）中，也蕴含了深刻的科学哲理，那就是森林之中的动植物与人类所组成的食物链和它们之间的固有联系。对于这首作品所具有的生态意义和价值，我们可以从以下两方面内容来说，其一是脱离了生态考量的作品善意是不符合自然规律和法则的；其二是人类本身就已经享有了大自然馈赠的"供给"，不能够超出自然承受范围去索要的，这显然是非常残酷的事情，同时还要

---

① （苏）列·列昂诺夫著；姜长斌译. 俄罗斯森林 [M]. 哈尔滨：黑龙江人民出版社，1984.

将自己在大自然供给之下所获得的智慧或科技成果应用于大自然的保护之上，用以维持正常的自然生命规律和保护生态系统的整体稳定。

加拿大作家莫厄特同时也在自己所写的《再也不嚎叫的狼》（*A Wolf that Never-Howls Again*）一书中详细阐述了鹿和狼在生态系统中所发挥的作用。但是，我们需要清楚的是，这本书本身的创作目的不是向人们阐明狼、驯鹿与自然之间所存在的生态关系是如何的，作者的目的是通过对森林中个体的详细阐述让读者清楚自然环境中的每个生物个体之间都存在天生的固有联系，这是不可被斩断的。如果人类不听劝告，一意孤行，选择大规模地消灭其中一个物种，最终受到影响的可能不仅是这个物种，其他与它联系密切的生物也同样会受到影响，层层递进，甚至严重时会导致整个生态系统的崩溃和紊乱。

（二）从生态整体利益的角度审视人和万物

在利奥波德看来，我们就是要从生态系统的整体高度去仔细审视每一个问题，去衡量不同的因素对于生态系统所造成的影响和未来将要针对不同问题采用怎样的解决途径。显然，这种从生态整体主义观点出发的价值标准是，只要是有利于维护生命健康、维护自然和谐的行为都被判定是正确的，相反，其他行为自然就都是错误的。

著名昆虫学家法布尔（Fabre）就在《昆虫记》（*The Records about Insects*）中对于人类本身非常讨厌的昆虫——食粪虫等大加赞赏，而之所以法布尔有这样的看法，绝不是因为感伤主义作家本身所具有的那种"矫情"（感伤主义小说中的主角往往因为一只苍蝇都会感动得流泪），而是基于它们在维护生态系统平衡过程中所发挥的作用和价值层面来说的。在他看来，大自然中的每一种昆虫都是有它自己的存在价值和理由的，都是会对维护生态系统的整体利益起到一定程度的正面影响的。而大自然本身所存在的这种"自然整体美"的观念就教育我们，使我们于整体高度上改变对于一些其他自然生物的认知，摒弃原本的人类中心主义观念，这样看来食粪虫其实也是很美的，也是很干净的。

由此看来，我们变化看待世间万物的角度，尝试从生态系统整体层面出发，这样人们就会惊喜地发现，世间的一切都变得那么不同，自然对于不同生物个体的评价也就会发生翻天覆地的转变。

　　扎鲍洛茨基（Zabalotsky）在其所著的《诱惑》（Temptation）之中也针对人类中心主义的一些价值观念进行了讽刺和抨击，他认为这样的道德和审美观念是完全无法接受的，只有站在大自然的整体高度上看待事物，这样才能真正显示出自然界中万物的美感，才能帮助人们去更加深入认识和了解自然。而从生态整体观的角度出发，我们再重新去认识这首诗，就会发现其实腐朽本身就是一种美，这也就是为什么我们经常会说"化腐朽为神奇"，这也是化个体腐朽为整体美丽的一个过程。也正是因为这样，作者选择在诗歌的最后部分再次讴歌这种更高层级的美，也就是自然整体的美。

　　生态整体主义倡导，人们要从新的高度去认识和看待问题，从更高的高度去发现大自然的内在运行规律，学会用不同的尺度标准去衡量和审视自己，那就是一切以生态系统的整体利益为基础来对自己的行为和思想进行约束，这应当被人们当作社会发展的最终目标和出发点，一切行为都是以其为准则来完成的，是我们评判一个政策、体系或行为的最终标准。这是因为，只有生态系统保持完整，能够正常运行，为人类生存提供源源不断的供给资源，我们才能持久地生存下去，才能维持正常的生命活动，才能够得到发展和进化。总而言之，保护生态系统并不是仅仅是在保护自然本身，归根结底，保护的也是人类自己。

第三节　英美生态文学的主要意象

一、自然的涌现与灵魂的守护

　　毫无疑问，生态问题最终还是要落实到人与自然的关系问题上。而生态类文学作品和作家热衷描写的对象，还是集中在现实的自然现象和整体的自然范畴之上，从这个角度来说，自然意象也就自然具备了不一样的价值和意义。通常情况下，我们一说起自然，想到的自然就是生命、野性、自由和大地等，但这并不是它的全部，其本身所具有的巨大包容性也一直被我们所推崇，是我们得以长期生存和发展下去的重要根基和背景，是所有生命的共存之所，是人类文明的发源地。无论是从何种角度来看，自然是孕育世间万物的场所，是顺应天地法则的状态，它一直都在人类的物质和精神生活之中占有着十分重要的位置，是始终与人类的生死存亡保持着十分密切的联系的。与此同时，研究发现，人类所发明的最早的文字就是在和大自然的交往过程之中产生的，而生态类型的文学写作也自然与大自然脱离不了关系。

而一旦我们将自然当作一种商品，将它赋予了消费属性和使用价值，人们自然在心中对大自然所抱有的那份神圣感就降低了，甚至消失殆尽，到了这时，自然也就即将走向毁灭。从现代语境的角度来说，提到"自然"一词，人们首先想到的就是"大自然"，其中既有花草树木、飞禽走兽，也有日月星辰，是人类和动植物的栖息之所。但实际上，如果我们从词语的本源来理解，将自然看作一个整体，那么它就是由无数实物所组成的"自然物"，这也是我们生存的依据所在。

在古今中外的众多经典名作中，我们都可以发现许多致力于表现自然的作品。在人类社会发展早期，人们的智力水平、文化素养和视野等都尚处在愚昧阶段，就仿佛是刚出生的孩童一般，鲜少具备自我和对象意识，也很难将自我与自然区分开来，认为自然和人类都是一样的，都是等同的。在人类社会早期主要通过"神"的力量来看待自然状态的变化，从本质上来说，人们在当时对于自然的情感还是包含敬畏心的。

研究发现，从古至今有关人类起源的故事之中，都会有自然的身影（动植物、大地等），都是有关于人与自然之间的关系，而所谓"征服自然"也仅仅是一种假象罢了。但是，现实情况却是，自然的发展总是不能如人类所期盼，与人类之间的关系也并不总是和平共处的，实际上它是要按照自身的运动发展和规律来呈现。如果从人类的角度出发来看，我们会认为大自然对待人类的方式总是略显残酷的，甚至其中带有毁灭性的一面，这种特征在自然灾害爆发之时尤为凸显。但是，自然灾害与生态灾害二者从本质上来说还是不同的，其中自然灾害的产生原因主要是非人为因素（多是自然地理运动），甚至当其爆发时，地球自身也是无力阻止的，如火山爆发、海啸和地震等，整个地球都被一种强大的力量所控制。当然，生态灾害与自然灾害二者也还是有一定联系的，这是因为往往自然灾害产生的同时还会引发生态灾害，而这也正是人们畏惧自然的一大重要原因。大自然的气候变换万千，这单单依靠人类的力量是无法控制的，由此，当人们意识到这一点后，生态文学家们开始将更多的自然意象化作主观情感的隐喻因素，而它也随之成为能够象征人类精神文明的一大重要因素。

　　自古以来，中国文学中就包含有自然元素。从《诗经》之中，我们就可以发现有关大自然的描写，但这仅仅是自然文学创作的苗头而已，在这时自然意象还并没有被诗人和文学创作者们重视起来，也没有被当作一个有生命的形象来看待。在此之后，虽说也还是会出现一些描绘祖国山水的文字，但这时的文学家们也仅仅是将自然山水当作他们抒发情感的陪衬而已，从很多名篇佳句中可以发现，当时的自然山水还是主要作陶冶情操之用，但是有关自然本身和人与自然关系的内容表现得并不多。在我国古代，文学家们还是较为擅长通过精神性质的活动来表现实体的"自然物"，如山水和天地等，来抒发自己内心的情感。除此之外，中国传统文学之中还存在大量的"借景抒情""托物言志""情景交融"等文学创作手法，但是总体来说，在他们眼中，自然还只是纯粹的景物而已，并没有把它们当作文学形象来看待和描绘，作家主要表现的还是人本身。另外，之所以我国的古代文学创作者将自然看作审美文化的重要范畴之一，还有一个原因，就是"自然"一词本身是包含"自由"的含蕴的。古代文人对于自然的理解多是来自《老子》和《庄子》这两部文学巨作，由此学术界内习惯于将自然认为是"自己如此"，这也是他们对于自然的基本认识和规定，随之衍生出来的，自然就代表了一种自然而然的状态，也就是"自由"。正是因为这一方面原因，这种带有自然意蕴的"自然"逐渐从自然范畴被划归到美学范畴，而带有实体性的自然也正是因为带有自由属性而被人们当作理想状态的审美对象的象征，而其中所蕴含的美学内涵则是根植于理想状态的自然之中。而实体的自然意象是如何成为人类自由象征的呢？主要还是因为其本身所具有的外形特征和与人类自由本质之间的异质同构关系而造成的，而作为"自然物"本身的本质特征和内在运行规律则是很少被古代文人墨客们所注意到，这主要是近代自然科学家们的研究和讨论范畴。

　　同样，欧洲文学历史上有着"书写自然"的传统。在大量的早期欧洲故事中，我们可以发现大量描绘自然强大生命力的内容，由此自然开始成为人们感受生命脉搏的一个重要舞台。面对大自然无时无刻不在发生的万千变化，人们从其中窥探到了来自自然的神秘力量，但是对于这种力量人类显然是不具备能力去控制它的，而认为能施加干预的只有万能的神灵。在人类社会早期，人类的基本生存和温饱都是无法保证的，只能依靠大自然的资源供给，但是这个富含丰富资源和生命力的自然开始逐渐激发起人们的想象力和创造力，人们开始对自然抱有无限的敬畏感，同样，自然也不可能仅仅是为人类提供食物和生存空间而存在的，其本身也是一个具有丰富情感内涵的个体，从人类的角度来看，自然是神圣的，是有着强大的生命力和意志力的。而作为自然之中个体的日月星辰和花鸟鱼虫等之中自然也是蕴含着强大的生命和神奇力量的，是充满灵性的。从某种程度上来说，它们就是影响人类生死存亡的关键因素，也正因为如此，大自然在人们心目中的地位是无比崇高的、是神圣的。

而当人们为了维持自己的生存状态不得不向自然索取物资时，他们会把这一切都当作自然界的无私馈赠。体现在生产实践生活中就是，人们在劳作之前会祈求风调雨顺，而在丰收之时也会感谢大自然的馈赠。与之相对的是，人们在面对这股未知的神秘力量时，心中并没有过多的好奇，因为无端窥探只会招致来自然的不满，认为这是对于他们所崇敬的自然的一种亵渎。在更多时候，他们只是会用心去思考、去观察，欣然接受来自大自然的"礼物"，也欣然接受大自然为我们安排好的命运。但是，随着文艺复兴运动和启蒙运动的开展，人们的思想得到了解放，大自然也就不再神秘，面纱被"科学"所揭开，这时的文学作品中的文学意象就被物质化了，是可被人们任意改造的物质化对象，因为科学技术的发展，人们已经具备能力去开发和获取自然之中我们想要的资源了。但是，浪漫主义派诗人又再度从自然中挖掘出了"自由"理念，也开始出现更为独立的文学表达形式，同时工业文明进程的不断推进，社会现代化的程度越来越高，这也使得自然和野性、慷慨等精神特质被不断凸显出来，开始出现在更多的作家创作的作品中。但总而言之，在西方文化世界之中，自然已经失去了它在人们心目中原本的地位，是异于人类的一类对象，是可以凸显出其英雄本色和主体精神的一类对象。

自然就是人类生存的依靠，而它同时也赋予人类生存的无限多的可能性，因为自然本身的状况是会影响到人类的生存基本情况和质量的，甚至影响到人类的存亡。同时，人类内心深处的潜意识也认为，自然与人类是最亲密无间的，是深藏在内心最原始的情感所在。也正是因为这样，当我们在面对自然时，心中总是会涌起一股无名的感动和温暖，当看到一些被破坏得支离破碎的自然景观时，同样也会感到惆怅与忧伤。20 世纪著名的德国哲学家海德格尔，从简单的一双农鞋中就可以看出农妇当下的生活境况，人类从自然中窥探到的就是对于生命的一种敬畏和承诺。但是，一旦自然陷入了危机，甚至无法保证最基本的生存状态时，那么对人类生存所带来的影响自然也是巨大的，人们的生活也会受到不小的影响。在这时，自然就仿佛成了一面镜子，而镜子之中映照出的就是人类此时此刻的"内心样貌"。我们在评判人类的存在价值时，是不能通过他们的物质储备量来判断的，这是因为过度的物质需求和物质积累反而会增长人类心中的不正之气，会使人类的精神形象逐渐萎缩，会使人们在物欲横流的生活中忘记自己真正的需求，忘记自己的初心。而生态文学中所表现的自然观点是我们在日常的生活之中很难意识到的，帮助我们意识到了自然的不可替代性和作为生命场景存在的重要性，是在深度思考人与自然的关系过后提出的。但是，有关文学之中的生态描写，并不是在鼓励我们回归到原始时代，因为在当时的愚昧年代，人们的生态意识还没有被真正确立起来，一切都还只是基于人类本能而行动，自然身上还附有一层神秘的面纱，所有的一切都只是基于感性因素而非理性因素。从其中我们也可以看出，当时人们对于自然和世界的认识程度都还是比较浅的，人类尚不具有自我意识，只是将人类的本质力量抽取出来，继而投射到自然之上，这样的认识方法显然是盲目的，而我们对于自然的认识就只限于恐惧和崇拜，人类本身的力量被完全忽视，失去了本应具有的自我活力，这显然与生态思想观念是背道而驰的。而到了现在，人类文明在历史的长河中不断发展，自然的神秘面纱被揭开，将自然力量视为绝对性力量来压制人类的创造性行为和活动，这显然已经是完全不可能的了。在原始社会时期，人们的生产生活还停留在传统的农耕和畜牧阶段，人类数量不多，分布在广袤无垠的大自然中就显得十分渺小，这时的人类就只是自然界中的一员。随后，因为各种客观和主观因素的影响，人类文明得到了进步和发展，人类数量和密度也不断增高，由此人类开始更加依赖于自然，对于栽培植物和养殖家畜也更加重视，在这样的情况下，大自然开始逐渐向着人为（人类）自然转变。经过了数千年的历史发展和变迁，地球上的若干地域已经成为人为化程度较高的自然，而最终我们所看到的结果就是成了"不毛之地"，而人类没有涉足的自然区域基本已经不存在了。但是，从另外一个角度来说，人类文明就算是在以很快的速度不断演进和发展，但归根结底，人类也只是自然界中的一员，是抵抗不过强大的自然力量的，正是因为这样，虽然在未来从外表上看来自然已经成为"人类自然"，但实际上这也只是人类形象的一种映衬罢了。

另外，随着人类科学技术发展的不断成熟，人类也在加深对于自然的理解和认知，这就要求生态文学家在创作文学作品时，一定要超越传统本身去描绘文字和历史，应当展现出符合现在人类精神风貌的文字，应当对人与自然新型关系的探讨进行着重描绘。显然，现在的自然已经在新时代背景之下有了新的文学内涵，成为和谐生态系统的象征，其中所包含的内容也十分丰富多彩，如自由、绿色、健康和和谐等。在传统文学作品中，他们对生态的描绘能力是十分有限的，归根结底还是因为受到当时的时代环境影响，人类都是在自然的压制之下生存的，而自然则是能够在当时最大限度地维持自然状态下发展。因为当时人类还没有经历思想解放的过程，科学的发展程度十分受限，作家受到当时这些客观因素的影响还没有形成自己独立的生态思想和立场，因为文学家们看待世界和自然的眼光和角度不同，这也使得当时出现了各种各样的生态文学表现形式，甚至出现了生态保护与反生态文学观点共存的情况。举例来说，美国著名作家海明威在其所著的《老人与海》（*The Old Man and the Sea*）一书中，就在一方面承认了自然的力量是无穷的，是不可抗拒的，因而人类的行为和活动应该在遵从自然规律的基础之上进行，但同时作者又鼓励人们勇于与自然力量进行抗争，要具有征服自然的美好愿望和勇气。除此之外，在我国的一些古代作品中也常常出现藐视自然力量的英雄主义作品，这些作品过分夸大了人类自身的力量，描绘出了众多十分经典的英雄人物，如愚公移山和后羿射日等。

对于生态文学写作来说，一直以来自然写作都在其中占有十分重要的位置，甚至于有部分专家学者直接将生态文学写作称作自然写作，这是因为在进行生态文学的写作过程中自然的内涵得到了升华和发展，有了与传统相比不一样的文学价值。除此之外，自然还有一种独立于人类的存在价值，那就是"展现自己"，我们通过观察和深入了解自然，也可以感受到一种自在生成之美。自然本身并不是静止的，而是在不断的历史演进过程中不断上演生命的诞生、竞争和毁灭等"大戏"，是生命流动的一种印证，也是人类群体最早的智慧源泉。这是因为，原本人类就只是自然界中的一分子，就是生活在自然之中，自然对于大自然会有一种无形的、天生的亲近感和熟悉感。除此之外，我们还意识到，人类精神层面的满足是少不了对于生命自然性的满足的，就算是随着时代变迁，人类文明发生了天翻地覆的变化，但人类自始至终都在追求"生命的自由"。

同时，作为一种特殊的文化符号，自然为文学创作和人类文明发展提供了一片沃土，但是到自然之中去探寻生命奥秘的人却发现，自己与自然之间始终隔有一层文化面纱，看不着、摸不透。而这时，就是生态文学写作散发光和热的时候，写作可以通过多种多样的形式、手段将人类与大地、天空、生命和血脉等连接起来，在读者感受血脉流动和乡土情的时候慢慢渗透生态思想和生态意识，让读者从全新的视角去感知世界，用新的文学表现形式去认识和批判世界，自然意象有了新的文学价值和含蕴。我们开始从自然意象中去探寻藏于我们生命背后的、最本源的东西，随着时间的不断推进去不断拓展我们的生命视野。

二、田园与荒野的诗意向往

在众多自然意象之中，田园与荒野一直是生态文学作家们十分钟爱的一类，也是长期以来人类感受自然最直接的地方。田园和荒野不仅与人类所生存的现实社会形成了鲜明的对照，同时也会为都市人提供一个心灵的栖息之所，因为本身城市生活的喧嚣不安就会与田园之中的安详和宁静形成对比，人类内心自然会产生一种对于自然的归属感。而为什么自然物象会成为人类审美的重要象征与代表符号，这一点我们在前文也有所提及，是因为其本身存在的生命律动感和人类心灵存在异质同构的，由此人们心中就会留下针对自然物象的强烈印证，由此其成为重要的人类审美象征。所谓田园，其实指的就是那些没有受到丝毫污染的乡村生活状态和自然景观。从我国的传统的乡土文学写作开始，田园和荒野就一直就是人们逃避现实枷锁的"灵魂港湾"。随着人类思想的不断解放和文明体系的不断壮大，越来越多的人开始搬到城市之中生活，人与自然之间的天然联系就这样被切断，人们也逐渐被繁忙的生活麻木了大脑和精神，甚至原先紧密的关系已经不复存在，在物流横流的时代之中，人们不再对大地和田野产生"惺惺相惜"之感。正是因为这样，生态作家们开始将田园和荒野等意象运用到文学创作之中，在他们的笔下，田园生活都被诗意化、距离化和理想化，读者得以抱着一种超越姿态去感受浪漫主义气息，在古典情调之中徜徉，在文学作品之中真切地感受大自然的美好和自由自在。

当田园和荒野成为文化符号，传统的文学表现形式也开始增添一种乡土气息和怀旧之感，读者能够从这样的生态文学作品中感受到家国情怀和自然意识。从本质上来说，传统的乡土文学与生态文学之间还是存在很大不同的，在传统文学作品中，田园和荒野就只是主人公的生活背景和环境，或是为与都市生活形成对比而存在的，是与美好的淳朴人类品格相对应的客体，作家主要想表现的就是人类本身，是人情，更多的也是逃避都市生活的一种方式，期望在文字中能实现自己的理想化生活，是缺乏更为有力量的精神内涵和审美价值的。而在生态文学之中，显然其中的田园和荒野式的原生态生活方式已经成为人们对抗工业文明和物质享乐主义的有力武器，人们可以在字里行间寻找到"梦中的场景"，能够弥补他们在现实生活中的缺失性体验。这时生态文学中的乡村也并不是现实意义上的被人为化和科技化的乡村，而是始终与大地保持紧密联系的具有淳朴风情的乡村，是虽传承千年但仍不失山野气息的乡村，而这一切在生态文学家眼中，都是人类可与自然和谐相处的依据和臂膀。虽说乡村环境和乡土风情的描写一直都是文字创作的重点，但生态文学则是在其基础之上加深了人们对于乡村的理解和诗意怀想，作家们开始在乡土题材的作品之中融入生态思想和意识，使得田园和荒野等乡村意象开始成为独具个性和特色的文化符号和象征。

经过研究我们发现，生态作家笔下的乡村往往都是为与生态危机作对比而出现的，是一个理想化的乌托邦社会，而作者的创作目的就是使读者从对自然环境的描写之中体会生命的存在价值，指引他们继续进行深入思考，由此掌握人类生命意识的深层内涵和本质，表现的是对传统文化回归和理想家园追思的殷切期望。而荒野本身就是经由自由和自然之道而衍生出的理想世界，一直以来这些地方都是人类与自然共存的，田园和荒野也始终保持着大地的本质状态，人类所感知到的一切都是诞生于大地。首先，自然是价值之源，但是如果从第二性的角度上来看，自然就变成了一种资源。从本质上来说，我们体验荒野的过程，就是体验根的过程，这是一种十分有价值和意义的互动，而这些我们的体验对象则是早在人类诞生之前就已经存在，并源源不断地开展自然活动的了，这个过程为未来我们的发展和成长提供了很多的思考空间，其带来的益处也对我们的生命的发展延续起到了十分有建设性的作用。

我们进入荒野的过程，其实就是回归自然的过程，我们只是从最本源的意义上来考虑与大地的重聚。所谓荒野，其实指的就是没有被人为占用的土地或生命群落，人们并不会长期停留并生存的区域，也就是没有被开发利用和被人干扰的区域，这样的荒野景观之中往往还保留着较为原始的自然生态景观，而这样的地域尽管几乎寥无人烟，却是生态学家、自然科学家和环境保护者十分珍惜的研究地域，是十分宝贵的研究资源。而我们之所以还保留这样一部分区域，原因就是它本身是独立于人类价值而存在的，而我们如果没有认识到荒野的这种完整特性，那么我们的人生就缺失了非常重要的一部分。假如，我们已经将人类意义上的"荒野"都改造成了城市或耕地，这样带来的结果是，不论是从美学意义上还是生态学意义上来看，这些都只能让人们感到单调和乏味。显然，人类文明和社会、国家的发展是离不开自然的，不免在这过程之中要对自然进行改造利用，但整体来说这一切活动的开展都是要在不破坏自然生态系统平衡的基础之上的。

众所周知，乡村一直都是以传统农业劳作为主要的生产生活方式，是能够实现人与自然共生的环境，乡村环境所具有的这一特点，使得本身生活在其中的人们能够始终与自然保持一种亲近感和依赖感，而这对于长期生活在都市之中的人们来说是一种奢侈。因为城市中很少出现较大面积的田野，因而城市中的人们会对这样的环境尤其抱有新鲜感，这带来的是一种新奇的精神体验，是一种本源意义上的回归，同时还具有娱乐价值，人们对于大地具有依赖感和亲近感，在与自然的亲近过程中，就会逐渐意识到，人类并不是生活主宰，我们仅仅是地球上数以万计生命个体的其中一员，仅此而已。虽然城市中的"钢筋水泥"能够让我们感受到人类力量的强大、科技的飞速进步，但是在乡村和田园之中，我们感受到的则是最原始的生命本身的力量，在思考中加深对于生命和人的灵魂的理解，认识到人生存的另一种可能性，更加简单、自由、放松、野性和完整。在这样的成长过程中，原本狂妄自大和傲慢无礼就会逐渐被自然所感染，被一种谦卑和感恩的情绪所取代，同时这样的感受是具有极大的精神和审美价值的，自然也会让读者获得极丰富的阅读体验感。生态文学的作用，就是将人们从物质世界中引入平静祥和的精神世界，逃离现实世界中的纷纷扰扰，能够到精神的田园和荒野世界中感受生命的能量，揭开生命面前的面纱，看到其本来面貌，人们在精神世界中徜徉，感悟自然、体验自然、回归自然，感受世间万物的生死变化和冲突和解，认识到世间没有一个个体是孤立存在的，而是在竞争中生存和发展。除此之外，田园和荒野还帮助人们认识到了其本身在现实生态系统中所起到的作用和发挥的价值，从而激发出更多人们保护环境的热情。

从某种程度上来说，田园和荒野其实代表的就是大自然的性格，是泥土、河流和天空等物的"和声"。在生态文学创作之中，以往被我们所忽视的生命力量被重新唤起，以全新的方式被描绘出来，唤起了人们对于自然的原始记忆，可以引发人类对于自然和社会发展的思考，领悟到简单的生活其实也未尝不可。在人类文明发展初期，一直人们都是在充满野性的土地上进行原始农业劳作的，这一切都是在吻合大自然发展规律的前提下进行的，遵循的就是最原始的自然法则。尽管在当时，人们的生存都无法得到保证，还要每天艰辛地劳作，但是在这样的境遇下，他们却依然保持对于生命的敬畏和淳朴，这就是充满野性和包容性的自然所带来的。在古代，人与人之间很少尔虞我诈，人与自然之间的关系也一直十分和谐，人与动植物之间也并不是单纯的利用关系和食物链关系，而是对于它们始终在内心抱有一种敬畏之情。正是因为这样，在饱尝世间沧桑后，心灵千疮百孔的人们都渴望在精神世界中获得一丝慰藉，审美距离被无限拉近，人们可以在自然山水和精神的田园荒野世界之中徜徉，这就是人们的精神归所，是一个与充满"污垢"的文明世界相对立的完美乌托邦世界。

因为田园与荒野本身就是人类的家园，这里也还保有一份原始的野性和神性，生命也只有在这样的空间之中才能够完全释放自己，接受自然力量的洗礼，这就是最古老的自然法则，也是生态法则。往往从田间山野走出来的人们，总是对于田园等有一种深深的眷恋之情，这就是所谓的"乡愁"，在物质化、科技化和文明化程度越来越高的世界之中，人们总是会感到不安、不知所措和痛苦，这样的情绪总是存在。因而，当生态文学创作之中出现田园、荒野和乡村之后，文学家们要做的，就是尽可能多地挖掘其中的内涵和深层含义，使得人们能够在文字中获得精神的"安息"，这就是生命的诞生之所，人们在这里可以卸下生活的重担，回归最简单、自由的生活状态，通过外在的和谐最终达到内心的和谐。由此，我们要想在自身的发展过程中寻得统一，那么首先要做的就是寻本溯源，找到自己的本真。

由于科技和技术发展的不断成熟，现在的乡村正面临被支离破碎的危机，原始的田园和荒野景观受到了极大的威胁，由此也开始有越来越多的文学作品表现人与自然日益紧张、岌岌可危的关系，人类正面临无家可归的危机。因而，人们必须清楚明白，现在的慢速度并不是真正的慢，现在的慢可能就是明天的快，而这一观点应用在原生态的开发问题上就更是如此，还有那些原生态民族和族群所遗留下来的文化也同样需要采用这样的处理方式。但是这个道理还有很多人不知道，或是知道却不去实践，他们无法抵御近在眼前的物质诱惑，因而田园和荒野也就成为不少生态文学作家心中一直坚守的一份执念。

第四节　生态视域下的英美经典文学

一、济慈诗歌的生态思想

（一）济慈诗歌的生态关注

著名的英国诗人济慈生活在 19 世纪的早期，虽说他的生命历程十分短暂，但还是历经了近代欧洲发展史中一段十分重要的时期，这时不仅产生了一些重要的思想观念，同时也是一段富有悲剧色彩的时期。济慈实际上的创作生涯只有短短 6 年而已，他的第一部诗集著作发表于 1816 年——《恩底弥翁》（*Endymion*），到最后离开人世，时间其实是非常短暂的。但是，当时的时代背景和社会因素，使得他的文学作品之中饱含艺术魅力和对于社会的关怀。也可以说，假若我们在研究济慈的诗歌作品时仅仅从表面入手，那么显然其作品中有关人文精神和生态的相关内容就无法见到了，这就好像是我们在研究英国著名浪漫主义诗人华兹华斯的作品时，仅仅看到其中对于表面自然山水的描写，而忽略了文字深层中对于人类良性生态受到威胁的忧思一样。其实，只要我们对济慈的生活境况有所了解的话就会知道，他诗歌作品中对于生态问题的关注与他自小的生活遭遇和时代背景是有很大关系的。

济慈出生于 1795 年的英国伦敦，当创作完第一首长诗《恩底弥翁》后，并没有获得预想的赞誉和表扬，反而他的作品被当时的保守派冷嘲热讽，被施加了非常猛烈的恶意攻击。就算对于济慈来说，生活境遇并不是十分美好，但是他并没有被厄运牵绊住手脚，而是勇于与命运作斗争。虽说生理上的不幸遭遇使得他过早地离开了人世，他的现实价值没有办法得到实现，但是他的文学成就和艺术价值永远留在了人间，被历史的小船带往了现世。他在生活中遭受到了许多不公的待遇，加之幼时成长经历的影响，使得他对于艺术和文化有相当高的感知力和敏感度，也正是这一能力使得他十分乐于去捕捉生命中的奇妙现象，基于此来表现他在现实生活中所受到的苦楚。例如，《秋颂》（*To Autumn*）中的蜜蜂、小虫、知更鸟和燕子，以及《夜莺颂》中的夜莺，这些自然意象都与布莱克的"病玫瑰"和彭斯的"小田鼠"等有异曲同工之妙。诗人们都生活于工业文明的时代环境之中，都借此表现了对于现实境遇的不满，表现了工业化对于自然所带来的破坏，还有自然界中万物的无奈之感。但与之不同的是，济慈因为本身身体的原因，还在其诗歌作品中表现了自然生命的脆弱这一层含义。由此，作者认为济慈笔下的自然意象和自然生命是具有双重含义的，而这一点在《今晚我为什么大笑》（*Why did I laugh tonight?*）中更为明显，诗人不仅将对于现实的无奈和失望表现得淋漓尽致，同样也表现出了疾病的痛苦。

　　一直以来，英国的浪漫主义派诗人就对于自然和生态主题尤其关注和钟爱，甚至其已经演变成了他们的创作传统。而济慈对于自然的偏爱不仅仅是因为自身从小的经历、疾病和所遭受的苦难，还因为他本身所生活的时代就出现了严重的环境污染问题。当然，英国浪漫主义派诗人们的这种创作偏好绝对不仅是因为受到法国大革命的影响，还有诸多文献资料表明，当时社会政治危机爆发的一大主要原因就是生态危机，而这本身又会加重生态危机的程度。与此同时，也有众多其他相关领域的专家学者证明，18 世纪末至 19 世纪初全球气候一直处于异常状态，甚至还有人将 1816 年称作欧洲历史上没有夏天的一年。在这样的时代环境影响之下，自然济慈就会选择在自己的诗歌作品中融入生态思想和理念，这是一种对于现实的真切反映，呼吁人们关注社会伦理。

　　在《夜莺颂》中诗人一开始就向我们描述了夜莺的世界与现实世界的矛盾与断裂。诗人一方面用之指代这个现实世界给他带来的"痛苦"，另一方面又用之来象征对夜莺所在的那个理想世界的"渴望"。现实的世界越是痛不欲生，对理想的世界就越是渴望至极；反之，在"渴望"与"痛苦"之间，诗人就像在饮鸩止渴，这无疑暗示着理想世界与现实世界矛盾对立的无奈。为何诗人要用"想起"二字？春天的世界难道不是春意盎然、阳光明媚、春花烂漫、生机无限吗？鲜花、阳光、春日、杏花吹满头以及载歌载舞的场景为什么只能靠酒来想起呢？这是不是暗示了它们在现实生活中的缺失？那为什么现实生活中会缺少这些在我们看来非常平凡的事物呢？当这些习以为常、熟视无睹的东西都消失掉的时候，我们才会倍感珍惜，才会觉得它们的真正价值。当这些东西都真正失去的时候，生态平衡的破坏程度也就可想而知了。之后，随着夜莺歌声的逐渐消逝，诗人又从美好的幻境回到了痛苦的现实当中。

（二）济慈诗歌的生态理想

如果说济慈对生态危机的关注隐含在诗的现实世界与理想世界的断裂中的话，那么济慈对于生态和谐的期盼与颂扬则是直接地表达在他的诗歌里。无论是在颂诗，还是在《幻想》（Fancy）中，无不张扬着诗人对大自然的热爱，对生态和谐的期盼，其中小草、花朵等象征着自然、纯洁和美好的自然之物，无数次地出现在济慈诗歌中，这难道不说明诗人渴望着远离工业文明污染的田园宁静生活吗？表现这种宁静、和谐境界的最佳作品当数诗人在 1819 年 9 月写下的《秋颂》（To Autumn）。

雾气洋溢、果实圆熟的秋，你和成熟的太阳成为友伴；你们密谋用累累的珠球缀满茅屋檐下的葡萄藤蔓；使屋前的老树背负着苹果，让熟味透进果实的心中，使葫芦胀大，鼓起了榛子壳，好塞进甜核；又为了蜜蜂一次一次开放过迟的花朵，使它们以为日子将永远暖和，因为夏季早填满它们的黏巢。谁不经常看见你伴着谷仓？在田野里也可以把你找到，你有时随意坐在打麦场上，让发丝随着簸谷的风轻飘；有时候，为罂粟花香所沉迷，你卧倒在收割一半的田垄，让镰刀歇在下一畦的花旁；或者，像拾穗人越过小溪，你昂首背着谷袋，投下倒影，或者就在榨果架上坐几点钟，你耐心地瞧着徐徐滴下的酒浆。啊，春日的歌哪里去了？但不要想这些吧，你也有你的音乐——当波状的云把将逝的一天映照，以胭红抹上残梗散碎的田野，这时啊，河柳下的一群小飞虫就同奏哀音，它们忽而飞高，忽而下落，随着微风的起灭；篱下的蟋蟀在歌唱；在园中红胸的知更鸟就群起呼哨；而群羊在山圈里高声咩叫，丛飞的燕子在天空呢喃不歇。①

---

① 王佐良．英国浪漫主义诗歌史 [M]．北京：人民文学出版社，1991．

诗歌开头以各种果子为描写对象给我们展现了一幅悦目的农家丰收在即的秋景。"果实圆熟的秋""累累的珠球缀满茅屋檐下的葡萄藤蔓""葫芦胀大""甜核""永远暖和",宁静、丰硕与富足的农家幸福在恬然的自然生态中展现。接着诗歌的第二节开始写人,"伴着谷仓""随意坐在打麦场上""让发丝随着簸谷的风轻飘"。开仓、打麦、捡穗、运粮、在田垄边美美地打盹、看榨果架上徐徐滴下的酒浆。庄稼人秋收后的喜悦与幸福充溢在字里行间,还有什么比这种生活状态更悠闲自在、更让人神往呢?《秋颂》带给我们一幅生态和谐的美景。接着,诗人用"云""胭红""田野"描述了乡村傍晚美丽的秋景,又用"蟋蟀""知更鸟""群羊""燕子"的"歌唱""呼哨""咩叫""呢喃"带我们走进了一个美妙的秋的音乐世界,让幸福的人与这美好的景完全交融在一起。这就是诗人的生态观,一种万物诗意栖居的自然伦理观。济慈从秋写到春,又从春写到秋,有早晨和中午丰收的喜悦和迷醉,又有傍晚的悠闲与自在,从累累果实的葡萄架下到夕阳胭红涂抹的田野、老树、河流,人的精神经历了怎样一种清醒、一种摆脱所有尘世纷扰的解放!收割是人的最原始的行动之一,而收割的所得——特别是精神上的丰足则是人的文化能有的最高成就。

在济慈看来,人的幸福的最根本的东西应该是好的天气、纯净可洗可游的水和没有污染的锻炼环境。因此,有学者认为《秋颂》不是一个逃避政权文化破裂的幻想,而是对人类文化如何在与自然的联系并相互影响中发挥作用的深思。就济慈而言,他自身与其所处的环境的关联以及与构成社会的人之间的关系都是密不可分的。

总之,济慈正是怀着这种对自然的无限眷恋之情、热爱之情对大自然的神圣和美进行礼赞的,同时又将自己激越饱满的生命感悟诗意地抒发出来,从而使其诗歌闪现着生命的永恒光芒。

二、戴维·赫伯特·劳伦斯小说中的生态观

戴维·赫伯特·劳伦斯(D.H.Lawrence,1885—1930)是20世纪英国作家中极具独创性且引起极大争论的一位。在短暂的一生中,他创作了大量不同体裁的文学作品,包括长篇小说、短篇小说、诗歌、戏剧、散文、文学批评和游记等。由于作品中大胆的性描写,他在有生之年没有获得应有的承认。20世纪50年代,

评论界开始出现"劳伦斯热"，他在文学史上的地位得到确立。20世纪末，随着生态批评的深化、人类生态意识的加强，人们开始对戴维·赫伯特·劳伦斯的作品进行重新认识和思考。尽管评论界对戴维·赫伯特·劳伦斯的看法仍然不一，但他们似乎已经达成了一种共识：生活在英国社会转型期的戴维·赫伯特·劳伦斯拥有与众不同的视野，他试图通过人性中最根本的行为的描写，反映现代人的异化感和精神危机，并以现代主义者的良知和勇气公开呼唤自然人性的复归，积极探索一种浪漫主义诗人理想中的和谐生态。

戴维·赫伯特·劳伦斯对大自然和有机的农业社会情有独钟，曾试图寻找能使现代人安居乐业、修身养性的世外桃源，其足迹遍及美国、墨西哥和澳大利亚。这些国家充满生机的风景与欧洲日趋衰落的机械文明形成了强烈的反差。这不仅使戴维·赫伯特·劳伦斯受到极大的冲击，也使他的视野更加宽广。作为一名现代主义者，他对自然与人性推崇备至，他一方面清楚地看到是可恶的工业文明破坏了自然环境，使得人性失去了和谐；另一方面，他相信自然的力量，并认为人性中具有一种巨大的原始能力，这种原始的自然力量是一种抗拒机械文明的原始力量，它通过与自然的和谐相融，实现人性的复归，最终帮助现代人走出困境。

戴维·赫伯特·劳伦斯的自传体小说《儿子与情人》(*Sons and Lovers*，1913)中以肮脏、贫穷的矿区生活为背景，主人公沃尔特夫妇之间无休止的争斗以及保罗的情感障碍揭示了机械文明对人性的压抑和摧残，而且生动描绘了作为人体内原始丛林第一标志的性意识以及心灵的黑暗王国与工业文明制度之间的激烈冲突。小说中凸显的夫妻感情纠纷反映了机械文明时代男人和女人之间、自然本能与现代意识之间的必然冲突，保罗的情感障碍实际上是工业社会中人性扭曲的一个典型病例。作为一名现代主义者，戴维·赫伯特·劳伦斯自始至终关注工业社会与人性之间的严重对立，并不遗余力地探索人物骚动不安的精神世界。戴维·赫伯特·劳伦斯认为，由于世界大战的爆发和工业社会的非人化倾向，现代人的生存环境及其精神状态已经严重异化，现代作家对此绝不能视而不见或无动于衷。因此，戴维·赫伯特·劳伦斯的小说几乎都将人物所面临的严重困境作为焦点，对自然环境的惨遭破坏、现代人性的异化和身份危机予以高度关注和全面观照。

《虹》（*The Rainbow*，1915）主要通过第三代人厄秀拉（Ursala）的成长与追求，揭示英国从传统的乡村社会到工业化社会历史进程中的社会问题，特别是人与人之间的精神问题。厄秀拉在性关系上的连遭挫折，不仅凸显了工业化社会中人类寻求建立自然和谐两性关系的难度，同时更反映了人与人之间精神上的疏远、隔绝与对立。作为一个现代女性，厄秀拉不满工业化社会所带来的冷漠虚伪，充满对现存秩序的叛逆精神；她痛恶所谓的民主制度，反对狭隘闭塞的家庭生活。可是，她对自由生活的追求、对自由精神的积极探索却屡遭挫折。厄秀拉少女时期与女教师英杰（heroes）的同性恋经历，实际上正是她对传统规范的有意反叛，是她探索过程中的迷误和歧途。在随后与工程兵少尉安东·斯克列本斯基（Anton Skrebenski）的热恋，也体现了她那自然本能与信仰之间的冲突与斗争，她一方面对作为英国海外工具的安东所代表的社会势力满怀仇恨，一方面又对安东体现的男性自然力量充满热爱和渴望。由此，小说最后凌空而起的虹既象征着未来生活的美好，同时也揭示了工业化时代厄秀拉的期盼只能像虹一样虚无缥缈、遥不可及。

21 世纪是生态文明的世纪，生态理念已作为一种生存智慧渗透到社会的各个领域，随着现代文明的膨胀，对自然榨取的恶化，人们开始思考人在宇宙中的位置，人与自然的关系，人的心灵上的生态问题。戴维·赫伯特·劳伦斯是一位具有强烈生命意识和人类关怀意识的作家，他通过对两性关系的探索，寻求人类在大地上"诗意地栖居"的理想存在状态。"生存还是毁灭"——这个曾经困扰"哈姆莱特"王子的难题，在现代人这里并未因文明的不断进步、科技的日益发达和社会的飞速发展而得到解决。文明的进步伴随着人的自然性的失落，先进的科技带来的是人对自然的过度掠夺和破坏，社会的飞速发展窒息了人的精神空间，割裂了人与其生存环境应有的和谐，人类再次陷入"生存还是毁灭"的困境。重新认识自己，认识自己在整个生态系统中的位置和作用，成为人类寻求自救的必经之路。生态理念作为一种从生命最原始、最本真的状态出发，尊重和维护生命之间复杂微妙的相互关联的新的价值观和世界观，具有宇宙本体意义。在戴维·赫伯特·劳伦斯的生命意识里，性既是生命之源，又是一种抗拒机械文明的自然力量，不受传统观念束缚的和谐、美满的性关系应该是人性解放的重要前提。尽管戴维·赫伯特·劳伦斯的济世药方令人感到窘迫，但在人性遭到严重摧残和扭曲的时代，他的思想和作品无疑具有明显的反叛性和革命性。从某种意义上说，强调人性的复归，赞美肉体的魅力和崇尚完美和谐的性关系，既是戴维·赫伯特·劳伦斯美学思想的核心，也是其现代主义文学的基本内涵。

人类进入工业时代以来，大机器文明取代了农业文明，既创造了高度繁荣的物质文明，同时也疏离了人与自然、人与人、人与社会的关系，打破了人与天地万物之间的和谐，人失去了作为人的完整性、自然性和和谐性，这是作为现代主义者的戴维·赫伯特·劳伦斯所深恶痛绝的。由此，戴维·赫伯特·劳伦斯从两性关系的视角来寻求人性的和谐和自我的完整，追求生命和谐美的终极价值。他认为两性关系是一切行为的基础，是人与人关系中最基本的，它影响着宇宙的秩序，可以改变世界。他在作品中渗透着浓郁的生命气息，呼唤人性的复归和宇宙秩序的和谐，寻求人类诗意栖居的理想化生存状态。

第四章　女性视域下的英美文学

借助敏锐的视角和细腻的文章风格，英美的女性作家对自身所处的社会环境和人生境遇进行了描写，形成了独特的艺术风格。本章将从女性视域下的英美文学出发，对女性主义文学理论、英国女性文学、美国女性文学和女性视角与英美文学审美进行系统的梳理。

第一节　女性主义文学理论

一、女性主义文学理论概述

女性主义一词是由 feminism 翻译而来。在西方国家，feminism 带有浓厚的政治色彩，指的是妇女发起和进行女性运动，积极争取女性社会地位和权力的斗争，以及由此引发的其他领域的变革。不过，我国的历史进程与西方有较大的差别，所以女性主义指的是在女性反抗男性霸权地位的环境下，以性别为区分的独有立场，主要包含文化领域的斗争，所包含的政治意味相对较少。我国社会环境下的女性主义更偏向于英文 gender 的含义，是一种对于性别歧视和两性地位等问题，尤其是女性自身境遇的反思，主要体现为文学作品中的视角差异和文章主旨中的女性意识，也是大部分女性作家写作的特有风格。女性主义诞生的基础是女性普遍受到歧视和剥削的情况，女性因为性别饱受不公平的对待，在家庭和社会环境中，往往处于一种被迫依附于男性的状态。女性主义并不是一种固定的思想观念，而是分为多种派别，均对女性的地位和境遇有着不同的看法。文学理论作为其中的一个重要部分，一方面体现了文学艺术本身的特质，以及对于社会、历史和文学批评等多个领域的探索，另一方面也将多方面的研究成果融合起来，针对文学本身的逻辑进行深度分析和研究。女性主义文学理论是文学理论的组成部分之一，不仅体现出女性作者对于文学、政治、社会和女性地位的思考，而且体现出女性主义与其他哲学理论和艺术观念的深层连接，比如后现代主义、结构主义、马克思主义等。

如果说，女性主义的底层逻辑是针对男性霸权环境的思考和反抗，那么女性主义也代表了对所有社会边缘群体和弱势群体的关注，有效地推动了多元化社会的诞生和发展。从这个角度来看，女性主义是根植于西方多元文化艺术观念，结合不同社会环境和时代背景进行发散性思考的思想观念，也就是建立在男女平等的基础上，对社会的现状和发展趋势提出批评和建议。这一思想不仅对于文学进步有着积极的意义，而且直接导致了 20 世纪 60 年代前后出现多次女权运动，引发了全人类对于女性境遇的思考。

二、女性主义文学理论的纵横结构

从纵向和横向两个方向对女性主义文学理论进行思考，是深入了解这一逻辑的前提条件。从纵向的角度进行研究，可以发现女性主义文学理论的浅层内容是女性主义文学批评。英国玛丽·沃斯通克拉夫特（Mary Wollstonecraft）创作的《女权辩护》（*Vindication of the Rights of Woman*）正是这一理论的证明，是人类史上第一次针对男性和女性在多个方面的不公平待遇进行批判。不过，"早期的女性主义批评更多的是对初潮女性关注问题的一种反映，还不是一种自我完满的理论话语"[1]。20 世纪 60 年代左右，女性主义文学理论开始了"第二潮"，对于当时女性的生理和意识进行了反思。这一思潮主要分为三个发展阶段。

第一阶段：从 20 世纪 60 年代末开始，女性作家揭露那些隐藏在男性文学中的"厌女现象"，尤其是以男性为主流的文学艺术对女性形象的丑化。

第二阶段：从 20 世纪 70 年代中期开始，大量的女性主义批评家开始用女性视角解读传统文学作品，对于传统文学中的男性视角进行批判，并寻找传统文学中女性主义观念的雏形。

第三阶段：从 20 世纪 80 年代中期开始，女性作家对于文学理论的本质进行大量研究，改变了以往一味推崇男性作家阅历更丰富的状况，认为女性主义文学不应该被文学的概念所束缚，而是应该作为一种跨越学科界限的多领域理论体系。

---

① 　姚昌美. 试论女性主义文学理论的发展空间 [J]. 湖南科技学院学报，2009，30（09）：11-13.

从横向研究的角度来看，女性主义包含了众多派别，比如建构主义、马克思主义和后结构主义等。建构主义流派从经典文学作品中暗含的男性主流价值观入手，大力批判男性在文学作品中丑化女性形象的行为，以及文学作品中的父权制逻辑对男性角色的影响。马克思主义流派将对社会阶级的反思用于对女性长期受到剥削的分析中，对于男性和女性的社会分工进行了研究。后现代主义流派指出，女性并不是生理差异造就的产物，而是由文化环境造就的。这样的文学环境导致女性的形象被固化，所以必须将"去中心，去主流"的后现代主义思想作为指导，以女性的视角去批判和反思以往的文学作品内核，改变以男性价值观作为主流的和以男性视角作为创作逻辑的现状。英美和法国文学女性批评理论存在着理念上的差异，前者认为应该将重点放在宣扬和鼓励女性主义批判文学，而后者受到了拉康研究弗洛伊德精神分析的影响，认为应该改变男性主流的文学环境，打破两性之间的固有屏障。

需要注意的是，女性主义文学理论的发展始终建立在哲学理论和文学批评理论的发展之上，而哲学理论的改变和创新对于后结构主义、后现代主义、马克思主义等思想的诞生和发展均有巨大的推动作用。所以说，女性主义文学批评的深层价值不仅体现在文学领域，而是体现在社会价值观和政治领域。

第二节　英国女性文学

一、中世纪时期女性文学的开端

英国文学从萌芽阶段逐步走向成熟的时间段，大致是公元 7 世纪末至 15 世纪末。目前人类所知的最早古英语作品正是诞生于公元 7 世纪，而英国民族史诗《贝奥武甫》的手抄本诞生于公元 10 世纪。公元 13 世纪，英国各地区接连出现民族文学作品，而且传奇也是诞生于这一时期。公元 14 世纪，英语成为全英国通用的正统语言，而且成了文学作品统一使用的语言。从萌芽阶段走到文艺复兴，英国文学的历史非常悠久，出现了大量英文作品，但是其中的女性作品则非常稀少。

英国历史上首位用英语创作的女性是朱丽安（Julieanne）。虽然她本人的名字无从得知，但她是 14 世纪最受关注的英国神秘主义作家。她本人经历了诸多苦难，包括英法战争、黑死病等，而且多次在死亡边缘徘徊，却始终没有真正迈入死亡。在这期间，她创作了多部作品，记录隐居生活中的感悟与哲思，比如人类的未来、罪恶、地狱、神、怜悯和爱等问题。在当时，很多人都称赞她的智慧。

玛格丽·肯普（Margaret Kemp）是英国中世纪名声最大的神秘主义女作家。她不仅提出了很多在当时看来称得上是反叛的言论，而且本人的行为也非常大胆，所以人们对她的看法明显分为两个极端，正因如此，她也曾被指控为异端人士，但是在法庭审判中，她凭借出色的口才为自己辩护，最终顺利脱罪。

二、16～17 世纪女性文学的发展

在中世纪，女性大多在修道院学习知识并进行创作，而到了文艺复兴时期，很多家庭的观念都受到了人文主义思想的影响，所以很多女性也可以借助家庭的支持进行阅读和写作。这一时期的人文主义思潮大大推动了英国女性文学和艺术的进步，而且对于当时的社会观念产生了较大的影响。得益于社会的进步，很多人开始关注女性教育，并针对女性教育的最终目的和对社会的影响等问题进行了讨论。这一时期已经诞生了少数"早期女权主义者"。她们大力批判现有的婚姻制度和对女性自身发展的刻板印象，而且站在女性的视角看待和研究女性的存在价值。这些女性基本都生活在人文主义思想影响下的家庭环境中，或者与英国皇室交流频繁的家庭中，所以有机会接触到人文主义思潮，且自身拥有较高的知识水平，有能力进行文学创作和理论研究。

玛丽·赫伯特·彭布每克（Mary Herbert Pembert per gram）是文艺复兴时期的女作家，其天赋被世人认可。她的成长环境和学习经历中贯穿着人文主义思想，而且在修辞学、古典文学、神学、音乐、诗歌、法语、希伯来语等领域的研究均有较高的水准，尤其是在现代英语、修辞学、拉丁语和音乐四个领域。此外，她在翻译和文学创作领域享有较高的地位，对于英国文艺复兴思潮和这一时期的文学理论研究有着突出贡献。此外，她在自己的威尔顿庄园内收留了不少学者、戏剧家和诗人，尽可能地保护他们的安全。

随着人文主义的盛行，英国上层阶级的女性纷纷开始接触新思想，但是对于整个英国社会而言，所造成的影响相对较小。从约翰·盖依（John Gay）的研究

中可以看出，都铎王朝时期仅有约 15 名女性参与了高等教育，而实际上可能不足 15 名。虽然这一时期的女性文学迎来了首次发展，诞生了不少女性世俗文学作品，但是总体来说，女性作家均出身于贵族阶级，或者与贵族和教会有密切联系的家庭中。伊丽莎白（Elizabeth）一世（1533—1603）不仅喜爱创作，而且更青睐有学识的女性，所以贵族阶层内部非常支持女性学习知识，甚至出现了不少专注于翻译、创作和研究的女性学者和作家。她们的作品并没有全部公开出版，其中一部分仅在贵族阶级的女性之间传阅，作为一种女性交往的方式和互相联系的礼仪，所以这一时期也出现了女性文学社群和学术社群的雏形。

当时，女性更加偏向于使用书信进行交流，而书信也是这一时期的主要文学类别之一。15 世纪，诺福克郡帕斯顿家族的玛格丽特·帕斯顿（Margaret Paston）等四位女性共同创作了《帕斯顿书信集》（*The Paston Letters*），以女性的视角对当时英国社会和家庭环境进行了叙述，是现代学者研究 15 世纪女性书信体文学作品、女性传统、文学史、经济、法律、婚姻、家族体系等领域的重要参考作品。16 世纪，身处中产阶级的伊莎贝拉·惠特尼（Isabella Whitney）所创作的《书信集》（*Letter*）对于男性和女性的差异，以及女性的性道德等问题进行了叙述和思考。伊丽莎白统治时期，伊丽莎白·卡利（Elizabeth Carly）是作品数量最多的女性剧作家、翻译家、诗人和作家，不仅自学 5 种语言，而且均达到了较高的水平。她的作品数量虽多，但是绝大部分未能流传下来，其中最有名的作品是《玛丽亚的悲剧》（*Maria's Tragedy*），是英国历史上首部由女性创作的剧本。

17 世纪是英国女权主义萌芽和快速发展时期，不仅女性作家和女性作品的数量显著增加，而且女性作品中对于女性地位和社会环境的思考越发深入，其中不少作品都对批判迫害女性的社会观念进行公开批判，表现了当时的女性作者对于社会主流价值观念和婚姻制度等方面的研究。之后，以政治和历史事件为核心的个人传记作品大量出现。

阿弗拉·班恩（Avera Bann）是整个欧洲的首位职业女作家，其人生经历非常丰富。她本人曾前往英国和荷兰在南美的殖民地苏里南，而后英荷战争爆发，她又作为英国王室派遣的情报人员前往安特卫普。之后，她成了一名演员，但最终因为负债累累而被判刑，度过了多年监狱生活，而出狱后就成了一名职业作家。从 1670 年开始，她先后创作了近 20 个剧本，其中大部分被编排成戏剧，后在伦敦的剧院内表演。她的作品内容大多是对伦敦当地的传统文化和市民生活的描写，以及对婚姻制度和家庭体系的批判。1680 年之后，她开始从事文学翻译和诗歌创作，其诗歌大多是田园诗，内容多为描绘对美好社会的幻想，以及女性之间的友谊，部分诗歌涉及同性恋和乱伦等内容。

在 17 世纪末期，玛丽·阿斯泰尔（Mary Astell）成为文艺复兴时期的最后一位知识女性。她本人处于社会中上层阶级，而父亲是圣公会的信徒，也是保皇派的一员。她本人并没有接受贵族教育，但是她的叔叔也是一名圣公会的教士，为她提供了良好的学习环境，内容包括古典文学、政治学、历史、神学、数学和哲学等。由于父亲、母亲和姑母相继去世，她没有嫁妆，于是孤身一人前往伦敦，居住在切尔西，也就是大量文人和艺术家居住的地区，从而跻身名气较大的女性文学圈，得到了这一群体内很多女性学者和作家的指导。她的代表作品是《女士们的严肃提议》（A Serious Proposal to the Ladies），获得了较高的评价。在这本书中，她建议建立隐修院，即为所有女性而设立的新机构，让女性可以脱离固有的母亲和修女的身份，不要将女性的出路束缚在服装领域，而是应该让女性学习文化和各类知识，成为有独立思想的人。在这座幻想中的隐修院里，所有女性都可以自由思考，不需要屈从于男性的权威和暴力手段，可以共同生活在愉快的群体生活中，度过虔诚而纯洁的一生。她的思想对于当时的女性群体有着较大的启迪作用，是首位女性政治作家，甚至对整个 18 世纪女性教育思想的蓬勃发展有着较大的积极意义。

三、18 世纪中产阶级女作家的崛起

18 世纪，启蒙哲学和现代话语的诞生对于古典人文主义理念造成了挑战。17 世纪，以贵族为中心的价值观念逐渐形成，而主流艺术风格也开始偏向于资产阶级的偏好。此后，文学、政治、科学、医学、法律等都成了职业，推动了社会的转型，而随之而来的思想变革和社会运动等都对女性群体的生活环境和思想观念产生了较大的影响。虽然此时的绝大部分女性仍然遵循着旧有的社会风俗，但是仍然对以往的两性观念提出了质疑，要求改变固有的男性主流文化观念。中产阶级的女性不再局限于文学创作，而是积极投身于书籍销售、印刷和出版的事业中，甚至形成了一套较为完整的伦敦女性出版模式。这一现象对于女性在表达见解和

文学创作方面起到了有利的推动作用，让更多女性勇于表达自己的意见。这一现象被当时的民众称为格拉布街上的女人问题。自此开始，阅读和创作的主要人群变成了中产阶级的女性，而且将近 40% 的文学作品由女性作者创作。到了 18 世纪末，这一数字变成了 65%，可见女性创作者在文学艺术上取得了辉煌的成就，但是仍然未能进入统治阶层牢牢把控的戏剧创作领域。

直到 17 世纪，剧作家中才逐渐开始出现女性的身影，而 18 世纪又随之出现了大批女演员、女明星和女性职业剧作家。从 17 世纪 20 年代到 18 世纪 20 年代，女性创作的剧本数量超过 600 部，其中近 200 部诞生于 18 世纪末期。18 世纪最受欢迎的剧作家伊丽莎白·因契伯德（Elizabeth Incheberd）既是戏剧家，又是演员，同时还是小说家。她在世时创作、翻译和改编了 20 多部剧本，大多都在伦敦剧院进行演出。这一时期的很多女性剧作家都有多重职业，比如小说家和诗人等，创作了大量的剧本、随笔、政论、书信、回忆录、日记、小说作品等，清晰地描写了中产阶级的日常生活和当时的社会环境。

18 世纪，英国涌现出大批的女性作家。她们的思想更为先进，而且积极发表个人的政治见解，借助创作阐述自身对于女性地位、教育、婚姻、家庭、性格、同性友谊等问题的看法，同时发表对于社会分工、阶级构成、经济发展等领域的意见。从中可以看出，这一时期的女性作家拥有更加成熟的女性主义观念，而且政治参与度显著提升，对于时代变迁导致的社会风潮变化有着独到的见解，敢于大胆批判政治制度和经济体制的缺陷。

安·拉德克利夫（Ann Radcliffe）是 18 世纪哥特小说领域的代表女作家。从她的作品中可以看到当时英国人，尤其是女性的情感特质。她的成长环境是当时的伦敦常见的商人家庭。虽然她 22 岁时已经出嫁，但是不善于与人交往，所以总是尽可能避开人群。由于丈夫的支持，她决心尝试文学创作，先后出版了 6 部哥特小说，对当时的文学界产生了巨大的影响，大大提升了哥特小说的地位。她的小说风格独特，剧情精妙，将哥特城堡作为一种神秘和危险的场所，细腻地描写这一场景中的性、爱情、婚姻，而且暴力、阴谋和监禁等元素经常出现，表达出女性在传统婚姻制度和家庭环境中的焦虑与不安。当时正值英国从传统社会向现代社会转型的关键时期，中世纪的生活方式逐渐发生改变，而小说中邪恶与美好共存的场景是对这一现状的艺术化加工。此外，她笔下的男女主人公生活在神秘的城堡中，对话也常常出现沉默，营造出莫测的气氛，让读者能够感受到书中人物的不安。

四、19世纪女性文学的繁荣

随着经济水平和社会发展水平的提升，19世纪的女性意识出现了巨大的变化。女性群体不仅发起社会运动，坚持夺回女性选举权，而且要求女性享有正当的财产权，包括离婚之后仍然拥有监护权。大量的女性涌入高等教育机构，争取学习的权力，且很多女性成了新闻工作者、律师、护士和医生。女性可以组建商业联盟，也可以经商，还可以成为创作者，所以女性地位提升到了前所未有的高度。这一现象直接导致女性文学的内容转向了对女性地位的讨论。值得一提的是，19世纪末的女性作者创作了大量的文学作品，总数量超过以往的任何一个世纪，而且内容非常丰富，大多是通俗小说、戏剧，其中有大量的佳作。这些作品所讨论的问题更加宽泛，不仅涉及两性情感、女性犯罪、母亲职责和抚养下一代等话题，而且畅想建立一个专属于女性的乌托邦公社，表达了对自由人格的向往。

截至目前，超过400位女作家被收录在《英国女作家百科全书》中，其中大部分是19世纪的女作家，而且19世纪的所有小说和诗歌中，女性作家创作的作品数量超过了一半。1760～1830年，曾出版诗歌作品的女性作家总数达到了421人，包括署名和未署名的作者。这些诗歌作品的形式包括抒情诗、歌谣、颂诗、英雄诗剧、儿歌、传奇、十四行诗、斯宾塞（Spenser）体等，内容包括死亡、自然、爱欲和政治。举例来说，柯里斯蒂娜·乔治娜·罗塞蒂（Coristina Georgina Rossetti）是一名地位较高的女性作家，其作品大多讲述她本人的信仰、人生经历和对世俗社会的厌倦。这一时期，女性文学作品主要集中在通俗文学领域，其中小说作品的数量尤为庞大。在这样的社会环境和文学创作环境中，女性文学作品的类别越发丰富，而且经常讨论社会和政治议题，深入探讨男性和女性地位的差异，对于英国文学和社会的发展产生了极大的影响。

五、20世纪女性文学的黄金世纪

由于两次世界大战和妇女运动的影响，20世纪的女性文学的发展速度明显加快。很多身处上层阶级的女性开始意识到女权主义的重要性。这一时期，女权主义从一种文化思潮发展成为一种看待问题的视角，代表着女性主体思想，也是对旧有的男性主流价值观的反抗。这一时期，大量女性开始积极探索自身的可能性，对女性身份和女性亚文化等进行深入思考，并借助文学创作的方式表达自己的想法。这一时期的女性已经可以接受高等教育，所以关于女性创作的束缚逐渐消失，使得女性作者脱离了"女性"这一身份的束缚，可以自由发表对社会问题的见解。

20 世纪女性作者的创作主旨包括对性别问题的反思、对西方家庭制度的质疑、对爱情与婚姻的思考、对受压迫的女性群体的同情等，尤其是通过描写男性和女性之间的关系和家庭矛盾，进一步揭示传统价值观中隐藏着压迫女性的前提条件。琼·里斯（Joan Rhys）将《简·爱》（Jane Eyre）中的疯女人伯莎·梅森（Bertha Mason）作为主人公创作了《广阔的马尾藻湾》（*Wide Sargasso Sea*），让她亲自讲述自己的悲惨人生，表明了男权社会和殖民主义对女性的迫害。与以往女性文学中渴望爱情和婚姻的态度不同，这本小说从根本上揭示了男性特质背后隐藏的暴力和专制。

爱尔兰女作家艾利斯·默多克（Alice Murdoch）曾在牛津大学接受高等教育，而且"二战"时期曾在英国战时财政部和联合国救济与复兴署开展工作。"二战"结束后，她前往美国，进入剑桥大学的哲学专业，并成了牛津大学的哲学教授。在她创作的 25 部小说作品和不可计数的戏剧和哲学作品中，大多描写了对于信仰、爱情、暴力、婚姻、复仇和知识分子生活的思考，具有浓厚的现实主义风格，也融入了象征主义的创作手法。

正是由于女作家的整体知识水平大幅提升，女性文学作品中也开始频繁出现对政治和社会问题的见解，而且创作风格、价值观念、内容主旨等开始朝着多样化的趋势不断发展。

第三节　美国女性文学

一、17～18 世纪女性文学的开端

虽然美国于 1776 年正式独立，至今仅有 200 多年的历史，但是从学术研究的层面来看，不少学者都认为美国文学的开端应该是 1607 年约翰·史密斯（John

Smith）船长带领第一批移民踏上北美大陆，建立英国殖民地詹姆斯敦。在殖民期间，美国文学基本是对欧洲文学的复刻，并没有太多创新，所以创作内容多为历史记载、游记、书信、探险日记等。

出生于英格兰的布雷兹特里特（Bradstreet）接受家庭教育，掌握了多种外语。1630 年，她与家人一起登上温斯罗普（John Winthrop）的舰队，来到北美萨勒姆镇定居，并在北美大陆上结婚生子。此后，她患上重病，还经历了女儿离世的悲痛，而且家族的房子和藏书一同被意外烧毁，全家人流落在外。这种人生境遇下，她借助信仰的力量持续创作，大多是散文和诗歌，数量较多。1647 年，她的诗歌作品《第十缪斯，近来跃然出现在美国》（*The Tenth Muse Lately Sprung Up in- America*）在伦敦发表，而她本人也因此被称为"第十缪斯"。这部作品被现代学者看作美国新大陆的第一部诗集。布雷兹特里特的成就是对传统主流观念的挑战，彰显了女性的文学素养，而且展现出女性追寻自由人格的倾向。她被看作美国早期女性主义的先驱，但是她本人的行为和作品内容仍然带有明显的女性角色特质。举例来说，她的诗歌创作本身是为了在家庭内部传阅，而后被男性家庭成员投稿发表，仅为了向他人炫耀家族的女性在清教体制下不断提升自身的知识水平。此外，从她为父母撰写的墓志铭中也能明确看出这一观念，即鼓励女性为家庭牺牲，并顺从男性。她的诗歌内容中常常出现对自身信仰和家庭和谐的追求，却很少出现对殖民地社会环境的思考，可见当时的女性仍然未能脱离传统价值观的束缚。

殖民时期，美国文学作品中有大量探险文学，内容包括对北美大陆自然环境的描写和殖民者与印第安土著之间的争斗等。玛丽·罗兰森（Mary Rowlandson）创作的《玛丽·罗兰森夫人被俘与归家的叙述》（*Narrative of the Captivity and- Restoration of Mrs. Mary Rowlandson*）中，详细描述了她与印第安土著共同度过 11 周左右的故事。这部作品是美国文学史上第一部"俘虏叙事文学"，记载了殖民者与印第安土著两方对彼此的态度。

18 世纪，英国小说作品盛行，所以美国文学也出现了一些小说作品，例如苏珊娜·罗森（Susannah Rowson）的畅销书《夏洛特·坦普尔》（*Charlotte Temple*）。这一时期的美国早期女性小说作品，基本都带有很多模仿的痕迹，与欧洲小说风格和创作内容非常接近，而且充斥着大量的道德说教内容。

二、19 世纪浪漫主义时期的女性文学

18～19 世纪，身处中产阶级的女性备受家庭和社会传统价值观念的束缚，不仅无法接受教育，而且无法参政，甚至自身的财产也无法得到保护，而社会却在一味宣传女性应该顺从和依赖男性，自觉承担家庭劳动和教育下一代的责任，并将其作为一种女性必须遵守的社会规范。英国女权主义率先开始批判这种压迫女性的传统价值观，而美国女权主义人士也纷纷掀起女权运动。相比于英国的女权运动，美国的女权运动与黑奴解放运动的关联非常紧密。以卢克丽霞·莫特（Lucretia Mott）为代表的一批反抗奴隶制的女性斗争者，同时也是 1848 年召开美国首次女权大会的女权运动领导者，直接导致了美国妇女解放运动的开展，要求建立男女平等的社会，重点是夺回女性的选举权。

哈丽雅特·雅各布斯（Harriet Jacobs）是黑奴叙事文学的代表人物。她曾是一名混血的女性黑奴，但是 27 岁时成功从奴隶主手下逃跑。她的自传《一名女黑奴的生活纪实》（*Incidents in the Life of a Slave Girl*），详细讲述了黑奴生涯中遭受的苦难，包括受到奴隶主的性侵犯、与其他白人的性关系、黑奴的子女仍然成为黑奴等。虽然自传中没有明确指出地点，但是记录了 1831 年的纳特·特纳（Nat Turner）起义和 1850 年的《逃亡黑奴法》等一系列真实事件。

传奇女诗人艾米莉·狄金森（Emily Dickinson）是 19 世纪美国浪漫主义时期的代表人物。虽然她本人一直过着一种孤独的生活，但是她的诗歌中却充满了对生命和自然的热爱。她的文学作品中饱含对生与死、灵魂与肉体、性与爱、自然与生命等哲学问题的思考。相比于当时美国社会流行的浪漫主义文学风格，她的作品均为直白的表达，整体风格轻快张扬，表达了她本人对人类社会现状的独到见解。

三、20 世纪后现代时期的女性文学

20 世纪 40 年代左右，美国文学受到后现代思潮的影响，逐渐走向多元化，不仅创作技巧和内容主旨等方面进行了创新，而且开始关注社会边缘群体，比如少数族裔、女同性恋和劳动阶层等。1964 年，美国黑人权利运动正式开始，而这一社会运动又被称为是美国黑人的"文艺复兴运动"，规模相对较大，对于整个美国社会产生了巨大的影响，甚至超过了"哈莱姆文艺复兴"的影响力。这一时

期，非裔美国文学快速发展，而黑人艺术家们将重心放在寻找黑人文化和历史的根源上，希望与白人文化进行明确区分，也就是建立一套属于黑人的美学体系。莫里森（Morrison）和艾丽斯·沃克（Alice Walker）作为众多黑人艺术家的杰出代表，使得黑人文学成为 20 世纪美国文学的重要组成部分。

艾丽斯·沃克基于女权主义思想，结合黑人和其他有色人种的社会地位大胆创新，独创了"妇女主义"的思想。她出生在佐治亚州的普通佃农家庭，同时拥有爱尔兰、苏格兰、印第安三个民族的血统。8 岁时，她的右眼失明，但是学习成绩仍然非常优秀，考入了一所黑人女子学院，之后又转到纽约的萨拉·劳伦斯学院继续学习，而且在校期间曾经前往非洲的学校进行文化交流。大学期间，她接触并参与到黑人民权运动中，并与一位犹太的民权律师结婚。这场婚姻是密西西比州第一例跨种族通婚，所以她也因此受到了"3K 党"的报复。8 年后，她结束了这场婚姻。她代表作品包括处女作《科普兰农庄的第三种生活》（*The Third Life of Grange Copeland*）、短篇小说《日常家用》（*Everyday Use*）等、长篇小说《梅里迪安》（*Meridian*）等，散文作品《寻找我们母亲的花园》（*In Search of Our Mother's Garden*）等，以及荣获美国国家图书奖和普利策奖的《紫色》（*The Color Purple*），其作品内容主要反映黑人争取权力和反抗白人种族主义的斗争精神。

到了 20 世纪后半叶，美国文学中的性别、种族和阶级问题越发突出。当时正值美国进入后工业化发展阶段，所以 60 年代前后，美国文学也逐渐开始进入后现代时代。"新新闻主义"散文家琼·狄迪恩（Joan Didion）、女性主义科幻小说家厄秀拉·勒古恩（Ursula Le Guin）、后现代行为艺术家劳瑞·安德森（Laurie Anderson）等女性创作者的作品，使得艺术形式出现了巨大的变化，将绘画、音乐和文学等多种艺术互相融合，极大地拓宽了艺术的边界，彻底改变了传统小说类作品的写作手法，展现出了多种艺术形式、多个文本、多重视阈融合的互文性特征，而且故意选择了拼贴、断裂、重复、留白等手段，改变传统语句的排列顺序，兼具自我指涉、戏仿、并置、非线性叙事等元小说的特质，可以看出当时社会环境的混乱，以及个体的茫然无措。

综合来看，20 世纪的女性主义运动直接推动了美国女性文学的发展，而这一时期的发展历程主要分为三个阶段：第一阶段，早期女性作家和作品的成熟；第二阶段，女性传统文学的整合和再研究；第三阶段，女性诗歌作品逐渐形成一套完整的体系。60年代之后，女性作家的成就导致不少少数族裔、同性恋及其他边缘群体的作家数量增加。与此同时，女性文学作品中数量较多的浪漫小说、书信、日记等以往被轻视的作品都重新进入了"文学"的范畴，而且一系列衍生文学体裁也相继出现，比如女性乌托邦、女性科幻、女性哥特等，吸引了不少学者的关注。这些现象说明美国女性文学已经获得文学界的认可。此外，由于作者群体和体裁的差异，女性文学具有反抗传统、追求个性的特点，再加上美国社会群体的多元性和美国文学界对于"个性"的偏好，相信21世纪的女性文学将会继续快速发展，展现出更多独具创造力的文学作品和体裁。

第四节　女性视角与英美文学审美

一、女性主义美学解析

（一）女性主义美学重视感性体验

1. 美学诞生于感性认识

逻辑学研究理性认识，伦理学研究意志，但却没有一个专门的学科研究感性认识。从本质上来说，美学就是对感性认识的研究。美学的名称来源于古希腊文字中的"Αντιληπτικήεπιστήμη"（感性学），可见这门学科的研究对象就是感性认识。美学的研究范围包括美的思维、自由艺术理论、与理性认识类似的思维、低级认识论等。

特里·伊格尔顿（Terry Eagleton）是当代新马克思主义的代表人物。他曾说："美学是作为有关肉体的话语而诞生的。在德国哲学家亚历山大·鲍姆嘉通所作的最初的系统阐述中，这个术语首先指涉的不是艺术，而是如古希腊的感性（Συναισθηματική）所指出的那样，是指与更加崇高的概念思想领域相比照的人类的全部知觉和感觉领域……那个领域就是我们全部的感性生活……"① 女性主义美学的本质是表达女性对世界的认知和感悟，是对传统男权思想的反抗，符合美学的本质要求，也是女性视角下感性认识的外在表现。

---

① 特里·伊格尔顿. 关于意识形态 [M]. 桂林：广西师范大学出版社，1997.

2. 女性主义理论与美学的关系

虽然随着美学研究的深入，这一学科的本质也逐渐被掩盖，但是现当代西方文学与思想界却对这种现象进行了反思，要求将美学的本质重新回归到感性学的范畴。从苏格拉底时期开始，理性认识就成了主流思想，而感性认识则逐渐退出了思想研究的核心。直到社会发展进入了后现代阶段，感性认识重新焕发出生机，不管是人们的生活，还是哲学、文学、艺术等领域，都开始向感性认知的方向倾斜。这就是女性主义美学诞生和发展的前提条件。女性主义理论的本质是将女性的人生经历和生活感悟整合为一套科学的思想体系，代表了对个人经历的重视，将女性主义与美学研究互相融合。美学的研究对象是感性认识，看不见摸不着，而且类型和体裁都无法确定。这样的研究逻辑与女性主义理论的根本逻辑非常相似。有些学者指出，女性主义美学因为理性认识的缺乏而无法获得长远的发展，但是从上文的分析来看，女性主义理论正是因为更偏向感性认识，才更接近美学研究的最初定义。

在后现代发展阶段，女性主义美学为感性认识的地位超越理性认识提供了极大的助力，不仅整合了女性群体观点、性别差异、创作技巧和其他女性视角的理念，而且对于哲学、艺术、美学领域的研究相对成熟，正如刘小枫在《现代性社会理论绪论》中所说的那样，20 世纪的西方哲学是"哲学的肉身化过程"。

（二）女性话语是女性自我的声音

"历史"只是 his story（他的故事），而不是"her story"（她的故事）。在传统民间故事和文学中，鲜少出现女性主动表达的字眼。虽然女书诞生于中国古代，但却是女性不得不迎合男性霸权的主流观念，为了避开男性的监视而创作的字体，从侧面表现出了女性话语权的丧失。传统文学中的女性形象都是男性作者在自己的视角上创作出来的，所以那些女性形象要么是天使，要么是妖妇，仅仅是反映了男性对女性的期待和扭曲。在传统理论和语言环境中，女性的存在和思想直接被掩盖或抛弃，而传统的理论话语中更是充斥着对女性形象的丑化。直到后现代发展阶段，男性的话语权逐渐减小，女性主义才有机会用女性视角创作的文学、艺术、哲学思想等填补空缺。

事实上，女性主义理论越来越偏向于反映女性自身的审美感受。女性主义美学的发展除了回归感性认识之外，并没有其他更好的方式。理性认识的底层逻辑是以男权为核心，不关注女性对自身感受的表达，甚至刻意掩盖。人的感受基于感性认识，突如其来，与理性截然不同。如果感受到了感性认识的独特魅力，那么它就会借助想象和符号系统形成一套完整的思维逻辑，并踏入美学研究的范畴。以这样的审美理论为基础，女性群体开始在文学批评中彰显女性视角，表达女性的感受，以此作为女性主义文学批评的独有风格。

与男性写作区别较大的是，女性写作的特点是注重身体的描写。女性创作者将躯体的描写作为一种媒介，将自己的感受和看法更加具象化，以此展现自己对不同问题的思考，而且这种写作方法在人类的欲望和情感之间搭起了一座桥梁，让读者能够与作者共情。摆脱父权制的前提是将女性彻底与男性文学风格分离，创造一种专属于女性的文学体裁或风格，即女性的语言，详细表述女性的感受、体验、欲望，将女性的真实生活通过文学的形式展现出来。女性写作要求女性借助女性的身体进行创作，创造出一种与男性语言完全不同的语言形态，打破两性观念的壁垒、打破传统等级秩序，改变虚伪的华丽辞藻。

二、女性视角下的英美文学审美分析——以伍尔芙《邱园记事》为例

（一）《邱园记事》的诗情画意之美

《邱园记事》（Kew Gardens）的作者伍尔芙（Woolf）认为，所有伟大的作家都是运用色彩的杰出画家，他们总能努力让作品中的风景闪耀或黯淡，由此制造视觉变化。由于当时印象画派的思想盛行，伍尔芙也受此影响，经常使用大量的色彩描写，营造独特的阅读体验，呈现出不同环境中光、影、声、色的差异，将文学和绘画的创作方式互相融合，让文学作品中蕴含绘画艺术的魅力，给观赏者提供独有的体验。虽然伍尔芙的本职工作是小说家，但却是当代文学家中最常使用绘画式描写手法的小说作者。

《邱园记事》一开篇就凭借细腻的文字风格和张扬的色彩描写引起了读者的兴趣。在五颜六色的花坛里，嫩绿的枝叶衬托着红、黄、蓝、白等不同颜色的花瓣，而阳光树叶间投下的阴影和光斑点缀在花瓣上。花蕊上是星星点点的金粉，与花朵和树叶一起构成了五彩斑斓、光影曼妙的夏日风景画。文章中描写了心形、

舌状的叶子、叶面下枝枝杈杈的叶脉、雨滴不断膨胀的薄薄水壁，让整幅画面更加灵动。晶莹剔透的水滴和细细的叶子似乎近在眼前，让读者立刻沉浸在诗意的画面中，感受美妙的韵味，甚至能想象到画面真实出现在眼前的场景，感受到形、色、光、影互相配合的绝妙意境。之后，四组游客一个接一个地出现，就像是印象画中的人物一样。虽然人物的描绘非常粗略，仅用几笔带过，但是赏画的人却能清晰地在脑中构思出他们的心情、言语和动作，再加上五光十色的自然风光，两者相得益彰，搭建出具有绘画艺术风格的场景，拥有独特的文字意趣。

诗意美的小说能够带给读者无尽的想象，通过有限的文字画面扩展到无限的思想中。文意源于画意，画意暗合文意。阅读文章的时候，读者仿佛能够亲眼看到邱园内部的各种风景，而且读完之后，可以体会到观念的变化。诗意美的小说本质上是用诗意的思想看待生活中的各种事件和情感，已经不再局限于某种事物的细节描写和人物命运的起伏，而是将诗意融入文字，着重描写思想和情感的变化，所以这一类小说与诗歌的思维逻辑非常相似，仅仅描写大致的轮廓，而不是抓住某个细节进行讨论，让读者的思维集中在瞬间的感受和不断变化的情感体验中，并借助隐喻和象征的手法进行创作，表达作者对生命本身的思考，与绘画的逻辑非常相像。

《邱园记事》以描写邱园的风景作为重要内容，以蜗牛的行动作为暗线，结合四组人物的故事搭建起小说的主要脉络，共同构成了一组互相独立又彼此连接的画卷。这本小说中经常出现各种表达象征意义的事物，重点描绘生活细节和景象的变化，借此展现了人类不可预测的情感波动。小说中对五彩缤纷的邱园美景进行了大量的描写，可见伍尔芙对自然风光的热爱。串起剧情的蜗牛代表了她本人的人生观念。虽然四组游客乍一看并没有明确的联系，但是他们似乎都对人生的本质，也就是情感、死亡、生活、命运等问题非常关注。所以，他们的话语和思考具有现实意义。此外，伍尔芙从诗意的角度观察生活，以生活的表层形态为基础进行思考，使小说兼具哲思和诗意。在作者对人物的描述中，读者可以看到作者对人类、自然、生活的热爱和成熟的心灵。因此，在《邱园记事》中，绘画的审美效应远远超出了文字所能表达的极限，可见作者在其中倾注了大量的感情。

（二）《邱园记事》的散文美

《邱园记事》中大量采用了非理性的意识流创作手法，没有采用常见的时间叙述逻辑，而是将感情的变化作为贯穿剧情的主要线索，也就是将散文和诗歌的创作手法放在了小说创作中，将美丽的田园风光、抒情的风格、分散而有条理的叙事逻辑、具有绘画美感的描写手法等作为基调，展现文中各个角色的心理变化。

相比于传统小说文字布局的紧凑，《邱园记事》的多个剧情片段之间乍一看毫无关联，显得非常松散，而且仅使用小说的体裁，并没有对每个人物的特点进行详细的叙述，也没有使用常见的形象特质，反而注重描写景色和情感，将四组游客的心理变化和由此引发的行动进行了散文式的阐述，给读者留下无尽的想象空间。伍尔芙选择将自己对人类生命形态和情感内核的思考融入文字，所以借用这种手法表现未来的不可预知。

（三）《邱园记事》的戏剧美

《邱园记事》具有戏剧化的特征，采用了现代主义叙事的独特视角。戏剧兼具文学性和剧场性。借助人物语言表达人物的性格和行为逻辑，正是构成戏剧艺术精神内涵的基础条件。《邱园记事》的戏剧性还体现为借助文字将剧情以画面更替的方式展现在读者眼前，仿佛亲眼观赏戏剧一样。作者就像花园里的导演一样，首先向观众展示了邱园的花坛，背景是五彩缤纷的夏季风景。然后，四组游客依次出现，作者记录了他们的言行、感受、情感。之后，通过蜗牛的视角带领读者观看小说中的世界，让读者成了戏剧的观众。

第五章　翻译视域下的英美文学

本章为翻译视域下的英美文学，主要包括三个方面，分别对英美文学翻译的基本理论、英美文学中常见的文化词与翻译、英汉思维差异与语言翻译策略作出阐述。

第一节　英美文学翻译的基本理论

一、英美文学翻译的艺术性原则

（一）接受者效果

接受者效果的基础是接受美学。接受美学指的是将作品的审美内容直接体现在作品中，具体的效果需要借助接受者的审美反映来判断，而且接受者的审美观念会直接影响最终的效果。作者与接受者之间的交流主要取决于两者间的共同点。作者与接受者之间交流的审美信息基本相同，但是有时候存在一定的差异，主要是接受者与作者的交流方式、语言表述和审美差异等原因造成的。两者间可能会出现更深入的交流，也可能会因此出现误会，前者可以让接受者更明确地了解作者想要表达的含义，而后者会直接造成审美信息的变化。

（二）接受美学理论与翻译

接受美学理论同样适合在译文（作品）和译文读者（受试者）的审美关系中使用。在实际翻译工作中，译者所代表的角色是原文的接受者和译文的创作者，需要承担两种职责。由于这种职责的双重性和特殊性，不同的译者可能会将同一部作品翻译出不一样的结果，可见不同译者的感受和阅读体验是不一样的。这种特殊性还存在于由语言符号系统进行创作的译文之中。因此，读者可以从译文中看出译者对于原作的感悟，以及其接受的成果，而在某些语境中，译者可能会由于自身的原因对原作品的主旨有不同的理解。

从另一个角度看，虽然译者对原著的接受程度有一定的差异，但终究是在一定范围内，而不是随意变化的。不同的接受者身处于不同的社会环境和家庭环境，所以他们自身的语言理解能力无法突破所处地域和文化环境的限制。除此之外，很多译者的工作还会受到原作内容或原作者理解能力的限制，包括审美客体对主体的影响，也就是原作中的意境和人物形象等对作品主旨的影响作用。在这种情况下，译者创作的译文不可能完全根据本人的理解，而是需要以作者表达的意义作为基础，加上自己对原文的理解进行综合创作。这里所说的"理解"指的是译者所处的语言环境、接受的目的和语言逻辑等原因。这三个方面反映了翻译过程中的翻译心理和对翻译的影响。修辞情境分为两种，分别是产生情境和接受情境。如果两种修辞情境完全相同，那么这部分的接受效果会更好；相反，接受效果会受到负面影响。

产生情境和接受情境可以分为三种，即现实情境、个人情境和时代社会情境。其中对翻译工作影响较大的是个人情境。个人情境所涵盖的范围较为广泛，包括性别、年龄、职业、社会地位、性格气质、兴趣爱好、生活环境、人生经历、审美观念、价值取向等。其中影响较大的是语言和文字的整体水平。一个人对语言和文字的运用和理解会直接影响译文的风格和含义。一些译文具有诗歌的风格，一些译文中经常出现哲学性质的语言，都是因为译者的语言偏好不同。

人们对于艺术的态度，就是对于"美"的态度。所以，读者能否从艺术鉴赏的过程中获得"美"的体验，就是判断艺术鉴赏价值的重要参考标准。对读者的喜好进行研究，是译者开始翻译工作的前提条件，也是翻译研究工作的重要环节。虽说读者可以让自己的创造力填补作品的缺憾，进行二次创作，但是读者自身的人生经历和审美偏好也会受到原作品风格的影响。从这种角度来看，"美"指的是一种欣赏美的人与事物之间的联系，是一种单方面的感觉。就算事物并不是真正的"美"，但只要有欣赏的人存在，就建立起了"美"的链接。这说明，人们对事物价值的判断也是单方面的。只要明白这个道理，译者就能将读者的反馈作为重中之重，并由此调整翻译的细节工作。

（三）视野融合

所谓"视野"，是指认识与体验所组成的认识范围。如果把文本解读看成一种接受活动的话，那么阐释的对象、意义以及由此产生的读者期待等都会对理解结果发生影响。根据阐释学原理，由于作者的知识结构和经验有限，形式结构固定，阐释者对原文的认识应该保持原作的水准，否则，即为过度阐释或欠额阐释。但是，由于知识和经验不同，阐释也并非一个被动单纯性的认识过程，而是一种主动的创造过程。

根据这一原则，翻译的第一步应该是了解原作。从这个意义上说，译文与原文一样重要。译者对原文的理解不可能脱离原文的范围，也不能将自己的知识视野强加给原作，但是，有一种基于原作叙述的方式，可以唤起读者的形象记忆和情绪记忆等。在这个过程中，译作与原文中作者的思维活动是完全一致的。虽然因为译者在母语文化中濡染已久，习惯了自己的语言传统，以自己思想感情进行翻译，拥有属于自己的生活经验，也有自己的个性修养，具有独特的精神气质，不可能与原作完全一致。但是他了解原作的方式决定了他对原文理解的深度和广度，同时也影响到了对原作进行创造性转换时的思维水平。所以在这一过程中，译者需要依靠想象力、联想力、情感感悟与理解力，才能体会原作的立意与意境，再造一件与原作不一样的全新艺术作品。换言之，理解就是译者对自己所认识到的事物或现象进行观察、分析、综合、概括后得出的结论。由此可以看出，了解并不是译者彻底抛弃了自己的眼界，走进原作者的视野，也不是单纯地将原作者的眼光融入自身的视域，而是译者站在自己现有的视野内，进一步开阔眼界，与原作者的目光相互交融，形成全新的视角。拓展视角的程度取决于作者和译者对原作所具有的不同的审美观念，以及各自的审美眼光。这种认识同时包含着原作者与译者共同的眼光，是原作者与译者的审美体验互相交融，也就是美学中所说的视野融合。翻译作品不仅包括原作中的形象，而且还包括译者本人对生活的观察和体验以及由此而产生的情感、想象、思维等多方面的反映。如此翻译出来的译作，既有对原作内容和形式上的重现，又不可避免地带有译者的灵气。所以，译文是原作者和译者共同创造出的作品。

（四）审美的同等效应

结合美学原理的理论来看，美指的是因为有人欣赏才能建立起的一种联系。从根本上看，美不是一种看得见摸得到的东西，也不是一种事物具有的属性，而是将欣赏的客体与事物相连接的一种关系，也就是人对事物的主观欣赏和认可，将人和事物联系在一起。正是由于"美"的这一特性，人的参与成了必要条件。从这个角度来看，任何一种事物的"美"都是人主动建立起的关系，是一种根植于欣赏和认可的关系。不过，事物一旦拥有了"美"，那么不管有没有人欣赏，"美"都不会自主消失，包括艺术作品和自然环境。

得益于艺术美的这一特性，想要准确地点明互相关联的双方，也就是对艺术作品鉴赏，而鉴赏者必须拥有人类意念愿望的指向，且必须与艺术作品的价值倾向达成一致，鉴赏者才能感受到深层的美，而不是仅仅停留在表面。假如创作者在艺术作品中倾注了大量的心血和感情，但是与鉴赏者的审美取向相差较大，那么艺术作品的魅力就无法被认可。不过，如果鉴赏者无法认同创作者的价值理念或者审美观念，那么艺术作品无论创作的手法和技艺多么精妙，也无法获得认可。此外，在鉴赏艺术作品的过程中，鉴赏者的价值取向往往受到本民族文化风格和时代潮流的影响，而创作者也会受到此类因素的影响，所以不同地域、民族、社会环境和时代背景下所创作的作品均有较大的差异，尤其是艺术风格和审美观念。需要注意的是，不管其他条件如何变化，人类均有共同的基础理念，导致不同时期或民族的舞蹈、音乐、绘画等艺术形式能够被其他民族和时代的鉴赏者认可，体现了"人同此心，心同此理"的理念。"口之于味也，有同耆焉；耳之于声也，有同听焉；目之于色也，有同美焉。至于心，独无同然乎？"[①] 任何时期的艺术作品都具有永恒的美学价值。这种现象就是审美理论中的同等效应，也正是文学作品的"可译性"和判断译文价值的理论基础。

二、英美文学翻译的语境适应论

（一）适应宏观语境

1. 适应原作社会政治制度

构成社会环境的重要元素中，社会政治制度处于核心地位，同时也是组成一个社会的基本要素。语言是人们沟通交流的重要途径，服务于人类社会，也是构成政治、经济、文化环境的基本要素之一。虽然语言并不属于上层建筑的范畴，但却与上层建筑紧密结合，不可分割。此外，社会政治制度的变化将会对语言造

---

① （战国）孟轲著；李晨森编. 孟子 [M]. 北京：煤炭工业出版社，2017.

成直接影响。虽然这种影响不会完全颠覆现有的语言体系，但会推动语言的表达形式出现根本上的变化，而人们只能被动地适应这种变化，才能在新的社会环境中顺利进行人际交往。

相比起重新创造一套全新的语言，社会制度对语言的影响仅能停留在改变表述方式的程度，甚至会因此改变整个社会的交际方式，或者更改语言的某些成分。由于社会政治制度的差异，不同语言文化体系下的生活方式和表达逻辑也有较大的差异。因此，译者必须深入了解不同社会政治制度背景下的语言构成和使用习惯，才能更精准地表达原作的情感和语义。

2. 适应原作经济生活方式

如果以语境学的逻辑进行分析，可以看出社会经济生活对语言表达的约束是无法避免的。经济生活与每个人息息相关，是影响社会情境中人们交流的主要因素，甚至直接改变人们的生活和劳动方式。经济生活对于一个民族和社会的语言表达逻辑有着直接的影响，包括具体的词语，以及多个词汇共同组成句子的方式。所以，社会经济发展必定会随之发生表达方式和词汇的变化。人们将会自觉改变原有的表达方式。从这个角度来说，政治制度的变化对经济生活的影响非常显著，同时也会从多个角度改变语言的发展路线。人们长期处于某种生活方式和劳动方式中，自然而然就会创造出一套相配的语言体系。反过来说，文学作品也可以反映出当时的经济发展水平。

3. 适应原作时代背景

如果以翻译的标准进行分析，可以发现，适应时代背景有着多重含义。

首先，实际翻译工作中，译者应该对创作作品的年代和社会文化有较为深入的了解，但是译者身处现代生活环境中，使用的表述方式也更加现代化，无法与作品完全一致。译者可以对原作描写的事物和人物进行研究，找到与当今社会有联系或者完全一致的事物，而且还需要结合创作的时代背景进行分析。此外，译者还需要灵活运用现代的表述方式和词汇，替换原作中已经不合时宜的落后理念和不再使用的词汇或表达方式，确保修辞、语法、词汇等是现代人熟知的内容。译者还需要注意原作的语法、词汇、语音的构成要素和当时社会的使用习惯，尽可能还原当时的行文风格。

其次，译者往往更偏向于以当代的语言为基础，套用在原作中，降低实际阅读和理解的难度，让读者能够轻松地阅读文学作品。如果一味地还原当时社会的语言风格，可能会导致读者一时难以接受。为了解决这一问题，译者应该掌握较为全面的历史文化知识，尤其是当时的社会风貌，并将其转变为现代读者能够理解的行文方式。

最后，有些作品的创作背景与故事发生的背景并不相同，甚至会模拟故事所处年代的语言表达方式。很多历史小说作品和科幻小说作品经常出现这种背景设定，但是对于译者来说，翻译这类作品之前需要查阅大量的历史资料和相关知识，并灵活使用现代的语言，才能将原作的用意展现在读者眼前。

4. 适应原作自然地域环境

不同作者由于所处的地域不同，所以在创作时采用的语言表达方式也不同。在不同自然环境中成长的人，往往在语言表述时会不自觉地带上某个地区特有的词汇或者语言特色，甚至口音、词汇和语法都有一定的差别。译者应该提前了解作者的成长背景，并敏锐地发现一些独特的表达习惯，才能针对性地进行更换。举例来说，英国的四周都是海洋，所以社会发展早期，当地人的生活与海洋的联系非常紧密，所以创造了与海有关的文化体系。而我国汉族人民的生活场景是群山和平原，所以民族文化也离不开大山和土地。这些自然环境的差异都会集中表现在语言的使用习惯中。比如说，英国人往往使用"there are plenty of fish in the sea"表达对失恋者的安慰，而汉族人的表述方式却是"天涯何处无芳草"，可见地理环境对语言表达的影响之大。除此之外，从李白的名句"功名富贵若长在，汉水亦应西北流"[①]中也可以看出，李白的比喻建立在汉水不可能向西北流去这一事实基础上，但是这仅限于我国的地势。如果将这句话放在非洲，则变成了完全相反的意思，因为尼罗河的流向正是由东南向西北，甚至需要将这一句诗翻译为"功名富贵若长在，尼罗亦应东南流"，否则当地的读者无法理解诗句的含义。

（二）适应微观语境

1. 适应语音语境

语言的外在表现是语音，而语音承担着表达语义的任务。一旦语音的形式发

---

① 马玮. 李白诗歌赏析 [M]. 北京：商务印书馆国际有限公司，2017.

生了变化，所传达的语义也会随之变化，影响到译文的整体含义。一般来说，导致语音变化的是文章的前后内容，也就是其他语音形式共同组成的语境。只有前后的语音之间有一定的联系，语音才会发生变化。此外，音节的变化和搭配也会受到语境的影响，尤其是音节的响度和数目等。结合音节的数目来看，多个音节彼此关联，有着强大的内驱力，确保音节的数目保持整齐和均衡，所以在实际表达中，音节的数目往往相同，比如一个音节对应一个音节，而多个音节则对应多个音节，而且连词前后的动词和宾语等固定结构往往也互相对应。这样不仅视觉上显得整齐和谐，而且读起来更有节奏感，便于阅读，而一旦失去这种固定形式，就会影响读者阅读译文时的体验。

2. 适应词汇语境

词语与语境息息相关，不仅受到宏观语境的影响，而且还受到微观语境的影响。当多个词语互相连接，就组成了语境，也就是文章的前后内容，而且由此可以看出词语的具体含义，以及词语出现在这个位置的原因，更明确地了解词语使用的固定逻辑，甚至可以发现词语交叉使用的某些特定语境，进而判断一个词语在句子中担任怎样的角色，而表达的语义是否有所不同。词语一旦成为语境的组成部分，也就成了构成整篇文章主旨的一部分。如果多个词汇按照正确的形式组合起来，就共同搭建起一个语境的参照系，用于清晰地判断词汇在语境中的位置是否正确。此外，词语所处的位置可能会改变句子本身的含义，甚至词语本身的含义也会因此发生变化，所以翻译原作时应该着重关注词汇语境。

3. 适应语义语境

词语共同搭建起句子的含义，同时组成语境，而其中存在另一层含义，也就是转化语义。语境的变化对于词语的含义有着巨大的影响，不仅体现在句子背后隐藏的情绪中，而且体现在词语的语义中，有时甚至表达完全相反的含义。

4. 适应语法语境

研究语境是译者了解语法运用方式的重要途径，以便对原作的词语形式和语法功能的变化作出正确的判断。

三、英美文学翻译的语篇理论

（一）注重从文章的整体构思

正如李渔在《闲情偶寄》中所描述的那样："至于结构二字，则在引商刻羽之先，拈韵抽毫之始，如造物之赋形，当其精血初凝，胞胎未就，先为制定全形，使点血而具五官百骸之势，倘先无成局，而由顶及踵，逐段滋生，则一人之身，当有无数断续之痕，而血气为之中阻矣。工师之建宅亦然，基址初平，间架未定，先筹何处建厅，何方开户，栋需何木，梁用何材，必俟成局了然，始可挥斥运斧。"① 《艺术论》（*Art Perspective*）中详细阐述了作者对整体构思的见解："在真正的艺术作品——诗、戏剧、图画、歌曲、交响乐，我们不可能从一个位置上抽出一句诗、一场戏、一个图形、一小节音乐，把它放在另一个位置上，而不致损害整个作品的意义，正像我们不可能从生物的某一部位取出一个器官来放在另一个部位而不致毁灭该生物的生命一样。"② 如果从整部作品入手，可以看出文字作品内的句子经常由于主旨的不同而表达不同的含义，甚至表达完全不同的含义，或者仅仅是句子背后的情绪被削弱或强化。

（二）把篇章的分析落实到词句

在重视整体构思的同时，译者也需要重视词句的研究。"因字而成句，积句而成篇，积章而成篇"③，将句子组织成一部作品的过程，也正是作者整理思路和表达情感的过程，所以文章的结构能够在一定程度上表达作者的感情变化和思考逻辑。如果译者无法透过文章了解作者的思维，应该将重心放在对一些重点词语和句子的分析上。如果完全不考虑词句分析，译者的翻译难度将大大提升，就像是建造虚浮在半空的幻象，同时也会导致读者无法理解文章的含义。注重整体结构的分析，并不代表可以忽略词句的研究，毕竟翻译工作的成败往往由细节决定。就算译者对于整部作品的主旨掌握得分毫不差，完全理解作者的思维和情感，但是忽略了词句等细节的正确分析，也无法在译文中复刻原作的风格。

---

① （清）李渔. 闲情偶寄 [M]. 南京：江苏凤凰文艺出版社，2020.

② （俄）托尔斯泰（L.Tolstoy）. 艺术论 [M]. 上海：上海社会科学院出版社，2017.

③ （南朝梁）刘勰作；冯慧娟. 文心雕龙 [M]. 沈阳：辽宁美术出版社，2018.

（三）注重完整性

翻译的完整性主要指译者对原作者的审美观念、思维逻辑、时代背景等充分了解，且能够将其表现在译文中，传达给读者。完整性是语篇本身的重要特质。在实际表达中，人们往往使用完整的一段话表达自己的见解，而不是使用断断续续的多个句子，所以翻译时也要注意整段内容的完整，使用一段完整的译文表达正确的语义。

第二节　英美文学中常见的文化词与翻译

一、百老汇（Broadway）

原文：I tell students that there is no "one right" way to get ahead—that each of them is a different person, starting from a different point and bound for a different destination. I tell them that change is healthy and that people don't have to fit into prearranged slots. One of my ways of telling them is to invite men and women who have achieved success outside the academic world to come and talk informally with my students during the year. I invite heads of companies, editors of magazines, politicians, Broadway producers, artists, writers, economists, photographers, scientists, historians—a mixed bag of achievers.

译文：我告诉学生，出人头地没有"唯一正确"的方法，他们每个人都是不同的人，从不同的地点出发，前往不同的目的地。我告诉他们，变化是好事，人们不必适应预先安排的位置。我告诉他们这个道路的方法之一是邀请那些在学术界以外获得成功的男人和女人，在这一年里与我的学生进行非正式的交谈。我邀请了各界的成功人士：公司的负责人、杂志的编辑、政治家、广播电台的制作人、艺术家、作家、经济学家、摄影师、科学家、历史学家。

重点解析：Broadway 是位于美国纽约的中心街道，被人们称为"百老汇大街"，不仅有多家名剧院、电影院、酒吧、餐厅等，而且剧院和电影院都会每日上映最新的戏剧演出和影片，所以这条街也是纽约的娱乐中心。之后，美国娱乐业和戏剧行业也经常被称为"百老汇"。全球知名的林肯表演艺术中心就位于这条街道上。

翻译难点：翻译这段话的难点是最后一句话，也就是如何在译文中将"I invite……"和"a mixed bag of achievers"以合理的语序连接起来。如果按照原文的顺序，那么开头和结尾只能分开，翻译为"我邀请……——成功者的荟萃"，没能将"a mixed bag of achievers"与开头正确地组合在一起，读起来不够流畅。结尾的"a mixed bag of achievers"是对前文中多个职业的同位语，也就是对"heads of companies、editors of magazines、politicians、Broadway producers、artists、writers、economists、photographers、scientists、historians"的总结。不过，在汉语的表述习惯中，句子的结构往往是从总结开头，然后详细叙述，而且这个总结性词汇与开头的距离非常远，不符合汉语语境的理解方式，所以应该将句尾和开头放在一起，翻译为："我邀请了各界的成功人士：公司的负责人、杂志的编辑、政治家、广播电台的制作人、艺术家、作家、经济学家、摄影师、科学家、历史学家。"

二、好莱坞（Hollywood）

原文：Hollywood suggests glamour, a place where the young star-struck teenagers could, with a bit of luck, fulfill their dreams. Hollywood suggests luxurious houses with vast palm-fringed swimming pools, cocktail bars and furnishings fit for a millionaire. And the big movie stars were millionaires. Many spent their fortunes on yachts, Rolls Royces and diamonds. A few of them lost their glamour quite suddenly and were left with nothing but emptiness and colossal debts.

译文：好莱坞暗示着魅力，是年轻的追星族应该去的地方。只要有点运气，就能实现梦想。好莱坞的背后含义是豪华的别墅、巨大的棕榈树环绕的游泳池、鸡尾酒酒吧和适合百万富翁的家具。电影明星都是百万富翁。许多人把财富花在了游艇、劳斯莱斯和钻石上。他们中的一些人突然失去了魅力，只剩下空虚感和巨额债务。

重点解析：Hollywood 就是人们常说的"好莱坞"，是美国电影业的代名词。好莱坞本身是美国加利福尼亚州西南部的一个普通港口城市，但是它位于洛杉矶的北部，而且气候适宜，风景秀美，还有阳光和沙滩，是很多电影剧组非常喜爱的取景地。20 世纪 30 年代前后，随着美国电影业的发展，好莱坞在电影行业的地位也水涨船高，至今仍然是美国流行文化的重要标志之一。

翻译难点：句末的"emptiness"本质上是一个抽象名词，需要结合语境进行翻译。如果仅考虑这一词汇的表面含义，将其翻译为"空洞"，并不能完全表达这个词汇在句子中的具体含义。经过分析可知，这一词汇描述了一种情绪，可以翻译为"空虚感"。

第三节　英汉思维差异与语言翻译策略

一、基于英汉思维差异的语言翻译策略之调整句子长度

英国和中国的地理位置和自然环境差异非常大，所以思考逻辑也大不相同。西方人更重视分析方法的研究，思考问题的逻辑是从整体到局部，所以语句的表达也常常以助语和谓语作为句子的中心，然后使用多种短语和从句对其进行描述，也就是从主要到次要的构建方式，然后多种词语进行叠加。这样的句子看似结构松散，但实际上对句意的表述非常清晰，形成了树权型结构。东方人更偏向于整体的统一，要求句子的各部分紧密结合在一起，所以句子的结构往往以动词为中心，其他部分像河流汇聚一样不断整合。

严复针对英语的语句结构进行了深入研究，指出："西文句中名物字，多随举随释，如中文之旁支，后乃遥接前文，足意成句。故西文句法、少者二三字、多者数十百言。"[1]英语句子的表述依赖于关联词语和短语，而且句子往往较长。由于汉语采用多个短句分别讲解的方式，所以句子的数量相对更多，而句子的长度却较短。所以，英语的长句经常翻译为多个短句，而汉语的短句则翻译为一个较长的英文句子。

分译和合译是处理这种情况的常见手法。

（1）原文：Spring has so much more than speech in its unfolding flowers and leaves, and the coursing of its streams, and in its sweet restless seeking!

---

① （英）托马斯·赫胥黎著；严复译 . 天演论 [M]. 南京：译林出版社，2014.

译文：春天的很多东西难以用语言表达，在它展开的花朵和树叶中，在它流淌的溪水中，在它甜蜜不安的寻求中。

（2）原文：事实上，现代诗中的对立，并不是亚洲与欧洲之间的对立，而是创新与保守的对立。这两种对立之间有联系，可是并不相同。

译文：In fact, the antithesis in modern poetry has not been between Asia and Europe, but between innovation and conservation a related but by no means identical polarity.

（3）原文：命途多舛的华夏民族，百年来牺牲了大批优秀人才，他们前赴后继，探索救国救民的正确道路，真是可歌可泣。

译文：For a hundred years, the finest sons and daughters of the disaster-ridden Chinese nation fought and sacrificed their lives, one stepping into the breach as another fell, in quest of the truth that would save the country and the people. This moved us to song and tears.

从上述例子中可以看出，将句子的长度和语序进行合理的调整，更加符合两种语言各自的表述方式。

二、基于英汉思维差异的语言翻译策略之调整句子结构

由于表达方式的差异，东西方的句子结构分别呈现出"树杈形"和"流水型"两种形式，一方面表现为句子长度的不同，另一方面表现为句子结构的差异。英语的句子结构中往往借助短语对中心词汇进行解释，即"随举随释"，所以可以同时出现多个短语和从句。汉语的句子结构是使用虚词和词序作为连接，所以对中心词汇的解释说明比较简短，逐渐形成了"双提分述"的习惯，拥有比较清晰的结构层次。

三、基于英汉思维差异的语言翻译策略之调整句子重心

英语句子和汉语句子的语义重心非常相似，尤其是同时出现表示条件、假设、原因、让步或分析推理的长句中，语义重心都是表达结果、结论或事实。不过，英语句子的语义重心结构与汉语截然相反，英语句子大多是前重心结构，汉语句子却是后重心结构。考虑到西方人的思考问题的逻辑是"由一到多"，所以更偏

向于将语义集中在一句话的开头，而东方人的逻辑是"由众归一"，所以将次要语义部分放在一句话的最前面，并把主要语义放在一句话的最后面。

（1）原文：It is a truth universally acknowledged that a single man in possession of a good fortune must be in want of a wife.（J.Austen, Pride and Prejudice）

试比较以下两种译法：

译文一：有一个不可否认的事实，一个拥有丰厚财富的单身男人，总想娶一个妻子。

译文二：一个拥有丰厚财富的单身男人，总想娶一个妻子，这是一个不可否认的事实。

原文的语义重心是"一个不可否认的事实"，而英语句子将它放在句子开头的主句中。翻译成汉语的时候，可以将它放在句子的开头上，也可以按照汉语的排序习惯把它放在句子的末尾。如果根据语义进行分析，译句仅是对原文的复述，但是结合句法结构的差异，可以看出后者更加符合汉语的句子结构。

根据语言形态学的理论，语言可以分为分析型语言与综合型语言两种类型。分析型语言的特点是语序不可以随便调整，而综合性语言的特点是语序可以随意调整。汉语属于分析型为主的语言，所以语序不能随便改变；英语是兼具分析型和综合型特点的语言，因而语序可以固定不变，也可以根据实际情况进行调整。复合句的从语部位可以随意调整，放在主句前或主句后都可以。如果是汉语中的偏正复句，偏句与英语的修饰性状语从句放在相同的位置，而正句也就是主句，所以偏句需要放在主句之后。所以，将英语翻译成汉语时，"主前从后"的语序需要更改为"偏前正后"。

第六章　教育视域下的英美文学

本章为教育视域下的英美文学，主要包括五个方面的内容，分别是英美文学教育方法、语言研究与英美文学教育、文化语言学与英美文学教育、认知语言学与英美文学教育、英美文学教育实践。

第一节　英美文学教育方法

一、英美文学教育模式现状之思

当前，我国高等教育仍然没有摆脱普通高等学校原有的传统教育模式。随着经济和社会发展对高层次专业人才提出越来越高的要求，原有高校人才培养模式已不适应时代需要，传统的教育模式已经难以和高等教育人才培养目标的需要相符合。在新时期下，如何改革和完善现有高校人才培养模式已成为一个亟待解决的问题，因此非常有必要构建具有中国特色的现代教育体系，从而更好地培养和发展高级技术复合型人才。

在中国市场经济越来越发达的今天，对外交往不断深化，英语作为一种基本技能，得到了社会与市场的广泛关注。在高校开设英语课已成为许多院校的共识，并且越来越多的毕业生选择走向工作岗位或出国留学深造，然而英语专业在本科教育中却遇到了不小的难题与挑战，英美文学教学更是备受冷落，同学们将激情全部转移到了和市场联系更紧密的商务英语、外贸英语等实用性课程上面。目前，我国高校普遍存在重理论轻实践、重教师轻学生以及重学术轻应用的现象，影响了英语专业人才培养质量和水平。所以，英语专业的教育目标亟待重新定位，以人文通识型通用人才培养为宗旨，对英美文学课程进行不断调整与改革，让毕业生适应社会的不同需要，与国际相接轨。

如今，不少理工科院校英美文学课程设计并不合理，仅有高年级的英美文学选修课，而无必修课，这样就容易造成大学英语基础课程中英美文学课与其他专业英语课堂相脱节的现象。因为学生低年级的时候，在文学、文化等基本人文知识方面，未得到良好陶冶、训练、培养与发展，升到高年级的时候，阅读英美文学原著就很难真正理解其中蕴含的意义，不能获得美学的体验，同时也难以真正得到某种文化认知。

一些高校重视语言技能，忽视人文素质的培养与发展。教师教学手段和方法比较陈旧、单调和简单，用独白式的语言解释原著，以分析句法与篇章为关键，忽略了阅读体验与品评的基本知识与方法的训练，素质培养严重缺失。学生学起来很呆板，很被动，在鉴赏与批判方面的能力相对较弱。

学生的兴趣缺乏，选课的时候具有很强的功利性，他们更加倾向于将激情投在那些和市场有更多联系、可以帮助就业的实用性课程上面，如旅游英语、外贸英语等，缺乏文学方面的知识、兴趣与爱好，忽略文学在人文教育中作为关键性学科的重要作用和地位。

不少英美文学专业学生人文素养不高，文化知识匮乏，对于英美国家文化与文学的了解基本停留在基础阶段。学生的学习仍以被动吸收知识为主，没有将主观能动性发挥出来，此外教师的师资力量也相对较弱，不仅英美文学学科带头人不多，创新型教师数量也比较少。

（一）英语专业教育改革新形势下的新定位

1. 英语专业培养目标内涵的重新定位

高等学校英语专业所培养的学生，应当是既有坚实的英语语言基础，又有广泛、丰富的文化知识，可以熟练应用英语，在不同的部门担任翻译教学、管理和其他工作的优秀复合型英语人才。因此，对学生进行专门用途英语教学已成为高校英语课程改革的重要目标之一。事实上，多数学者与教师都充分肯定复合型外语人才培养，是市场经济的迫切需要，同时还有人指出要推行英语专业复合型人才培养，存在一定的可能会整体上弱化常规英语专业浓厚人文倾向。由于英语属于人文学科范畴，英语学科以英语语言、文学、文化为基本内容和要素，所以加强对英语专业的专业建设不仅可以提高高校英语专业人才培养质量，也有助于实现高等教育从精英教育向大众化教育的转变。目前，我国英语专业教育过多地注重技能的培养，忽略学生在专业方面的训练，致使英语专业大学生，无论是在思想纵深方面，还是在分析问题、知识结构等能力方面，和其他文科学生相比存在着很大的差距。随着改革开放以来经济全球化进程加快和科学技术迅猛发展，国际人才需求不断增长，对复合型外语人才提出新的要求，为了最大限度地避免这一现象持续下去，需要将英语专业重新置于人文学科本位，致力于注重人文通识型通用人才的培养和发展，从而在条件都具备和成熟的情况下，兼顾复合型人才的培养与发展。通用型英语人才，就是英语技能娴熟，人文素养博大精深，具有批判性思维，创新能力强，同时有社会责任感，可以快速地适应多种岗位的优秀专业人才，要想达到这一培养目标就必须对现有的专业进行重新定位。这一目标在国际教育界已形成了一个基本共识，将为生活的办学理念和思想充分地反映和体现出来，这就要求我们必须明确专业培养目标，并将其作为教育改革的重要指导思想之一。基于这一目标与思想，英语专业应明确英美文学的主体地位，这是因为它既是专业英语课的基础，又是其核心课程之一。透过英美文学，深入了解英美文化与国民性格，就是在文化认知与文化认可基础上进行跨文化交流。从这个意义上来说，英语学习就是一种文化学习，它不仅包括语言知识的传授，还涉及人文修养、世界观以及价值观等方面的内容。如今英语专业教育远落后于这一观念及目标，与通用型人才培养目标不相适应，也无法更好地适应社会的发展，难以正确引导生活与沟通。

2. 培养人文通识型通用人才目标下的英美文学教育的改革

原本的单一培养目标与模式已无法适应和满足社会的不同要求，学校非常有必要按照经济和社会发展，积极主动地对培养目标进行调整和优化，对英美文学的课程设置进行科学的改革，培养更多的人文通识型的优秀通用人才。当前的英语语言文学教学应以职业能力培养为主线进行教学改革。从根本上对既有教育目标进行整体的合理改变与调整，注重对学生人文素养的教育与培养，把对学生进行人文精神教育作为英语语言文学教学的一个重要方面。不管是英美文化改进与提高，还是文学教育的专业化，均可以快速提升英语专业学科专业水平与地位，从而进一步带动大学整体人文学科的发展与建设。

一是突破现行英美文学课程的局限性，对英美文学课程进行不断的优化与完善，从而形成一套切实可行和行之有效的课程设置模式。重视和加强对大学生英语语言文学素质的训练与培养，使其具有较强的听说读写能力。已有的英美文学课程多设置于高等院校高年级，并且一般只作为选修课，这种做法反映了对文学课重要性认识不足、忽视其重要价值以及缺乏必要的课时安排等问题。这根本无法将英美文学课对英语专业教学的重要性充分凸显出来，也就不可能真正地发展学生人文素养，所以要提高英语教学质量，就需要重视文学作品在英语教学中的作用，并且把英美文学课程由选修课改为必修课，将文学课摆放在一个它应有的位置，另外将英语语言文学知识作为基础教学内容纳入课程体系之中。高等院校低年级设置相应的基础性课程，如欧洲文学史等，使学生从整体上认识西方文学，留下一定的印象，只有认识和理解英美文学的发展历史，才可以真正地阅读各个时代的文本。在此基础上，引导学生学习英美文学作品中的主题意义及相关背景知识，提高其阅读能力，培养他们良好的语言修养。除此之外，高校应开设通识性人文素质选修课程，如哲学、美术等，加强对学生审美与思维能力培养、发展，陶冶情操，培养艺术情操。此外，还可通过阅读文学作品进行英语文化知识教育。高等院校中高年级除了设置英美文学的选读，还可设置英美小说选读、英美诗歌选读等选修课，使文学课更加精炼，从而使学生能从不相同的角度切入理解文学的精髓。

二是教师要不断改善教学手段和方法。建构主义学习理论认为，知识主要不是通过教师传授的，而是学习者在一定的情景下，结合他人（包括教师和学习伙伴）的帮助，利用必要的学习资源，通过意义建构的方式获得的。建构主义学习理论强调"情境""协作""会话""意义建构"是学习环境中的四大要素。学生是信息加工的主体，是意义的主动建构者。教师只是意义建构的帮助者，其任务是创造适合学习者学习的环境，培养他们的主动性和自主性。因此，教师在英美文学教学中可以充分利用日新月异的多媒体技术，现在的网络资料提供了图、文、声、影一体的多媒体技术。之前学生的知识只能来自教师个体的知识库，无论教师如何博学多才，都无法达到网络资源的广阔和翔实。教师不仅在课堂上可以利用网络资料充实课堂内容，增加授课的生动性，而且在课外可以让学生利用网络搜集更多和文学课有关的资料。比如，很多文学名著都被拍成了电影或者电视剧，学生在欣赏影像作品的同时，能把文字文本和影像文本作出比较，从而更进一步地了解文学作品和作者的意图。

教学方法应该从过去老师占主导地位，自导自说的传统单一模式向互动教育模式过渡，在教学过程中要尊重和信任每一个学生。教师在开展教学活动的过程当中，不仅要注重教师主导作用的发挥，更应该注重学生主体性作用的发挥。教师是主导，学生是主体，这是现代教育理论的一个基本观点，教师在教学的时候应以学生为本，只有当学生成为课堂主人时，才会产生强烈的求知欲望和探索精神。教师应认识到学生智能作用，需要将学生学习的主动性和积极性充分发挥出来，培养学生学习认真的态度，坚定学习信心，积极发展学生智力，提高他们对学习的兴趣，给其更加充足的时间亲身参与语言运用和学习，同时还要注重对学生自学能力和独立获取新信息能力的训练，使其掌握科学的学习方法和学习策略。教师教学的过程中，既要传授学生知识，又要对学生进行正确的引导，更要教学生学会自学的方法和手段，提高其自学能力和水平。英语课堂教学中，教师只有根据教学内容选择合适的教学方法，才能提高教学效果，达到预期目的。英美文学课本身是一门比较难的专业课程，不仅和学生所拥有的知识面、知识量有关系，还和学生的文学水平有着十分紧密的联系。将学生学习的主动性和积极性充分调动起来，给他们创造参与讨论交流的机会是教师教学过程中的关键与核心，所以教师必须在课堂中全方位地激发学生的参与性以及积极性，使其共同参与到课堂的各项活动中去，另外还要利用网络资源以及第二课堂，开展个性化自主式的学习，并合理、科学地指导学生做好课前预习工作。

三是英美文学课程师资力量与科研能力的提升。教师不仅是教学活动中的主导者，还在很大程度上影响着学生学习英语的兴趣、动机，以及对这一门课程的态度。英美文学这门课程对教师自身的层次也提出了更高要求，教师在教学中需要不断扩大和增加自己人文、文学知识的范围、广度与深度，还要通过各种方式努力提升授课质量与水平。在教学过程中，教师应注意激发学生的学习兴趣和积极性，培养其自主学习能力，并注重对他们进行审美教育。在今后的教学过程中，应加强对学生进行英语语言应用技能的训练和培养，并注重将英语教学与其他学科知识相结合，从而提升学生的综合素质。除此之外，也不可忽视教师在科研方面的能力，高校要适当地鼓励和激励英语专业教师加强科研方面的能力和工作，充分调动广大教师科研热情，从而产生更多优秀的创新型教师与学科带头人，最终带动英语专业全体教师科研水平的提高和发展。

英美文学教育面临着巨大挑战，作为人文通识型通用人才培养中不可缺少的部分，应尽早对课程进行调整，改进和优化教学的手段与方法，除了提高教师科研能力之外，也要让教师的学术水平得到较大幅度的提升与发展。

（二）英语课程建设的必要性

一是能为英语专业改革注入全新动力和活力。英语教师队伍建设薄弱，整体素质不高，难以满足新形势下英语教学要求。目前，英语专业教学中存在的问题主要表现在过于重视教学内容中的基础知识，教学内容没有紧随时代发展的脚步，缺乏实用性，缺乏社会交往性，无法真正有效地满足经济发展的不同需要。课堂教学内容和就业需要没有构成紧密的联系，不能形成学生积极学习的内驱力；评价方式单一、过于重视考试结果等因素严重阻碍了英语教学质量的提升；教学方法陈旧，教学模式老旧，较少将学生学习的自主性、主体性和实践性视为重点。在这种情况下，传统的英语教学已经不能满足新时期英语人才市场需求，也不利于提高大学生综合素质。无论是教师还是学生，均不可能在宏观层面看到英语专业学习即时的价值与意义，将语言学习与社会、经济发展相剥离。所以，旨在发展学生学术书面与口头汇报能力的"研究型"英美文学课程，能够为高等院校英语专业改革注入新的动力。

二是能够适应新一代大学生对于英语专业英美文学课程学习的不同要求。实际上，我国高校英语专业的教学现状与社会发展存在一定差距。学生在英语专业的课堂上鸦雀无声、学习松懈、下课后参加培训班等现象，主要原因是现有英语专业在授课方式、课程设置等多个方面，无法很好地迎合学生在新时期的要求。当前的大学生们成长于网络，成长于多媒体环境，与以往大学生相比，其在日常交际中英语能力得到了较大幅度的提升与发展，同时由于受教育程度提高的影响，他们的语言基础也得到了较大提升，尤其是英文写作，已经达到相当高的水平。需要注意的是，他们的应用方面的能力弱，如观点陈述、撰写论文摘要等，这些问题导致了大学英语教学效率较低，难以满足当代高校教育对复合型人才培养的要求。新时期大环境下，要针对新一代学生同一时期内可以担负多种任务，借助感官的深入学习，反馈快等特点，对英美文学的教学进行重新定位和调整，培养和发展可以娴熟运用外语的优秀社会工程技术人才。

三是能够促进英美文学教师的职业化进程。培养一支高素质的英语师资队伍，这是一个系统工程，需要全社会共同关注、共同努力。一方面，提升人才培养水平，从根本上说就是要使教师的素质得到提升，要实现这一目标，首先应加强对英语语言文学专业师资队伍建设的重视，并通过多种途径加大投入力度，为英语专业师资培养提供良好保障。另一方面，提高英语专业的教学质量和水平，也就是提高教师的教学水平。从目前情况看，英语语言文学学科的师资结构不合理、专业定位模糊、知识结构陈旧等问题比较突出。近几年，英语专业教师队伍建设虽然取得了稳步发展，但是目前队伍无论是教学能力还是业务水平，并不能够完全满足英语专业教学改革对人才提出的新要求。所以，在构建新课程体系的大环境中，英美文学教师应该紧随时代的发展，不断更新观念和转换角色，从而全面提升自身的教学与学术水平。

二、语言整合与英美文学教育

从某种意义上讲，英语和其文学作品是人类智慧的结晶，它们都具有独特的魅力。在文化的世界里，多种学习方式相联系，人和文本联系在一起，人和环境也联系在一起，更为重要的是语言和内容也相互地衔接和联通。语言和内容有联系，是由于人们较多地生活于语言所体现出来的思想内容之中。因此，在教学中要重视培养学生的语言文字运用能力和人文素质，使之具有良好的语言表达习惯，并将其贯穿于整个课堂教学之中。语言是思想的体现，把握语言就是把握思想。"科目—语言整合学习"将语言与内容之间的关系充分地反映出来。

"科目—语言整合学习"是把学生母语以外的语言，当作教学语言来教学的教育模式之一。虽然任何第二语言或者外语在"科目—语言整合学习"教室里都可以成为教学语言，但是在实践中英语仍然是主流。

"科目—语言整合学习"事实上是欧洲国家公立教育体系的一个创新，这一革新同19世纪的单语教学相比较，有着十分明显的不同。经济一体化带来的影响波及整个世界，国际化与全球化趋势，推动着学校向学生提供可以在国际舞台上立足的能力。这些政治、社会的原因，使得很多欧洲国家提供以英语为教学语言的"科目—语言整合学习"教育模式，这种新的教学模式被认为是对传统英语教学方法的一种挑战。欧洲在20世纪90年代初期，"科目—语言整合学习"潮流和趋势已经出现，这种课程设置不仅有利于提高学习者的能力，还有助于增强其对不同文化之间相互关系的理解。

在"科目—语言整合学习"课堂上，怎样处理好语言与内容之间的关系是主要问题和挑战。该教学模式强调学习者通过对两种或更多种课程资源的运用来实现自主、合作、探究式学习目标，其核心在于培养学习者使用不同语言进行交流的能力。这一术语虽然冠以"整合"二字，但是语言与内容两者仍然具有张力与矛盾。矛盾集中表现在何者为重，是语言优先还是内容优先。人们的担忧既有广度，又有深度：一是，外语存在一定的可能会延缓课程进度，导致教师不能很好地完成课程内容，同时还会降低学生学习兴趣，使他们丧失继续学习英语的信心；二是语言能力不高，可能影响到学生对所学内容知识深层次的认识和理解。这两种担忧都存在于教学实践中，并且与教师的专业知识密切相关。与此同时，在一些学校中，有相当一部分教师由于缺乏必要的专业知识，不能胜任教学工作，甚至有的教师认为由于讲课的时候太像是语言课堂，所以深以为愧。这说明"科目—语言整合学习"课堂语言和内容之间的关系的合理处理并不是一件容易的事，这需要对课程及其相关理论进行反思和思考。一些学者指出"科目—语言整合学习"可以将语言和内容作为驱动，关键在于人们对执行项目的性质有一个清楚的认识。

"科目—语言整合学习"方法是现代外语教育中的重大进步和发展，表现出一种整合和融合的同时，也将语言和内容的融通关系折射出来，应是今后英语教育的必然发展之路，在英语教学中引入这一模式可以帮助学生掌握更多的词汇和语法知识。

三、个性化的英美文学教育

（一）承认通性，尊重间性

随着时代的向前推移和发展，全球逐渐呈现出文化多元化、政治多极化、经济一体化等发展趋势，多元文化并存成了全球文化一个典型的特点。文化的交融已呈现出势不可挡的发展趋势。怎么样有效推进文化的有机融合，首要任务就是认识和承认文化通性，同时给予文化间性充分的尊重，由此建构起一个涵盖各个民族文化空间、具有普适性的全球性文化。其中，"通性"主要指的是文化之间可以交流的性质，"间性"就是指文化之间存在差异性。文化间性是人与文化之间的相互关系，体现人类社会中不同群体、人群或组织内部成员所持有和使用着的相同又有差异的价值观和行为方式。人们将民族之间具有文化差异这一现象，以文化研究为视角进行审视，将其称为文化间性。

由于文化之间的通性，不同民族间的文化才可以相互影响，相互沟通，各民族之间才能互相往来。由于文化的通性，不同民族之间才具有彼此矛盾同一的基础，并且最终相互交融，成为一个整体。文化通性在人类社会历史发展中发挥着巨大的作用。然而，各民族之间的文化除了有通性之外，不同民族文化也存在一些区别及个性状况，即文化间性，同时这也是一个不可忽视的重要维度。从这个意义上讲，文化通性与文化间性既有联系又有区别。若仅见"通性"，忽略或者看不见"间性"，则无法使文化相互交融，形成全球统一文化。也正是因为如此，人们在认识和承认文化通性的时候，也应该认识、尊重和承认文化间性。

尊重文化间性实际上是对文化间性正确理解，也就是承认文化民族特色真正存在的合理性。尊重文化间性是认识和处理各种复杂关系的前提。文化间性是客观存在的，也可以说它是一种普遍规律。人应该尊重、了解以及认识各民族文化特性。尊重文化间性是要在承认各民族之间有差异的基础上进行文化交流和对话，倡导不同文化"和平共处"交往策略，从而最终形成平等公正、互不干涉等交往原则，确立宽容、理解等交往态度。

英美文学作为文化江河支流之一，其教学文化也具有通性与间性。它与其他学科有着密切的联系，也有其自身独特的一面，在不同程度上影响着学生的学习和成长。人们有必要在承认和认识英美文学教育通性的同时，尊重其间性，进而为英美文学教育建设一个和谐的良好生态环境。

（二）倡导校本性，彰显个性化

在我国英美文学教育领域，统一性与同一性在中国英语专业教学中占据主导地位已有多年时间，以致英语专业教学中的各类课程相似度较高，这种模式在某种程度上限制了学生创造性思维的发展以及对其英语语言能力的培养。国内数以千计的高校都采用了几套相同的教材，参加同样的测试，教学方式和课程设置十分相似，大同小异，这就造成了学生学习英语的主动性不强，缺乏对自己兴趣的深入探究，更谈不上创新意识，所以中国英美文学教育突出特点就是"通性"多，缺乏个性和多样性，这种状况已严重地影响了学生学习兴趣及能力培养的效果。我国不同区域、不同高校的状况千差万别，英美文学教育要实行分类指导，并且始终坚持因材施教原则，以便于充分满足个性化教育现实的不同需求。各校的差异性是"间性"，造成各地学生在语言能力、阅读理解能力以及写作能力方面都有很大差别，同时因为学生在接受高等教育过程中受到各种文化因素影响，其个体间也表现出一定的异质性，不同学校英美文学教育之"间性"，决定其教材、大纲与培养目标等均存在一定的差异与不同。

校本性作为解决英美文学教育中"间性"问题的一条有效途径，正在被人们所认识、尊重，以"间性"为前提，将其校本性淋漓尽致地展现出来。英美文学教育要以个性为基础，立足各学校教育实际，针对其人才培养目标的差异，编制和开发适合本校的教材、课程等。应该积极倡导各展所长和百家百样，采取自下而上和草根式的校本教学研究，逐渐形成独具特色的英美文学教育，将个性化充分凸显出来，从而促进英美文学教育中的"间性"问题的消融和解决。新时期以来，随着我国高等教育大众化进程加快，各高校对大学生进行了大规模英语水平测试，并将此作为大学英语教学改革的主要依据之一。很多学校大一学生进校时无论英语程度高低，都是从第一册教材开始学习，不管学生的英语基础是否有区别，英美文学教育都采用同一种教材，教授相同的内容，教师的主要任务是课堂教学，课余时间基本上少和学生交流，形成重阅读轻写作的局面，造成学生缺乏个性发展空间和时间，学生的个性化发展受到限制，成为英美文学教学面临的突出问题。

教育以学生为本，所有的教育活动要以学生为主体，将教育过程的个性化充分突出出来。每一位学生是一个单独的个体，学生的学习存在很大的差异，如英语基础、学习方式等，教师要尊重不同层次、不同类型学生的需要，因材施教。英语教育要充分体现个性化，做到因人而异、设身处地地思考，从而设置更为多元化和更具丰富性的课程资源，让学生拥有选择的自由、权利以及空间，以统一为前提，关注个体的差异，张扬个性自由。

英语教学应该尊重每一个学生，关注每个学生发展差异，促进每个学生全面而有个性的成长，建立教师和学生沟通、交流的常态机制。师生在课后能够通过电子邮件、聊天群的交流方式，适时进行教学的反思，交流和沟通教学中存在的问题及解决的方法，并且进一步增进教师和学生之间的理解和情感。

第二节　语言研究与英美文学教育

一、新修辞学派

（一）语类的界定

由于新修辞学派的研究人员多集中在北美，学术界也将其称为北美学派。与澳大利亚建立在系统功能语言学基础上的悉尼学派比较，新修辞学派研究虽然同样围绕语类这一重点问题展开，如书面文本的分析框架、准确度等，但因为这一学派的研究是建立在修辞转型理论和社会建构理论基础之上，于是语类和修辞这两个概念就被赋予了全新的意义。

语类主要指的是交际事件的类别，这类事件均共同分享一个统一交际目的，通过语篇社区系统内专家级的成员来证实上述交际目的，由此逐渐形成语类后面的逻辑支持，这一逻辑支撑勾勒了语篇中的图式，对内容与样式的取舍产生一定的影响与限制。语类除交际目的之外，还表现为多种变体形式，这些变体形式在样式、内容等方面非常相似。若一个变体在上述各方面均达到预想期望值，语篇社区就会证实该变体是一个原型语类，其余部分为原型之具体表现，也就是说语篇中各部分之间并不是完全独立的，而是有联系的。按照这一定义，修辞是在特定社会情境中，为了达到一定交际目的，最终所采用的一种口头或者书面的表达形式。

（二）理论的支撑

1. 修辞转型理论

语言的修辞吸引了众多研究者的关注，他们认为语言在很大程度上决定着人对事物进行理解和表达的方式。人类行为研究者早在 20 世纪中叶就意识到了修辞的重要意义和作用，他们将研究视角转向对话语实践过程及其效果的关注上，把话语作为一个整体进行分析，试图从不同角度揭示话语背后隐藏的社会意义。

在此基础上，着重强调了创造符号和语言表达之间的相关性。

在这一背景下，语言学家开始将研究重点转向对社会现象及文化现象进行分析的过程中，即运用修辞手段来建构其意义体系，修辞的出现促进了社会学家对于社会和文化问题的研究，从而推动了社会科学学科体系的形成。社会科学家形成自己的观点，并且竭力说明科学家怎么样巧妙运用修辞来建构有关方面的认识，试图以社会语言学中"语类"和"语体"这两个概念为基础，分析研究语类和语体之间存在着的相互关系以及它们在人类交际活动中的重要作用。由此，修辞意念迅速地引起研究者对语类的深入反思和重新思考，尤其是在知识构建的视角下的重点分析和思考。

2. 言语行为理论

影响语类新界定的还有言语行为理论，语言除了能陈述事情的状态之外，也能办事。

言语行为理论与传统语法中的"说"和"听"有很大区别，从中可反映出两个意思，一是语言，尤指口头表达，简单来说就是做事情的方式之一；二是将言语理解为行为，一定要顾及言语产生的背景，研究者对言语行为进行研究的过程当中，应该站在当事人立场上。总之，言语行为理论不仅揭示了人们日常交际活动中所涉及的许多重要问题，还为我们提供了一个新的视角。言语行为理论自身虽然不能很好地解释社会行为领域里错综复杂的各种现象，但是语篇作为一种有较强影响力的社会行为，为言语行为理论提供了重要的佐证和思想，特别在语类的深入研究方面。

二、系统功能语言学派

（一）语类的界定

语类包括描述和理解文本中涉及的一切要素，同时涵盖了语言把握文本的全部内容。因此，部分学者关注到不同类型的语言和文化特征对其意义建构产生的影响，研究的过程当中他们不仅关注文本参与者的意图和其利用文本需要做的工作，还关注文本类型与意义之间的关系，原因在于这些环节充分反映出文本使用者在社会任务中需要做哪些步骤。

一些研究者把语类看作文本结构的一个方面，而非全部，其实这只是把语类与其他一些文体类型等同起来了。语类是在分析交际的时候，程式化语言的反映、体现、本质以及作用手段之一，他们虽然把语用学的一些理论运用到语篇教学当中，解释语篇意义的形成过程和机制，但却忽视了它与话语标记语之间的关系。所以，在调研的过程当中他们没有关注文本需要完成的任务，而是注重生成文本具体社会场景结构特征，关注社会特征如何生成具体语言形式，由此达到或体现上述社会关系与结构。

（二）理论的支撑

这一学派的研究以系统功能语言学为理论依据，觉得语言的意义和运用语言所产生的各种社会情景均是符号系统，二者之间存在互相包容、互相作用的联系。作为一种认知工具，语类理论对语言学领域产生了深远的影响，它把语类看成是由一系列相互关联的成分组成的有机整体。

语言能够分成两个不同的层面，分别是表达与内容，其中前者主要负责信息的组织形式，后者主要负责解释和释义。语篇由词汇、语法等构成，并通过一定的组合方式实现意义的传递与理解，并以其自身特有的结构与方式构成了完整的体系。语义有句法语义和语篇语义两种，句法语义把语言、人际和语篇功能，以一种独特的方式整合成语句或者较小单元，语篇语义把语句整合成较大单元，也就是人们常说的语篇。从理想境界来看，语句与语篇之间存在着一种天然的转换关系，语篇中包含语句，两者共同构成内容层面，并且内容层面与表达层面一起建构语言系统。

三、语类研究对英美文学教育的启示

就语言教育而言，外语教育要为学习者提供具有影响的某种言语社区的代表语篇，尽可能为学习者提供更多的机会，让他们接触和掌握将来在工作与生活中所遇到的不同语类，适应其社会交往的现实需要。语言具有社会性和文化性，这种双重属性使得语言不仅可以反映社会现实，还能体现出一定的历史内涵。因此，教师在教学的时候应加强对各类专业专门用途英语教学的研究，同时在专门用途英语的教学实践中，把学生所学到的词汇与文化背景知识有机结合起来。教师在英美文学教学的具体步骤当中，还要有意识地使用语类分析方法，语类分析法可为语言教学提供一个新的视角，有助于教师更有效地进行教学活动，也有利于学生学习方法的转变。

不同语类之间的交际性、互文性以及层次性，在教与学过程中逐层展开，在这个意义上，语义学就是研究内容与表达方式之间关系的一门学科。语类研究的成果，不仅从宏观的角度为外语教学提供指导，在微观技能的培养和发展上也有一定的指导作用，如语类分析结果可用作图式知识，有助于学习者听、读能力的提高。另外，语类分析方法还能培养学生的语篇意识和篇章组织能力等，国外试验结果表明，语类分析方法在写作教学中的应用取得了较好的成效。我国学者虽然对语类理论的应用研究已经开展多年，但是缺乏实证数据的支持，使得这一领域的研究一直没有得到应有的重视和发展。目前，我国对语类分析非常重视，已经制定了一系列的有关规范或准则来指导我们的英语课程与教学活动。

第三节　文化语言学与英美文学教育

一、语言与文化研究的基本概念

文化概念被界定得非常宽泛，与人文同义，也是人文的主要代名词。从广义上讲，文化是指一定地域内人民生活需要的统称。在不同时代，文化内涵有着很大差异，因此在这一阶段，为文化设定清晰、明确的含义可能性并不大。当前，对文化的界定，人类已经达成了共识，即文化与政治、经济相对而言，是人的一切精神活动和活动产品的总称。在现代社会中，文化具有两个基本方面，即作为一种社会存在的"文化"和作为一种意识形态的"文化观念"。文化如同语言一样是人类所独有的，主要由文化意识形态和非意识形态两部分构成。文化能够继承、创造、弘扬和发展，所以文化的传播与交流对世界文明进步起着巨大推动作用，甚至决定了人们的思想与行为方式，从而对人类的历史、思维等方面的进一步发展起着举足轻重的作用。导向功能、传续作用以及有效维持秩序是文化功能的主要表现，文化也反映了一个民族的软实力与精神力量，因此当物质层面得到充实，在精神层面上应该着重改进和提高，从而切实保证我国雄踞世界之林。

语言在价值维度上亦因文化差异的影响有所不同，如和英语的比较，我们会发现，在汉语中亲属称谓较多，汉语中的爷爷、外公在英语中都是 grandfather 等。这些亲属称谓虽然有许多相同或相似之处，但其差异却很大，这主要是因为不同民族有着不同的历史文化背景和社会环境。中国亲属称谓中的微妙之处，正是中国固有的家族文化所要求的。

众所周知，语言是文化的重要基石，离不开文化，不管是语言还是文化，都是人类社会生活到一定阶段才形成的。站在文化角度来看，语言作为文化子集，受文化的影响很深。在外语教学中必须重视对学生进行跨文化意识培养。语言学习并非孤立进行，要回到语言植根的文化土壤中去，在英语的教学中，教师必须要将语言与文化结合起来，让学生真正感受到英语这门语言的魅力所在。在学习外语或第二语言的过程中，学习者除了要学会发音、词汇、语法等之外，还应该研究这门语言背后的文化以及语言思维。唯有学好目的语文化，才可以更精准地提高语言能力，并且较好地把握实用交际能力。

二、语言与文化研究的基本理论与实践

（一）外语专业教育领域语言与文化研究的基本理论

对外语教育来说，跨文化交际学与语言国情学都有着卓越的理论价值与指导作用，为外语教育提供一种新的思路，直到今天仍然在教育实践领域中扮演着举足轻重的角色，发挥着无法忽视的重要作用。

"交际教育法"在外语专业教育领域中已对传统教育法产生不小的影响和冲击。外语专业的教育工作者已经充分认识到，外语专业教育的使命是培养人们在不同文化背景下的交际能力，所以外语专业教育应该重视文化教育和语言教育，也应该注重英美文学教育在语言教育中的重要作用。"目的语文化"的提出和导入，已受到部分学者的关注，因为仅关注语言形式，对语言内涵没有足够的重视，就无法学习好外语，外语教学必须与文化教育结合起来才能提高教学效果。文化教育要为学习者提供足够的知识，使其灵活掌握语言文化技能，以便于与国外某些有相同背景、相同学历的人士顺利沟通。

在学习英语的过程中，学生除了学到英语语音、词汇、语法等基础知识之外，

还必须了解这些国家的风土人情、历史传统、价值观念、风俗习惯等方面的情况，还需要有意识或者无意识地设身处地去了解国外当地文化。在外语教学中，教师必须把语言作为一种工具来使用，使学习者获得与实际生活相关的各种信息和技巧，提高运用语言进行交流的能力，这也正是跨文化交际所要求的。语言行为属于文化行为的范畴，无论是语言能力还是交际能力，其发展都与文化因素密不可分，在外语教学中，除了要重视学习者语言知识水平的提高之外，还要注重文化背景知识的传授。

传统外语教育无视社会文化因素在外语教育中的重要作用和影响，仅注重学习者语言能力的发展，严重忽视社会文化因素的影响。外语教学不仅要使学生获得一定的英语知识和技能，还要培养学生良好的言语习惯，提高交际能力，所以语言学习者应该在具有语言能力的同时，也具有交际能力，其中语言能力指对词汇、语音等知识的掌握，交际能力是指用这些语言知识进行交际中所表现出来的语用能力。社会文化作为外语教学不可缺少的重要内容之一，教师在教学过程中必须重视它，使之与语言能力并重，从而达到提高学生英语应用能力的目的。外语能力中交际能力主要包括听、说、读、写、译五种运用能力与文化素养能力。社会文化能力的培养在外语教学中很重要，充分理解社会文化能力的价值，对外语教育的发展有很大促进作用。

（二）跨文化交际学的理论和实践

1.跨文化交际学的理论来源

跨文化交际学是传播学（Communication）的一个分支。与传播学研究的侧重点不同，跨文化交际学主要研究文化与交流的关系以及文化对交流所产生的影响，重点在于不同文化的个人、群体之间影响彼此交流的文化因素。跨文化交际学综合了传播学、社会学、社会语言学和社会心理学等学科的有关理论，并与实践紧密结合，因此跨文化交际学是一门交叉学科。

社会语言学家对情境、交际的讨论成为跨文化交际学的理论源泉。1972年，海姆斯和甘柏兹出版了《社会语言学研究方向：交际民族志》（*Directions in Sociolinguistics：the Ethnography of Communication*）一书，目的在于从社会语言学的角度研究社会情境和交际的关系，对影响交际活动的各种情境因素进行分析。

甘柏兹认为，从理论上看，人们在相似情境中的交往可能具有共性，但某一具体情境在某一时刻，对交际者的社会期望或要求其所承担的义务以及完成的行为，可能因文化的不同而相去甚远。

社会心理学中诸多理论对跨文化交际学产生了巨大影响，如言语社团理论、人际关系理论、领域与无领域依附感的认知理论等。社会心理学中，有关人际关系的论述为跨文化交际学提供了独特的视角。人际关系不同于社会关系，属于认知心理学的范畴，是人们进行交际活动产生的结果，体现为心理距离。影响人际关系的主要因素有文化因素、社会因素、心理因素、自然因素和空间因素。心理因素是形成人际关系的重要因素，包括交际个体的认知、思维方式、性格、态度、能力等因素，这些因素赋予了交际主体的个性化特征，直接影响交际的进行。自然和空间环境同样影响了不同社会与文化氛围中人们的宏观认知背景，决定了不同文化中交际的潜台词。

2.跨文化交际学的主要概念

（1）文化和交际。

文化和交际是跨文化交际学中最重要的两个基本概念。在跨文化交际学中，"文化"和"交际"的关系尤为重要，即文化与交际密不可分，交际不可能脱离文化而孤立存在。文化是一个群体共享的意义系统，决定社会成员对世界主要事物的感知、认识和态度。任何一个社会的人，从出生开始就受到这一意义系统的熏陶。文化扎根于人们的脑海里，并时刻左右着人们的言行、思想和思维方式。在跨文化交际中，交际双方不可能完全摆脱本民族文化的制约和影响，而为了达成交际，必须克服不同文化的不同规约，使交际顺利进行。

（2）交际风格。

交际风格是指人们在传递和接收信息时喜欢或习惯采用的方式。古迪昆斯特等列举了四对不同的风格类型：直接和间接型，详尽和简洁型，个人为中心和语境为中心型，情感型和工具型。以美国人和中国人的交际风格为例，一般来说，美国人的交际属于直接型的，在交际时倾向于直截了当、直奔主题，而中国人的交际则是间接型的，习惯含蓄表达。美国人的交际是介于详尽型和简洁型之间的，而中国人则属于简洁交际风格，谈话时往往表现得非常谦卑，在谈到主题时经常是点到为止，简洁扼要。美国人属于以个人为中心、工具型的交际风格，喜欢就事论事，不太注重社会文化因素和人际关系对交谈主题的影响，而中国人则属于以语境为中心、情感型的交际风格，交谈双方的地位关系非常重要，决定了谈话的方式、语言措辞的选择，交际的主要目的之一就是交流情感，建立良好的人际关系。不同的交际风格可能会引起交际双方的误解，美国人觉得中国人不真诚，办事缺乏效率，中国人觉得美国人自负、无礼。如果要避免不同交际风格对交际可能产生的不利影响，就应当事先了解对方的风格，同时，在交际过程中有意识地调整自己的风格。

3. 基于教育的跨文化交际研究的主要方面

（1）跨文化交际的语用方面。

在跨文化交际中，影响交际的因素并不仅是语音、词汇和语法，还有人们说话的方式不同以及对语码的使用不同。在语用学领域，言语行为理论、会话含义理论、礼貌原则的提出使人们开始关注语言外因素对语言使用的制约。然而，在跨文化背景下语言的使用规则会因文化和社会的不同存在差异，这是由于不同文化存在不同的社会规范。研究这种差异对跨文化背景下的外语专业教育具有重要意义，可以帮助外语教师更加深刻地认识到，跨文化交际过程中文化准则和社会规范的错置（认为目的语文化的社会规范与本族语文化没有差别）会导致交际失败（pragmatic failure），从而产生较大的心理或社会距离。这对于引导学生克服典型的文化语用失误、顺利达成交际具有深刻的指导意义。

由于不同文化环境中社会语言规则存在着差异，各社会群体在问候、道歉、请求、感谢、祝贺等诸多言语行为方面都遵循其独特的规则，即使是在相同的情景，行使相同的社会功能，所实施的言语行为的语句也会截然不同。除此之外，不同文化对合作原则（量的标准、质的标准、切题原则、方式原则）和礼貌准则（得体准则、慷慨准则、赞扬准则、谦虚准则、赞同准则和同情准则）的理解均有不同。在一种语言中符合交际准则的表达，放到另一种语言中就不一定适合，因此在外语专业教育过程中，应当着重关注跨文化交际中语用方面引起的失误现象，力图加以克服。

（2）跨文化交际的教育应用方面。

随着人们对语言认识的深化，语言能力、交际能力、跨文化交际能力等概念相继提出，外语专业教学的目标日渐清晰，培养学生的跨文化交际能力成为现代外语专业教学的目标。这就要求学生对异国文化有更深的了解，在外语专业教学中，通过英美文学课程的学习，让学生更加了解西方文化，更好地进行跨文化交流。

语法能力是指对语言本身的掌握，包括词汇、构词、构句、发音、拼写等语言特征和规则，是准确理解和表达话语字面意义所需要的基本能力。语法能力受到不同文化的影响，但是，文化对语法能力的制约明显低于其他方面。

社会语言能力是指能够依据各种语境因素恰当地运用与理解不同社会场合和环境的言语。从某种意义上说，社会语言能力就是文化，是语言运用的文化，习得社会语言能力实际上就是习得一种文化能力。人们在相互交往时，文化失误要比语法错误更令人无法容忍，因此，英美文学教学中应特别注意避免文化失误的发生。

第四节　认知语言学与英美文学教育

一、认知语言学及其对英美文学教育的作用

（一）认知语言学的基本概念

1. 认知语言学的定义

语言作为一种符号系统和交际手段在结构主义语言学和语用学的框架内得到全面的研究，而语言同时还是心智的产物，有很多语言专家已经意识到在语言和客观世界之间存在一个中间层次认知。人们通过心智活动将体验到的外界现实概念化并将其编码，形成语言。一方面，通过研究认知活动，特别是利用心理学家的研究成果，语言学家从人类的基本认知能力出发，通过人类在与外界现实相互作用过程中形成的概念结构来分析、解释语言结构；另一方面，语言提供了通向认知的窗口，通过语言，可以看到人们的认知特点，探索认知能力的一般规律，从更深一层把握语言。鉴于这种将认知活动与语言相结合研究的优点，已有众多语言学家把目光投向了认知语言学体系的建立。由于认知语言学还处于初创阶段，缺乏整齐划一的分析模式，只是由一些具有共同的基本学术观点和倾向的语言学

家组成的一个较松散的语言学阵营，因此它在探索范围和研究手段方面较少束缚，具有更大的开放性。

2. 认知语言学的基本理论观点

（1）范畴化／概念化。

范畴化问题是认知研究的中心论题，因为人们认知世界的过程，其实就是将其范畴化、概念化的过程。如果语言学可用一句话来概括，那它就是对范畴的研究。认知语言学的范畴化对应于思维过程的概念化，与数学等严格意义上的范畴化并不相同，后者内部同质、离散，边界清晰，成员由充分必要的条件界定。认知语言学家认为，自然语言中语义形成的过程就等同于概念化的过程，概念化过程又是基于身体经验的过程，即认知过程。概念是概念化的结果，因此语义实际上也就等于概念，同时也是一个语义范畴。

（2）原型观。

范畴划分就本质而言是一个概念形成的过程，范畴是通过范畴成员之间的家族相似性（维特根斯坦语）建立起来的。在范畴化中起关键作用的是原型，实体的范畴化是建立在好的、清楚的样本基础上的，将其他实例与这样的样本进行对比，若它们在某些属性上具有相似性，就可归入同一范畴。这些好的、清楚的样本就是原型，它是非典型实例范畴化的参照点，这种与典型样本类比而得出的范畴就是原型范畴。

意象图式是初始的认知结构、形成概念范畴的基本途径、组织思维的重要形式、获得意义的主要方式。意象图式的扩展是通过隐喻来实现的，当一个概念被影射到另一个概念时，意象图式在其间发挥着关键的作用。人们通过在现实世界中的身体经验（如感知环境、移动身体、发出动力、感受力量等）形成基本的意象图式，然后用这些基本意象图式来组织较为抽象的思维，从而逐步形成人们的语义结构。因此，意象图式对于研究人类的语义结构、概念系统、认知模型具有关键作用。人类在理解和推理过程中，各种各样的意象图式交织起来构成了经验网络，从而也就形成了语义网络。既然意象图式规定并制约了人类的理解和推理，语言中意义的形成就可以从意象图式的角度加以描述和解析。近年来，认知语言学家的大量实证研究说明，利用意象图式及其隐喻的观念，可以对语言中错综复杂的语义现象作出简单而同一的解释。

（3）隐喻观。

隐喻可通过人类的认知和推理将一个概念域系统地、对应地映射到另一个概念域，抽象性的语义是以空间概念为基础跨域隐喻而成的。隐喻不仅是个语言现象，人类的思维也是建构在隐喻之上的。从隐喻的认知功能角度划分，可分为结构隐喻、方位隐喻和本体隐喻。一些隐喻语言已成为普遍的日常语言，人们已不自觉地用自己熟知的具体事物来思考、谈论抽象的事物，从而赋予其具体事物的特征，以达到系统地描述抽象世界的目的。由此可见隐喻式的思维方式已成为人们赖以生存和认知世界的基本方式。

（二）认知语言学对英美文学教育的指导

1. 认知语言学指导英美文学教育的可行性

（1）提供见解。

认知语言学理论包含对语言本质的认识，能在宏观层面指导外语教育和外语学习。认知语言学强调语义的体验性，强调人类习得语言的过程与人类认知世界的过程没有实质的差别，人对世界概念化的过程也是逐渐形成语言概念的过程。语言知识与百科知识是不能分开的，所有对语言形式的分析不可能离开对意义和概念的分析，任何认知规律的获取都是以大量语言事实为基础的。反映到外语教育当中，认知语言学指导下的外语教育应当是以学生为中心的，应当是侧重语义理解的，同时，认知语言学指导下的外语教育过程应当是遵循人类普遍认知规律的。

（2）提供启示。

师生关系一直是教育的核心问题之一。现代外语教育中天平倾向了"学生"一端。到20世纪后期，人们放弃寻找"最好的""最有效的"教育方法，转向对教的过程和学习的过程的研究，把注意力放到学习者身上，从重"教"转向重"学"。这就与教师是主导，学生只能服从的教育观形成鲜明对比。教育活动同时也是学习活动，学生是活动的主体，了解他们的认知特点、认知模式对英美文学教育大有裨益。认知语言学指导下的外语教育是以学生为中心的，而且侧重关注学生在学习外语时的认知模式，并检验认知语言学的既有理论模式是否对外语习得有实际的正面效应。在这个意义上，认知语言学对外语教育具有启示意义。

2. 认知语言学指导英美文学教育的基本原则

（1）相关性。

应当深入了解教育需要解决的问题和目标，充分了解认知语言学中哪些理论与教育研究关系密切，哪些与研究性质一致，哪些能深化对教育法的认识。相关性越大，移植越有效、越实用和越科学。任何理论都有其适用范围，不恰当的搬用，只能是牵强附会，不可能深入到教育实践的本质，不可能触碰到真正的教育规律，也就不可能在实际中对英美文学教育实践有所帮助。例如，隐喻理论是关于意义理解的理论，其适用范围应当是解释教育过程中与语义相关的内容，用其指导学生的发音和语调显然是不切实际的。

（2）层次性。

英美文学教育是一个系统工程，涉及诸多方面，这决定了教育研究的多层次性。这种多层次性要求人们把认知语言学移植到英美文学教育的过程要有针对性，即对准教育研究的某个层次，而不是所有的层次。具体来说，教育当中通常包括语音、词汇和语法，或者说包括语法、语义和语用。不能排斥理论的多层次应用，有些理论，如概念化的原型理论，其适用面要广一些，可以指导词汇层面的教育，对语法层面的教育也有一定的启示作用，但试图用所有的认知语言学理论阐释所有层次的教育实践显然是徒劳的。

（3）适存性。

被移植的理论应适应教育要求，经得起检验和推敲，保证教育理论和实践方法健康稳定地发展。适存性是一个极为重要和关键的环节，它要求人们既要消除与实际教育不相适应的概念和内容，还要使能够移植的语言学理论得到更进一步的探讨，使其发展成适应教育需要的理论模式。对同一教育问题可移植不同的理论，但要使它们相互融合和统一。

3. 认知语言学指导英美文学教育的基本思路

（1）阅读完整的作品。

作品选读虽然精选经典作品，但由于只选片断，破坏了作品固有的整体性，难免有支离破碎的感觉。只有认认真真读过莎士比亚的剧本，学生才能对莎士比亚的创作特色真正有所了解，才能说我读过莎士比亚，才能与人讨论莎士比亚，也才能写出有自己见解的评论文章。阅读文学作品，要从整体上感受体验，学生会有所震动，有所启迪。

（2）掌握欣赏作品的方法。

在传统的文学史课堂上，教师往往以满堂灌的方式向学生传授文学知识。其实，生活在信息时代的学生可以很容易地通过网络、百科全书等途径搜寻到这些知识。因此，英美文学课的重点应放在指导学生如何欣赏和分析作品上。以英美小说为例，在阅读作品的基础上，指导学生分析主题表现、人物塑造、情节安排、叙述角度、象征细节、语言风格等。

（3）撰写阅读心得。

读书贵在有自己的心得体会。文学作品可以为写作提供题材和内容，写作则又深化了对文学作品的理解，两者互为补充。文学是语言的艺术，许多名家均为语言大师，学生通过阅读，受其熏陶。英美文学课程的考核不应搞闭卷考试，而是撰写课程论文。按照上述思路组织教育，英美文学课程可以成为一门素质培养课。学生主动参与文本意义的寻找、发现、创造过程，逐步养成敏锐的感受能力，掌握严谨的分析方法，形成准确的表达方式。把丰富的感性经验上升为抽象的理性认识的感受、分析、表达层面的能力，这将使学生终身受益无穷，也是使学生在竞争日益激烈的社会上立于不败之地的真正有用的本领。在这个过程中，学生的英语水平也会相应得到提高。

二、范畴理论在英美文学教育中的应用

（一）范畴理论

1.范畴和范畴化

最早对范畴进行系统研究的是古希腊的亚里士多德（Aristotle）。一个判断当中要有主词和谓词，主词所属的范畴是实体，谓词所属的范畴包括"数量""性质""关系""位置""时间""姿势""状态""活动"和"受动"。亚里士多德将范畴视为人类认识世界的逻辑工具。虽然他没有直接给范畴下定义，但在其著作中反复阐释了对于范畴及范畴本质的认识。他指出，客观事物的表现形式是多种多样的，人们为了认识它们、把握它们，首先必须将各种事物分门别类，这样才

能对不同的事物进行表征和研究。分门别类的过程需要通过反映事物本质的普遍概念，即范畴。

认知语言学对范畴概念给予了特别的关注。世界是由千差万别的事物组成的，等待人们区分和认识。客观世界的事物是杂乱的，人的大脑为了充分认识客观世界，就必须采取最有效的方式进行储存和记忆。人们从千差万别的客观事物的特性出发，形成感性认识，然后进一步地分析、判断，从而对世界万物进行分类和定位，形成抽象认识。这种主客观相互作用对事物进行分类的心理过程通常被称为范畴化，其结果即认知范畴。在认知语言学看来，范畴和范畴化问题始终是认知研究的中心议题。范畴是由那些互相联系并被归成一类的事物或事件组成。

范畴是反映事物本身属性和普遍联系的基本概念，是人类理性思维的逻辑形式。范畴化是人类高级认知活动中最基本的一种，在此基础上人类才具有了形成概念的能力，才有了语言符号的意义。离开了对范畴化的认识，语言将失去意义。范畴化的过程包括识别或区分、概括和抽象三个形式。在识别或区分过程中，人们对属于不同类别的刺激进行区分；在概括过程中，人们将具有共同属性的事物归为一类；在抽象的过程中，人们将某个范畴中的物体所具有的共同属性提取出来。没有范畴化能力，人们根本不可能在外界或社会生活以及精神生活中发挥作用。它不仅是人类通过对客观世界进行分类所获得的各种范畴标记的意义，也是人类认知和思考的根本方式，构建知识的途径之一就是建立范畴。就概念和范畴的关系而言，概念系统是根据范畴组织起来的，范畴指事物在认知中的归类，概念指在范畴基础上形成的意义范围，是推理的基础。因此，范畴化是范畴和概念形成的基础，范畴和概念是范畴化的结果。

2. 经典范畴理论和家族相似性范畴理论

（1）经典范畴理论。

范畴化的经典理论特指与认知语言学范畴化的原型理论截然不同的传统范畴化观点，说它传统是因为这一理论统治西方主流思想达两千年之久。其哲学本源是亚里士多德对本质属性和非本质属性的形而上学的区分，后来的笛卡尔主义和康德主义又强化了二元对立的思想，理性受到极力推崇，而与理性相对立的人的主观因素受到忽视和排斥。其主要内容是，认为概念的类来源于客观世界里既定的范畴，与进行范畴化的主体无关，而范畴的归属是由概念的本质属性决定的。

这种范畴观作为基本理论假设被现代科学普遍接受，并且很好地说明了自然科学体系中的一些经典概念。在语言学界，结构主义语言学借鉴经典范畴观讨论词义，由此建立了语义特征理论。这一理论认为，一个词语的意义可以分析为一组区别性语义特征，这些特征是这一词语所指称的一个范畴内部的每一个成员都必须遵守的语义特征，这些特征使这个范畴的指称对象和世界上的其他对象区别开来。语义特征分析的应用使语义学的研究前进了一大步，从此词义被视为可以分解的语义特征集合。在传统的词典释义中，概念结构是建立在这种"充分必要条件"上的。经典理论曾普遍存在于哲学、心理学、语言学和人类学等领域，并对上述学科的研究作出了一定的贡献。由于它的应用，客观事物被视为可以分解的集合，经典范畴理论使人类借助范畴这一逻辑工具对杂乱无章的客观世界有了一定的认识。亚里士多德所创的经典范畴理论在人类认识领域的主导地位一直持续到维特根斯坦时期。

（2）家族相似性范畴理论。

随着时间的推移以及人类科学水平和认知水平的提高，人们渐渐发现，亚里士多德的范畴模式具有其自身的局限性。经典范畴理论受到来自实用主义哲学和认知科学的有力挑战，因为高度理性化、抽象化的二元划分会给人们带来绝对化的认识方法，使人们习惯于用两级化的思维模式去认识事物，故而不能全面地、正确地反映客观现实。

在《哲学研究》发表之前，范畴一直被认为是明白无误和没有问题的，被视为抽象的包容物，事物要么在范畴之内，要么在范畴之外，事物只有具有某些共同的属性才能处于相同的范畴，事物所具有的共同属性被视为范畴的决定因素。以维特根斯坦为首的实用主义哲学家发现高度理想化、抽象化的认识方法不能反映客观现实的复杂性，现实世界中某些范畴之间的界限并不清楚，范畴成员的归属不能仅靠一组区别性特征简单判断，因而，提出了著名的家族相似性理论。每个项目与一个或多个其他项目有至少一个，也可能是几个共有成分，但是没有或者很少几个成分是为全部项目所共有的。下棋、打牌、球赛、奥林匹克比赛、象棋等都称为 GAME，其中有的活动是为了输赢，有的是为了娱乐，有的依靠运气，有的是技巧和运气兼而有之，但这些特征中没有一条是共有的，且上述游戏并非是靠这组特征被归为一类的，范畴内存在的是互相重叠交错的家族相似性特征。

也就是说，范畴建立的基础是部分成员的相似性特征，而非所有成员的共同性特征。范畴中的每一个成员与另一个成员之间总是有相似之处，但两个成员之间的相似之处不一定为第三个成员所享有，范畴中各成员之间具有一种互相重叠、交叉的相似关系网。随着列出并被比较的成员的增多，各成员之间共同拥有的相似之处愈来愈少，直至最后找不到这个范畴内所有成员所共同拥有的一个相似之处。正是这种相似关系而不是共同特征（类似于人类社会的家族成员之间的那种相似关系）维持了该范畴的存在。

（二）范畴理论在英美文学教育中的实际应用

范畴理论在英美文学教育中的应用主要体现在对作品中词汇的理解。在英美文学教育中，如果词汇理解不准确，很容易造成错误地理解语篇。词汇教育一直以来是外语教育中的一个重要组成部分。语言单位形式和意义之间往往不是一一对应的关系，同一个词可以用于指代不同的事物或不同的场景，一词多义现象在语言中十分普遍。如何利用语言学理论指导多义词词汇教育，成为外语教育中一项非常迫切的任务。传统的做法是将一个多义词中的不同意义都给予同等地位，各个义项之间没有必要的关联，教师的任务是分别讲授各个义项，对于意义产生的理据不予关注或不予充分关注。

词汇的准确理解离不开对词汇意义的掌握，尤其是对于一词多义的情况，学习者往往会感到无所适从。然而，利用原型范畴理论，可以大大提高词汇学习的效率，这可以从二语习得的实践得到证实。二语习得理论将词汇习得的过程分为循环出现的两个阶段，即语义化阶段和巩固提高阶段。在第一阶段，学习者将词汇的形式与意义相连接，在第二阶段，将新习得的词纳入学习者的永久记忆，该阶段是更深一层的加工过程，同时也增加了习得词汇的语用、社会和隐喻特征。这两个阶段密切相关，如果习得词汇在第一阶段未能充分语义化，第二阶段的巩固提高就不可能实现。语义网络理论对巩固提高阶段的语义存储方式具有很强的阐释力。

语义网络理论的基本假设是，所有学习者个体的陈述性知识都体现在由节点和路径构成的网络中。新的知识点要被习得（即被储存在相关的知识网络中），应能够引起学习者对早期相关知识的检索。新的知识点和早期相关知识同样能刺激学习者产生其他新的知识点，无论是由环境所提供的还是由学习者自己所产生的，都依附在学习过程中被激活的早期相关知识周围。在知识网络中能产生大量的检索路径，与某个信息单元相连接的检索路径越多，信息就越容易被回忆起。如果某个检索路径失败，信息将会通过另一条检索路径被重新构建。学习者通过推理、引申、举证、图示或其他将新信息与旧信息相连接的方式学习或产生信息。在这个阶段中连接与加工越活跃，词汇习得就越容易实现。

认知语言学家认为，将多义词汇的各个意义一一列出（词典学描写多义词语义结构的方法），并不是最有效的贮存语义信息的方式。相反，一种网络状的贮存模式具有认知真实性，且允许义项之间有最多的共享信息或相关信息。网络结构反映了概念结构，也反映了一个多义词各个义项间的关系。这种多义词的语义表征方式与传统表征方式有很大不同，语义网络中各个义项的地位是不相同的，具有层次差别；各个义项对语境的依赖程度亦不相同；如果网络中有一个义项是中心成员，那么其他义项都通过网络状联系与中心成员直接相关或间接相关，这个中心成员被认为是整个语义范畴的原型。

词汇的语义网络中每个节点代表特定的义项，节点之间的连线（即路径）代表作用于意义扩展的认知规律。这些节点均由一个中心节点延伸出来，通常，这个中心节点被认为是整个词汇范畴的原型意义。认知语言学的这种观点是心理词库理论的体现。认知语言学家不认为心理词库是由边界清晰的词汇范畴构成，他们认为，词库是一个由形式—意义结合体组成的高度复杂和精细的网络，其中每个形式都有一个语义网络。与传统观点相比，这种研究认为词库内部的关系具有更多的理据性和较少的任意性。对多义现象来说，节点之间的联系类型就是词汇义项之间的关系类型，词汇语义网络理论中对节点之间的联系类型的研究具有突出价值。

第五节　英美文学教育实践

一、信息化背景下英美文学多模态教育

（一）多模态化英美文学教育理论基础

在一个交流活动或者交流产品中不同种类符号模态所组成的混合体被称为多模态化，另外还可以表示调动各种符号模态来构成一个特定文本中某个意义的方

式。多模态教育运用的教育手段多样，主张采用图片、视频、音乐、网络和角色扮演等来激发学生的学习兴趣，调动学生尽可能多的感官来进行语言的学习，提倡在教育活动中鼓励师生之间、生生之间进行互动。在教育条件允许的时候，主张将文本教材、文学作品和互联网结合，创造出融合了文字、色彩、声音和图片的多模态组合。计算机网络的出现，为多模态化英美文学的教育提供了便利的条件。众所周知，计算机网络有着海量的资源，这为教育提供了丰富的教育资源，教师可以利用网络对教育内容进行开发。同时丰富的教育资源能够为学生提供多种学习英语和运用英语的途径，这种贴近学生日常生活的课程资源能够帮助学生在学习中了解时代，丰富学生的见闻。所以基于网络的多模态教育是能够利用网络所提供的资源来实现对单模态教育的改变的。

（二）信息时代多模态教育模式的意义

多模态教育是指教师在多媒体教育环境下，借助语言、图像、声音、动作等多种模态协同意义表达，并指导学生利用多种话语模态构建意义进行交际，由此师生共同实现教育目标。

很长时间以来，英美文学课程仅为英语专业学开设，课程内容一般包括文学导论、文学概况和文学批评。面向英语专业学生的英美文学课程的教育方式长期以文本阅读、理论学习和阐释分析为主，该课程要求学生投入大量时间阅读原文，在教师的指导下了解时代背景、作者生平、作品概要、风格技巧，要求学生熟记文学常识、熟知文学流派和文学理论，并能深入理解和分析作品内涵。总之，作为专业课程的英美文学教育以教师讲授为主，以学生文本阅读为基础，教师是知识输出者，学生是信息接收者。实证教育研究发现，传统灌输型教育模式往往效果不理想，尤其是在当前新媒体主导的阅读背景下，纯文本阅读对学生的吸引力变弱，严肃的文学理论学习无法引起学生的阅读兴趣，更何谈感受经典文学的魅力。而在新课程要求颁布之后，大学英语教育不再单一化，英美文学走入了非英语专业学生的课堂。英美文学授课对象是非英语专业学生，大部分学生的英语学习水平还达不到能阅读和理解英文原著的能力要求，对英语的学习兴趣和阅读广度深度都远不及专业英语学生，因此，课程教育的模式也应进行改革。

（三）构建和实践英美文学多模态教育模式

1. 构建英美文学多模态教育模式

受英美文学课特点的限制，传统的教育模式以单模态（文本）为主，教育设计几乎是围绕"教"而展开，很少顾及学生的"学"，忽视学生参与教育活动，他们始终处于被动状态，学生学习的主动性和积极性难以发挥。这种教育模式远远不能适应信息时代学生学习的多模态特征。为了克服这种现象，本书借鉴既有的研究成果，结合教育对象和教育环境的实际情况，在英美文学课教育中尝试使用多模态教育模式进行研究。

这种模式充分吸纳了传统教育模式的优点（教师讲解），有效利用了多媒体和网络资源平台，给学生留有足够参与教育过程的空间。根据教育内容，教师有计划地把课堂时间切块，每节课学生参与的时间不少于三分之一：学生自愿组成小组（5人左右为一组），以幻灯片、角色扮演、脱口秀、电影片段等多样化的形式参与教育（形成性评估的一部分）。对于难点、要点和问题较多的章节，教师借助 PPT 详细讲解。整个学习过程以学生自主性学习为主，课内、课外相结合，通过阅读、分析、思考、讨论文本以及查阅相关文献资料，综述观点，达到新旧知识相融合。课内学生参与教育的机会均等，教师鼓励他们发表看法和观点。所有教育设计以有利于学生多模态互动而进行。在这种学习环境中，学生的多感官协同参与学习活动，思维活跃，知识通过多模态得到不断强化和内化。多模态加大了课堂信息容量，调动了学生学习的积极性和参与意识，有效地提高了教育效果。

2. 实践英美文学多模态教育模式

（1）搭建支架，拓展知识层面。

支架式教育是建构主义的一种教育模式。"支架"应根据学生的"最近发展区"来建立，通过支架作用不断地将学生的智力从一个水平引导到另一个更高的水平。在多数高校，英美文学课内容丰富，课时量有限，多数学生迫于考试的压力不得不学，真正喜欢该课的学生为数不多。此外，大多数学生的英语水平有限，文学功底薄弱，不能完全理解作品内容，难以领悟其魅力所在。面对此种状况，在实际教育中，教师应运用多模态符号（声音、图画、图表、文本等）激活和引导他们整合已有的经验或知识，把它们作为新知识的生长点，使学生多渠道获取知识信息，并建立新旧知识之间的联系，依靠自己的认知能力，学会思考和分析，形成新观点。

（2）创设真实情景，提高思辨能力。

建构主义认为，创设情境，尤其是真实情境，是意义建构的前提。利用多媒体、计算机和网络技术，借助多媒体课件或网上资源，创设"界面直观形象"的学习环境，有效组织各种信息资源和学科知识，努力为学生创造超越时空的学习平台，使师生进行多向信息交流，促使多模态教育的实现。英美文学课上，教师根据教育内容，有选择、有侧重地运用不同的模态。通过呈现音频、视频、图像、动画、文字等，形象直观地创造真实情境，使学生身临其境，激发其想象力和联想，使枯燥的文字内容形象化、立体化、具体化。例如，教师在讲解英国启蒙运动时，应以文字模态为主，因为涉及 1688 年革命、两大党派、社会文化生活、法国启蒙运动等，此时，文字模态起着主要解释和引领的作用，辅以 PPT 课件、图片、音频、视频等，作为背景的图像模态，以视觉冲击力加深文字的含义。讲解《哈姆雷特》（*Hamlet*）中"To be or not to be"片段，可以截取电影中的独白片段，调动学生的听觉感官参与对文字模态的辨听，图像模态和声音模态的辅助作用将加深学生对文字模态的理解。

学生置身于多模态创设的学习情境中，由于不同的文化背景、知识结构和解读动机，通过对话、商讨、辩论、补充、修正等形式对问题进行论证，将发现的信息和知识点与教师和其他同学共享，最终达到对作品较为透彻的理解，完成对所学知识的意义建构。这种学习情境，使教师与学生、学生与学生、学生与教育内容及教育媒体之间相互作用。学生通过教师的引导，学会在阅读文本时思考，拓宽知识面，与同学或教师交流意见、发表看法、分析或评论他人的观点。这种协作性学习方式有利于优化师生和生生的关系，激发学生学习兴趣，发展个体思维能力，增强学生之间的沟通，使不同水平的学生在所创设的时间和空间中自由发挥和主动学习，以便于形成批判性思维与创新性思维。

（3）借助文学名著改编电影实施多模态教育。

符号资源是用来创造意义的认知资源，交际和再现意义经常需要多种符号资源编码，即多模式，任何由一种以上符号资源构建意义的文本即为多模态语篇。文学改编电影基于文本意义和技术融合，利用语言、图像、声音等多种符号资源构成复合话语，构建整体意义，传递多层次信息，其本质就是多模态语篇。电影相较于纯文学文本，模态更丰富，其视觉的直观性和多种资源组合达到交际目的的优势相当突出，弥补了读者经验不足以致无法完成文本意义解读的缺陷，降低了读者理解原著的难度。同时，电影可以在短时间内以全方位的视角展现作品的整体意义，给予学生强烈的感官冲击，以生动活泼的姿态抓住学生的兴趣，进而提高学生的学习能力。虽然文学名著与电影并不能等同，但运用文学名著改编电影实施多模态教育对非英语专业学生的英美文学类课程教育依然有不可取代的意义。改编电影的多模态特征为其应用于文学教育提供了可行性，因为电影本身是语言、声音、影像的多元符号结合体。

多模态教育作为教育理论，主张利用多种教育手段来调动学生的感官协同运作参与英语学习，有利于提高英语教育效率，优化教育效果和推进大学教育改革进程。相比传统教育，多符号多模态的教育方式能构建真实的语言环境，优势明显。教师在多媒体环境下充分利用多种模态获取、加工和传递信息，学生则调用感官接受、处理及输出信息。英美文学教育的每次课程准备都离不开多种模态的有效融合，教师可采用视频、电影剪辑、录音、图片等传递信息，充分展开教育活动，实现教育过程的最优化，使现代多媒体技术服务于外语教育。

英美文学课程采用多模态教育有其现实与理论基础。英美文学经典作品一直以来就是语言学习的核心素材，在现代信息技术飞速发展的背景下，文学与文化、文学与影视相互交融，彼此影响。越来越多的经典文学作品跃上荧屏，语言的习得不再仅仅依靠书本阅读，技术创新和艺术创新使得经典文学作品展示在全世界读者眼前。电影本身就是多元识读的最佳素材，是最好的语言文化载体。而在理论基础方面，胡春洞提出外语教育是整体的、立体的、综合的、全息的，主张多种技能的综合。教师必须根据英美文学课程的学习目标，科学使用各种模态，合理安排教育设计，具体包括教育目标、教育程序、教育任务、教育方法和教育模态的设计。教师教育中采用文本、照片、电影剪辑、音乐等模态进行信息传递，并充分利用角色扮演、文本朗读、小组讨论、阅读报告、电影影评等多种方式服务于课堂教育。

把电影作品作为文学学习的手段并不是简单地利用原始素材。英美文学多模态教育的学习过程包括教师的多模态教育和学生的多模态学习两个方面。英美文学的多模态教育，具体是指教师在新媒体英语教育环境中转变角色，辅助学生辨识各种符号并构建意义。教师虽不是学习的主导，但其指导作用不可忽视。首先，教师在教育设计中必须熟悉多模态素材，选择合适的多模态材料如 PPT、海报、报纸评论、网络平台、电影剪辑等，引导学生接触多模态语篇，使学生在阅读文本这种语言模态之外，辨识各种资源，熟知非语言成分的模态，如图像、音频、视频、颜色等。同时，教师需要利用 PPT、电影等现代教育媒体来协助教育。教育的主要模态是听觉模态，学生通过教师口语来了解作品，辅以教师形体语言，将焦点集中在知识点上。文学文本、教师口语、教育 PPT 和电影剪辑的综合选择，构成了英美文学教育的主要模态。对这些模态的合理选择和有效利用，依赖于教师自身教育素质的提高和对教育理论的学习和实践。各模态的选择取决于该模态对英美文学教育目标的完成是否有益，是否发挥了协同作用，及是否强化了学生的作品理解。教师应把握好教育原则作出合理安排。多模态学习也要求学生借助多模态手段并经由多种感官多模态地认识、处理、接收和运用语篇信息和非语篇信息。学生首先通过视觉模态进行文本识读和语篇认知，同时，要认真观察教师演示的教育模态，获取并处理和输出信息，如回答问题、展开讨论、角色扮演、影片赏评等多种方式，以听说等多种模态带动感官参与学习，从而训练自身的语言、思维和操作能力。

二、基于多元智能理论的英美文学教育

（一）基于多元智能理论的英美文学教育原则

1. 以人为本

以人为本是现代政治理念，它的实质含义就是相信人、尊重人、依靠人、发展人，让人积极愉快地进行学习、工作，取得更好的效益，实现更大的发展。以人为本，表现在教育上，就是以学生为本。以学生为本就是相信学生、尊重学生、依靠学生、发展学生，尊重学生成长的规律和合理需要。以人为本的实质是突出人的主体地位，贯彻"以学生为本"的思想，即要突出学生的主体地位，真心实意地为学生提供服务。

多元智能理论指出，每个学生都有自己的优势智能领域，只是其组合和发挥

程度不同，学校里人人都是可育之才。我们应当关注的不是哪一个学生更聪明，而是一个学生在哪些方面更聪明。传统智能理论仅以人的语言智能和数学逻辑智能为依据；多元智能则不同，关注的是智能类型是什么。学生的智能无高低之分，只有智能倾向的不同和结构的差别。在借鉴多元智能理论开展实践研究的同时，要树立正视差异、善待差异、以学生为本的教育观。

我们的教育必须真正做到面向全体学生，努力发展每个学生的优势智能，提升每个学生的弱势智能，为学生创造各种各样的智能情景，激发个人潜能，充分发展每个人的个性，从而为每个学生取得最终成功打好基础。

2. 因材施教

"中人以上，可以语上也；中人以下，不可以语上也。"[①] 多元智能理论认为世界上没有两个相同的人，追求以"个人为中心"，开发适应不同智能结构的有效的课程方案，最大限度地为每个学生的个性发展创造机会，即要使每个学生都有"独创"和"成功"。该理论为课堂教育设计提供了理论基础，为教师设计教育环节和创设教育情景提供了重要依据。

多元智能理论所倡导的是一种"对症下药"的教育理念，在可能的范围内，教师应根据不同学生的智力特点进行教育。多元智能理论推翻了以语言能力和数理逻辑能力为核心的传统智力观，该理论认为每个人都有自己优势的智力领域，有自己的学习类型和方法，学校里不存在差生，全体学生都是具有自己智力特点、学习类型和发展方向的可造人才。无论何时都要树立这样一种信念：每个学生都具有在某一方面或几方面的发展潜力，只要为他们提供合适的教育，每个学生都能成才。依据这一理论，英语教师要树立人人有才、人无全才、扬长避短、个个成才的学生观，去发现传统理念中"差生"的长处，为在传统教育中失败的学生提供成功的机会。

3. 多元多维评价

评价是教育和教学活动中的一个重要环节，对于提高学生的学习积极性和效果起着重要的作用。多元智能理论的发展需要一种在有意义的文化活动中进行的新评价体系。我们在评价学生时，要从多元的角度，发现学生的智能特长，采用恰当的评价方式，强化学生的长处，促进各项智能协调发展。单一的评价方式容

---

① （春秋）孔子著；杨伯峻，杨逢彬注译；杨柳岸导读 . 论语 [M]. 长沙：岳麓书社，2018.

易忽视学生的个体差异，我们应树立积极乐观的学生观，只有采用多元化的评价方式，才能公正地评价具有不同智能强项的学生。

根据多元智能理论，动态评价与静态评价相结合。对于学生智能的多元发展，教师要以一种动态和静态相结合的眼光看待，只要学生相对于他已有的基础有了发展，那就应该表扬鼓励。同时，过程评价和结果评价相结合，要通过评价让学生在学习过程中了解自己的学习状况和效果，促成最终学习目标的实现。

评价内容的多元性与评价方式的灵活性相结合。为了真正挖掘学生潜在的智能类型，可以尝试开卷考，考题可以是灵活多样的，学生可以自由选择。

（二）基于多元智能理论的英美文学教育方法

1. 交际教育法

所谓交际教育法就是把语言作为一种交际工具进行教育，着重培养学生的交际能力。交际教育法倡导交往或合作学习策略，强调以角色扮演、小组或合作学习活动为主的交际教育活动或交往活动，如把文学作品中某个场景表演出来，不仅帮助学生更好地理解文学作品，加深学生对文学作品的印象，而且给学生提供了大量运用英语的语言环境。

与其他教育法相比，交际教育法侧重发挥和发掘学生先天具有的学习和使用语言的能力，以学生为中心，它的最终目的是培养学生运用语言的交际能力。它改革了传统的教育模式，极大地调动了学生学习的积极性，更新了教师的教育观念，在英美文学教育过程中更注重语言应用能力的培养。这种教育方法通过培养学生兴趣、钻研精神和自学能力，激发学生的主动性和相互作用，提高和强化学生的语言运用能力和学以致用的意识，最终培养学生运用语言的交际能力。

在英美文学教育中，教师可以根据教育内容和学生的具体情况来设计各种教育活动，要有意识地把培养学生交际能力放在较重要的位置上。多想方法创造较真实的语言环境，引导学生用英语进行交际活动；可在课上或课后，采用扮演角色、复述课文、口头作文、对话、讨论等多种形式教育，从而达到提高表达能力和训练综合素质的最终目的。

2. "自主学习"教育法

自主学习教育法在英美文学教育中的实施要求转变教育观念，转换教师角色。

传统的外语教育，是以"教师主体"为原则，学生的自主性受到抑制，因此，营造自主学习的课堂氛围，关键在于教师。教师首先要彻底转变观念，下放"权力"，给学生以充分使用语言的自由和机会。其次，转换角色，变英语知识的灌输者、教导者为课堂教育的组织者、管理者、促进者和英语学习上的顾问。在自主学习的模式中，教师不仅是语言知识的传授者，其更多的责任是培养学生独立学习的良好习惯和信心，挖掘他们自主学习的潜能，激发学生的学习动机。

英美文学教育不仅要在课堂上营造一个自主学习的气氛，而且在课下要给学生提供一个自愿、自主、独立学习的机会，创造一个良好的学习环境。这就要求教师布置一些课后作业，让学生通过探讨英美文学作品、英语沙龙等活动自主学习英语。同时，英语教师要采用新的学习成绩评估方式，改变学生成绩取决于纸试卷的旧做法，将课堂参与、课外活动、动手动口应用语言做事的表现等都记入成绩。

（三）基于多元智能理论指的英美文学教育策略

1.利用语言智能，培养能力

语言智能是对所学语言进行有效听、说、读、写、译等活动，包括把文法音韵学、语义学、语用学结合在一起并运用自如的能力，表达思想、与人沟通、了解他人的能力。它有助于学生学习和掌握语言的结构、发音、意义、修辞等，并对其进行综合应用。语言智能的发展对学生取得任何学科学习成功都有显著的影响。语言智能强的人常在谈话时引用他处获取的信息，喜欢阅读、讨论及写作，他们在学习时多用语言及文字来思考。

在英美文学教育中，教师应有意识地为这些学生设计一些教育活动，尽可能为学生创造有利于培养语言智能的理想的学习环境，并鼓励学生涉猎教材以外的资源（如词典、英文报刊、图书馆资源、互联网信息等），通过训练学生的认知能力促进他们发展语言智能。

英美文学课程的教育不涉及听力方面。在口语方面，要鼓励学生用英文复述和讲述故事，模拟真实情景，要求学生运用英语描述文学作品并表述自己的想法等。在阅读方面，教师可给学生推荐课外阅读材料，阅读材料必须是学生感兴趣的并且难度适中。在泛读中词的复现可以促进学生对语言的学习和掌握。在阅读过程中学习猜测词义，既能提高阅读能力，又能扩大词汇量，还能获取大量信息。

在写作方面，教师除了课堂布置的写作任务外，还可以鼓励学生写英文日记，既可提高他们对所学英文知识的产出性的运用能力，还可在潜移默化中锻炼他们的自省智力。总之训练学生在语言各方面的认知能力，能够促进他们发展和强化语言智能。

2. 利用逻辑数理智能，增强逻辑思维能力

逻辑数理智能主要指使用数字和推理、抽象思维、分析与归纳问题的能力。逻辑数理智能较强的学生喜欢抽象思维，以逻辑思维的方式解决问题。他们喜欢提出问题并执行实验以寻求答案，喜欢寻找事物的规律及逻辑顺序，对科学的新发展有浓厚的兴趣，对可被测量、归类、分析的事物比较容易接受，他们在学习时靠推理来思考。创造理想的学习环境可以提供下列教学材料及活动：可探索和思考的事物，科学资料，参观博物馆、人文馆、动物园、植物园等科学方面的社教机构。外语属于文科，似乎与逻辑数理没有联系。其实不然，外语学科同样拥有某些数学概念，如排列、组合、编码、对称等，掌握这些概念可以促进外语习得。

在设计一堂英语阅读课时，教师可指导学生根据语篇线索猜测生词词义，理清句子基本结构，整合文本的意义；根据语篇中已知的信息推理故事情节的发展；根据字面意思、语篇的逻辑关系以及细节的暗示，分析作者的态度和语气，深层理解文章的寓意。阅读训练中，教师可以采用不同的提问策略，提出开放性问题，让学生预测和改变逻辑结果等，增强他们的逻辑思维能力，使其逻辑数理智能在思考和学习中发挥更大的作用。

3. 利用视觉空间智能，培育创造力与想象力

随着现代科技的进步，语言学习也不再是一种简单、枯燥的记忆过程，通过利用各种图像手段，如电影、电视、投影、图片、图表及多媒体网络视频资源等，或利用实物、现场进行直观性的教育，使教育内容视觉化，以增强学生对语言的感悟能力。

视觉空间智能指立体化思维的能力，包括用视觉手段和空间概念来表达情感和思想的能力。视觉空间智能较强的学生更具图形思维，善于运用想象力，有很好的结构感觉、色彩感觉，而且喜爱艺术。因此，在英美文学课堂设计中，采用电影、电视、投影片、多媒体、挂图、图解、图表等形象化工具辅助教学，有助于激活视觉空间智能。在呈现文章的主体结构时，可设计流程图或层次结构图有

助于理清课文脉络和要点。此外，在讲解句子结构时，利用图解法可使复杂的句子结构一目了然。借助现实物理空间进行直观教育是培养空间智能最直接的手段。利用二维平面内的空间关系，创设人造图表空间，可以把教育内容视觉化，达到空间表征。处理以说明文为主的课文，可设计流程图、矩阵图或层次结构图来呈现文章的主题和主要概念；处理叙事体课文，可以采用视图化大纲或网络图，有助于理清课文脉络和要点。图表还能用于分析或解释词汇的语义关系、句法关系、文本的篇章结构等非空间问题。把原本的非空间问题用空间图表方式来处理，使学习的对象形象化，有利于问题解决。建构这样的空间也要求进行创造性的智能活动。这不仅可以培养学生将视觉和空间的想法具体在大脑中呈现出来，以及利用空间图示找出方向的能力，还能强化学生用意象及图像来思考的视觉空间智能，从而启发学生的创造力和想象力。

参考文献

[1] 孙悦.英美文学翻译与商务英语教学研究[M].北京：知识产权出版社，2019.

[2] 段晓霞.英美文学意义与人文思想研究[M].长春：吉林出版集团股份有限公司，2018.

[3] 齐心.多维视角下英美女性文学研究[M].长春：吉林大学出版社，2020.

[4] 朱晓萍.英美文学的语言审美与艺术研究[M].北京：北京工业大学出版社，2020.

[5] 谭丽娜.英美文学人文精神与现实意义研究[M].长春：吉林出版集团股份有限公司，2018.

[6] 苏焕莉.文化研究视野中的英美文学[M].成都：四川大学出版社，2019.

[7] 杭宏.20世纪英美小说多维研究[M].成都：四川大学出版社，2019.

[8] 李兰兰，张婧，刘佳.历史背景下的英美文学发展透视[M].长春：吉林出版集团股份有限公司，2019.

[9] 王松林.20世纪英美文学要略[M].南昌：江西高校出版社，2001.

[10] 卢玉娜.英美文学经典作品主题与特色研究[M].长春：吉林大学出版社，2018.

[11] 孙奇.多元文化环境下的英美文学作品赏析教学研究[J].安徽电气工程职业技术学院学报，2022，27（04）：105-109.

[12] 毋小妮.英美文学翻译中的美学特点及价值分析[J].汉字文化，2022（23）：149-151.

[13] 李思坦.跨文化背景下英美文学的翻译策略探析[J].时代报告（奔流），2022（11）：13-15.

[14] 孔聪.跨文化的视角下英美文学作品中的语言艺术赏析[J].作家天地，2022（32）：132-134.

[15] 唐芳.探讨英美文学中浪漫主义情怀的比较[J].作家天地，2022（31）：119-121.

[16] 郝俊雯. 文化差异下的英美文学作品翻译研究 [J]. 江西电力职业技术学院学报，2022，35（09）：151-153.

[17] 杨琴. 跨文化视角下英美文学作品中的典故解读 [J]. 鄂州大学学报，2022，29（05）：58-59.

[18] 汪依霄. 生态视角下英美文学中的自然意象及人与自然关系探讨 [J]. 作家天地，2022（26）：77-79.

[19] 翁士华. 跨文化视域下英美文学作品文学艺术特色及价值取向 [J]. 作家天地，2022（26）：86-88.

[20] 肖霄. 文化差异视角下的英美文学语言艺术分析 [J]. 作家天地，2022（25）：89-91.

[21] 杨琴. 抗战时期重庆英美文学翻译副文本研究（1937-1945）[D]. 重庆：四川外国语大学，2022.

[22] 周晨玮. 将经典文学作为高中英语拓展阅读素材的教学构想 [D]. 武汉：江汉大学，2020.

[34] 沈童西. "爱课程"英美文学慕课多模态话语分析 [D]. 成都：成都理工大学，2020.

[56] 郝萌. 英美文学作品阅读在高中英语阅读教学中的应用研究 [D]. 济南：山东师范大学，2019.

[25] 符玉玲. 形成性评价在英语专业英美文学教学中的应用研究 [D]. 长沙：湖南师范大学，2017.

[26] 吕含笑. 19世纪以来英美文学中的暗黑婚姻之比较研究 [D]. 沈阳：辽宁大学，2017.

[27] 崔玉娥. 建构与解构——英美文学中的女性乌托邦小说研究 [D]. 兰州：兰州大学，2008.

[28] 李卉芳. 失去的家园、女性主体与文化互渗 [D]. 广州：暨南大学，2015.

[29] 门纪敏. 多元智能理论在英美文学教学中的应用 [D]. 石家庄：河北师范大学，2014.

[30] 殷兆武. 英美文学评论文章中的隐喻研究及启示 [D]. 乌鲁木齐：新疆大学，2011.